今日もうまい酒を飲んだ

とあるバーマンの泡盛修業

1

うまい酒を飲みたいと思っている。

うまい酒の定義は、様々考えられる。好みの問題もあるし、科学的な分析によってははじき出される成分を参考に、これはうまい酒である、と判断することもできるだろう。また、ビールの苦みはうまいと感じるのに、もし苦みの強い日本酒を飲まされたとしたら、おそらくうまいと感じられない。なぜだろうか。炭酸による影響なのか、麦と米の風味の違いなのか、それとも、アルコール度数の問題なのか。もしかしたら自分の頭の中にあるイメージや固定観念との相違が、関係しているのかもしれない。

また、嫌な相手と飲む酒は、どんなに上等であってもうまくない。シチュエーションの問題は重要だ。時々、酒を飲んでいるのか、アルコール成分を飲んでいるのか、わからないような人がいる。ただ酔うためだけに酒を消費する人、とでも言おうか。そんな悲壮感の漂う酒は、どうも苦手だ。

何かと嫌なことの多い世の中。ストレスを解消するために、酒を飲む場面は多い。ただし、絶対に忘れてはならないのが、酒を飲む行為自体にストレスを和らげる効果はない、ということだ。うまいとも思わず、身体にアルコール成分をただ浸透させ、泥のように酔い、ふらふらになりながら、ようよう辿りついたベッドに倒れ込む。こんな場合は果たして、翌朝すっきり起きられるだろうか。溜まりに溜まったストレスは、解消されているだろうか。

いや、でも、酒を飲むと気分がすっきりするぜ、という方もあるだろう。私にもそんな経験はある。それは錯覚だろうか。いや、飲んだ酒がうまかった、という条件さえ満たされていれば、酒はきっと私の気分をすっきりさせてくれる。

シチュエーションの問題も含め、うまい酒を飲むのは難しい。うまい酒とはなんぞや、と考えれば考えるほどわからなくなるが、強引に一言でまとめるならば、いい気分になれる酒、ではないだろうか。味や香りが好みに合っている、これだけでもいい気分になれるし、気の置けない友人と語らいながらグラスを傾ける、風光明媚な場所でスキットルに入れたウイスキーをちびちびと舐める、といった風に味わう酒も、気分をよくしてくれるだろう。

そんなとりとめのないことを考えながら、今日の仕込みを始める。店のスペースの都合上、厨房は簡易的なもの。酒を一種類でも多く置こうと思えば、これは仕方のないことである。たいしたつまみは置けないが、レーズンバターは丁寧に拵えているつもりだ。市販のものはラムレーズンを使用しているものが多いけれど、うちではウイスキーに一晩浸したレーズンを使って作っている。鍋にレーズンとウイスキーを入れて軽く煮立たせ、冷ましてから冷蔵庫へ。翌日バターと混ぜ合わせて、ラップで包んで形を整え、冷蔵庫で冷やす。たったこれだけのことだが、レーズンとバターを混ぜ合わせる時に、しっかり空気を含ませるよう気をつければ、市販のものよりずっとうまいものができる。

もう一つ、大切にしているのがナッツ類。ナッツを一種類ずつ別々の袋で買い、自分なりに工夫した割合で混ぜ合わせている。豆を専門に扱う店では、いい塩梅でミックスしたものを売っているけれど、自分でやらないと気が済まないのだ。我ながら面倒な性分である。正直これはお客さんのためというより、自分のためなのかもしれない。ただ、こうして一種類ずつ別々にナッツを用意しておくことで、ローストアーモンドだけを食べたいとか、カシューナッツだけを食べたいというお客さんのリクエストに応えることができる。また、そうするために予めミックスされたものと、一種類ずつ別々になったものを両方用意しておくよりは、豆が湿気てしまうリスクを少なくすることもできる。

仕込みが済んだら、グラス磨きに取りかかる。グラスに曇りがあっては、せっかくの酒が台無しだ。クリスタルガラスを通して眺める、ウイスキーの琥珀色。料理は盛りつけが重要である、と言われるが、酒の場合は、それも特にウイスキーをストレートで提供する場合は、ただグラスに注ぐだけ。盛りつけも何もあったものではないようにも思えるけれど、本当にそうだろうか。ウイスキーには色がある。それも、それぞれの酒に、それぞれの色が。だから、グラスを丁寧に磨く必要があるのだ。グラス磨きは、料理における盛りつけと同じ。フルーツをあしらったり、スノースタイルで仕上げたりするカクテルを作るには、盛りつけに似たテクニックが必要とされるけれど、どんなにきれいに仕上げたってグラスが美しくなければ、ただのごまかしみたいになってしまう。

　かつては麻の布で磨いていたが、最近はグラスファイバー製のクロスで磨いている。洗ったグラスを軽く湯気に当ててから、しばらく伏せて乾かし、その後クロスでグラスを包み込むようにして、やさしく磨く。やさしさというのは難しい。やさしくしすぎれば手からこぼれてしまうし、やさしさが足らなければ、壊れてしまう。つまりは慣れの問題だが、慣れに溺れてしまえば、いつか痛い目を見る。

　時間を見計らって看板に灯（あか）りを入れ、一度店の外に出て、黒字に白抜きで「Cheek to Cheek」と光っているのを確認する。うん、今日も異常なし。特に意匠が凝らされたものではないが、シンプルであるところが気に入っている。店の名前は、往年のアメリカ映画「トップ・ハット」の主題歌であり、ジャズのスタンダード曲にもなっている、あの「Cheek to Cheek」からいただいた。小さな店だけれど、お客さん同士がカウンターで頬を寄せ合いながら、天国にいるような気分になっていただける店を目指したい、そんな願いを込めて。

店は、少し早めに開けることにしている。なんらかの事情で早くやってきてしまうお客さんがたまにあるからだ。うちの一軒前に入った店が気に入らなかったから早々に出てきてしまったとか、どうしてもうちにある酒を飲みたい気分になったとか。そんな時、「ちょっと早いですが、どうぞ」と笑顔で言ってあげられるバーマンでありたい。

ただし、そんな日は稀(まれ)である。大抵の日は開店後もしばらく、一人で黙ってグラスを磨いている。だが、こうして一人でグラスを磨いている時間が、酒場の空気を熟成させるのではないか、と考えてもいる。当たり前のことを、毎日当たり前にする。そんな繰り返しがベースになければ、店の空気はいずれ腐敗してしまうだろう。酒を仕上げるにしたってそうだ。基本がなっていなければ、新しい工夫もできない。

グラスを磨き終わったら、ボトルを磨き始める。棚には沢山のボトルがあるが、一度も面倒だと思ったことはない。酒のボトルやラベルというのは、どれも美しい。そんな美しいボトルたちを一つ一つ手に取り、クロスを当てながら、その酒の味を思い出したり、その酒を好んで飲まれる、常連さんの顔を思い出したりする。面倒であるどころか、むしろ楽しいものだ。

こんなルーティーンをもう、十年以上続けている。いや、修業時代を含めれば、もう二十年以上やっているのか。これらはすべて、修業時代に師匠から教えられたもの。自分の店を持った時、何があってもこのルーティーンだけは守ろうと決めた。それは今後も変えるつもりはない。

そうしているうちに、ぽつぽつとお客さんがやってくる。いつも通りの一日が始まる。

毎回、同じ酒を飲むお客さん。常に冒険心を忘れないお客さん。もし可能ならば、世界中の酒をすべて棚に並べ、どんなお客さんの、どんな要望にも応えたいところだが、小さな店だ。棚のスペースは限られている。だから仕入れには工夫が必要だ。人気のある、オーソドックスな酒ばかりを揃えていれば、お客さんはうちに来る意味がなくなってしまう。かといって、マニアックな銘柄ばかりを揃えておけばいい、というわけでもない。初めてのお客さんでも安心して飲める酒、というのが酒場には必要なのだ。その辺りのバランス。ある程度安定したラインナップを保ちながら、周辺の酒を時々入れ替えていく。ボトルの減り具合や、お客さんのリクエストを参考にして仕入れるのが基本だが、時々特定のお客さんの顔を思い出して、あの人にこの酒を飲ませてあげたいな、といった感覚を頼りに仕入れることもある。時には失敗することもあるけれど、ぴたりとそのお客さんの好みに合わせることができた時は、嬉しいものだ。

「彼はね、まだ全然酒のことがわかっていないんだよ。マスター、ひとつ教育してやってくれないか」

上司と部下といった感じの、初老の男性と、若い男性の二人連れ。上司らしき方は、何度かいらっしゃったことがあるように記憶しているが、お連れの方は初めてである。

この若者に、酒飲みとしてどこか見どころがあると感じて、うちに連れて来て下さったのだろうか。それともただ、先輩面をしたいだけなのだろうか。

「何を差し上げましょう？」

「ボクは、そうだな、タリスカーをロックでもらおうか」

「十年と十八年、それから二十五年、他にもいくつかございますが、どれがよろしいでしょうか？」

「そりゃ、二十五年に決まっているよ。二十五年が一番うまいからね。君はどうする？」

「よくわからないんで、お任せします」

そうだろう。なにせ、今から教育してもらうところなのだから。まずはお好みを探るところから始めなくては。

「ウイスキーはよく飲まれるんですか？」

「あまり飲んだことはないです」

「ね？　この調子なんだ。まったく、嘆かわしいね。さっき行ってきた店でもね、せっかくうまい日本酒を頼んでやったのに、私はこれでいいです、ってずっとレモンサワーを飲んでいるんだよ。これはいかん、と思って、この店に連れて来たんだ」

この方、やや鬱陶しい感じの上司かな。レモンサワーだって、うまい酒である。ここでいかにも酒の専門家ですよ、という顔をして酒を売っているこの私だって、やきとんやゲソの唐揚げなんてものをつまみにする時には、無性に飲みたくなることがある。どんな酒にだって、存在する理由があるのだ。

しかしここで、レモンサワーだっていいじゃないですか、なんて反論をしてはいけない。この若者と共に、初老の上司にもうまい酒を飲んでもらわなくてはならない。

「レモンサワーがお好きなんですか？」

「はい。あのさっぱりした感じが」

「わかりました。少々お待ち下さい」

まずはタリスカーをロックでお出ししておいて、冷蔵庫からボンベイ・サファイアを取り出す。フレッシュライムを半分に切って絞り、ボンベイ・サファイアと共にシェーカーに注ぐ。甘み付けにシロップをほんのちょっぴり。シェイクは軽めに。カクテルグラスに注いで、輪切りにしたライムを添え、若者の前に差し出す。

「これなどは、お好みに合うかと思います。どうぞ、お試し下さい」

恐る恐るといった様子でグラスに口をつけると、若者は「うん」と声を漏らした。

「お口に合いましたか？」

「はい。とてもおいしいです」

ちょっと堅実に行きすぎたろうか。ギムレットがレモンサワー好きな若者の、口に合わないわけがないのだ。

「ギムレットだよね？」

「はい、そうですが」

「彼にはまだ、ギムレットは早すぎるんじゃないかい？」

この方、やや、どころではなく、結構鬱陶しい感じの上司かもしれない。チャンドラーの小説「ロング・グッドバイ」に出てくる、「ギムレットには早すぎる」という有名な台詞(せりふ)。これに似たようなことを言ってみたいだけなのだろう。

「ああ、チャンドラーですね。大丈夫ですよ。あの小説とはレシピが違いますから」

「そうか。それなら大丈夫か。ははは」

レシピが違うからなんだというのだ、と自分でも意味がよくわからないが、このように煙に巻くようにして話を流して差し上げることも、バーマンには必要なテクニックなのかもしれない。おそらくこの話には、これ以上奥行きがない。あまりしつこく突っ込んで行くと、きっとボロが出て、この方に恥をかかせてしまうことにもなりかねない。

「これがギムレットですか。初めて飲みましたが、おいしいものですね。でも、課長の言う通り、私にはまだ早いのかもしれません」

こんなに謙虚な若者も、今時珍しいのではないだろうか。いいんですよ、若い人はもっと生意気でも。酒と同じように、ビンテージが深まるにつれ、まろやかになれば。

「そんなことはありませんよ。レモンサワーは、甲類焼酎をレモン果汁入りの炭酸水で割ったものですよね。ギムレットは、焼酎をジンに、レモンをライムに替えて、お腹の張ってしまう炭酸を省いてシェイクしたものですので、レモンサワーの後に飲むには、ちょうどいいはずなんです。レモンとライムはよく似ていますが、口がレモンに馴染んでいる場合、ライムのほうが風味を強く感じやすいですし、甲類焼酎とジンもそうですね。口に馴染んでいるかどうか、という部分だけではなく、一般的には甲類の焼酎より、ジンのほうが風味豊かです。お酒というのは酔うほどに、より風味の豊かなもの、アルコール度数の高いものをおいしいと感じる傾向があるように思います。つまり、レモンサワーを飲まれたことによって、知らないうちにギムレットをおいしく飲むための準備が整っていたのではないでしょうか」

調子に乗って、しゃべりすぎてしまったろうか。必要以上に出しゃばるバーマンは、お客さんにとって迷惑なものだ。

「な、わかったか。酒の道ってのは、こういうものだ」

「はい。勉強になりました」

なんとか上司の顔も立ったし、この素直な若者も、ギムレットを気に入ってくれたようだ。反省点は残るとしても、まあ、よしとしよう。

「マスター、こんばんはー」

まだ早い時間だというのに、随分酔っていらっしゃるよう。泥酔の一歩手前。泥になる寸前。なにか嫌なことでもあったのかな。

「随分御機嫌がよろしいようですね。おいしいお酒を飲んで来られたんですか？」

「ぜーんぜん。さっきまで飲んでたお酒がおいしくなかったから、ここに来たの。なにかおいしいの飲ませて」

うちの棚においしくない酒は、一本も無いのですがね。

「さっぱりしたい気分ですか？　それともまったりなされたいですか？」

「どちらも不正解。あたしは今、どろどろになりたい」

「やはり随分酔われているようですね。今夜は早めに休まれたほうがよろしいかと。明日に響きますよ」

差し出がましいかもしれないが、これ以上飲ませるのはよろしくないように思う。バーは酒を楽しんでいただくところであって、お客さんを泥酔させる場所ではない。

「なんでマスターまでそんな冷たいことを言うの？　お客が飲みたいって言っているんだから、黙って飲ませてくれればいいじゃん」

弱ったな。どうしようか。

「カクテルでもよろしいですか？」

「任せる。その代わり、おいしいのね」

「かしこまりました」

オレンジを絞り、レモンを絞り、アンゴスチュラ・ビターズとシュガーシロップを加えてシェイク。カクテルグラスに注いで、チェリーを飾れば出来上がりだ。

「きれいな色。なんてカクテル？」

「フロリダですが」

「フロリダ？　聞いたことあるな。ああ、これ、ノンアルコールじゃないの？　飲ませてくれって言ったのに、ノンアルコールだなんてずるい」

「いえ、アルコールは入っていますよ。アンゴスチュラ・ビターズが少々ね。おいしいはずですから、酔いざましだと思ってお試し下さい。お口に合わなければ、別なものをお作りしますので」

オレンジやレモンに含まれるクエン酸は、肝臓の機能を高め、アルコールの分解を助けてくれると言われている。アンゴスチュラ・ビターズは悪酔いを防ぐための、薬のような酒として知られている。すでに飲み過ぎてしまっている場合には、おまじないのようなものになってしまうのかもしれないが、さらに強い酒をガンガン飲むよりはいいだろう。フロリダに含まれるアルコールは、おそらく一％未満だ。

しぶしぶ、といった様子で、フロリダを口に運ぶと、そのお客さんはなぜかうつむいて、「おいしい」とつぶやいた。

「カクテル言葉って、ご存じですか？」

「知らないけど、花言葉のカクテル版みたいなこと？」

「そうです。フロリダのカクテル言葉は、元気。これをお飲みになって、元気を出して下さい。元気がなければ、おいしいお酒は飲めませんからね」

「うん」

カウンターの上に何粒かの涙がこぼれ落ちた。お客さんはその涙を、そっと自分で拭った。

「ちょっと、マスター」

ああ、あちらのお客さんのグラスが空いている。「失礼します」と声をかけて、先ほどの、上司と部下のコンビらしきお客さんの前へ戻る。

「お代わりね。それから彼にも一度、うまいウイスキーってのを飲ませてやりたいんだ。だから同じものをもう一つ」

タリスカー二十五年。たしかに間違いのない酒だが、高価であることだけがたった一つの欠点である。先ほどこの方は「課長」と呼ばれていた。社長ならば、あるいはせめて部長ならば、こちらもあまり気にすることはないのかもしれないけれど、課長である。鬱陶しい感じの上司ではあっても、この若者を部下として可愛（かわい）がっている様子は伝わってくるし、可愛い部下にうまいウイスキーを飲ませたいという気持ちもわかるのだけれど、おそらく奢（おご）りとなるのであろうこの状況下にあって、タリスカー二十五年をどんどん飲むのは、お財布的に厳しいのではないだろうか。余計なお世話といえばそうなのだが、家庭もお持ちだろうし、もしかしたらお子さんが、進学や結婚などでお金のかかる時期にあるかもしれないし、それよりなにより、この先年金制度もどうなるかわからないご時世である。無理に高い酒を飲む必要はないし、比較的安価でもうまい酒というのは、いくらでもある。

「タリスカー二十五年もよろしいですが、たまには他のものもお試しになられてはいかがでしょう？　特に今日は、若くてフレッシュな方をお連れですし」

「でもボクは、タリスカーが好きなんだ。彼にもぜひ、そのうまさを知ってもらいたいんだよ」

「ご存じかとは思いますが、タリスカーにも色々ございます。こちらの彼は、今日初めてタリスカーをお飲みになられるんですよね？　ならばこんなのはいかがでしょう？」

棚から青いラベルのタリスカーを選び出して、カウンターの上に置くと、課長さんは興味深そうにボトルを手に取った。

「タリスカー・ストーム？」

「ストームという名の通り、タリスカー二十五年と比べると、嵐のような荒々しさを感じさせてくれる酒です。よりタリスカーらしいタリスカーと申しましょうか、特徴であるブラックペッパーの香りやスモーキー香、潮の香りなどが良い形で強調されていて、タリスカーを飲み慣れた方にも、初めて飲まれる方にも、タリスカーとはこういう酒だよ、と教えてくれるような、非常においしい酒です」

「ほう、それは一度試してみなきゃならんな」

オン・ザ・ロックで二杯用意し、それぞれの前に置く。さすがに先輩は先輩だけあって、香りを吸って「う～ん」とうなっている。オン・ザ・ロックなどにして酒を冷やすと、香りは立ちにくくなってしまうが、これぐらいしっかりしていれば、充分に楽しめるはずだ。それとは対照的に、初めてタリスカーと対峙する若者は、ちょっと複雑な表情をしている。無理もない。多くのアイラモルトは、決して飲みやすい酒ではないからだ。冷やしたことによって少々香りが抑えられているとしても、ウイスキー初心者にとって、これは第一関門のようなもの。だが、その関門を乗り越えた先には、きっとパラダイスが待っている。

意を決するようにして、若者が口元へ「タリスカー・ストーム」を運んだ。この酒のファーストコンタクトは強烈だ。若者の目が一瞬、ぎゅっと閉じられる。さて、重要なのはこの次なのだ。フィニッシュに向かうにつれ、目がやわらかく開かれてゆくのであれば、この酒はこの若者のもの。目が閉じられたまま、口が先に開かれたのであれば、この酒がこの若者には合わなかった、ということだ。

「はあ、これはすごい酒ですね。最初にガツンとくるんですけど、段々と口の中が温かくなって、そのうちにすうっと身体に沁みていってしまうような。なんだか、クセになりそうです。横浜の家系ラーメンみたいだな」

「おいおい、なんで酒をラーメンに喩えるんだよ。酒に失礼だろ」

「いえ、そんなことはありませんよ。最近のラーメンは、強い個性を味わうのが流行であるように思います。その点においては、ウイスキーと似ているんじゃないでしょうか。好きな方にはたまらない、このタリスカーの甘美なフレーバーだって、苦手な方はいらっしゃいますからね」

「そうかねえ。でもまあ、クセになるってところは似ているかもしれないな。どうだろう、マスター、彼には見込みがあるかね？」

「なかなかの飲み手だとお見受けしますよ。酒を語る時に一般的に使用される言葉は、あくまでも目安というか、ある種の共通語に過ぎません。ラーメンに喩えるのはちょっと個性的かもしれませんが、ちゃんとご自分の言葉で印象を語られているのは、変に知識を入れて頭でっかちになってしまうよりも、楽しみ方として自然ではないでしょうか。私も長年こういう仕事をしていますと、つい既成の知識や言葉に当てはめて、酒を味わおうとしてしまうことがあります。本来はもっと、自由に楽しむべきだと思うんですけどね」

職業病のようなものなのだろう。酒をお客さんに紹介する際には、できるだけわかりやすい言葉で、酒の魅力を伝える必要がある。だからつい、紋切り型の表現を多用しがちになり、酒を味わう際にもそれに囚われてしまいがちになる。酒が好きでこの世界に入ったのだけれど、好きなことを仕事にすれば、このような弊害は必ず生じるもの。しかし私は、酒と向き合い、お客さんと向き合う、この仕事を愛している。これ以上に自分に合った仕事など、とても思いつかない。

「いらっしゃいませ」

また、扉が開いた。月に何度か来て下さる、上原さん。いつもニコニコと楽しそうに飲まれる、感じのいい方だ。お気に入りは、ザ・グレンリベットのストレート。さわやかで華やかなイメージが、この方にはよく似合っている。

「いつもの、ザ・グレンリベットでよろしいですか？」

「いやあ、今日はちょっと違うお酒を。あの、泡盛ってあります？」

「はい。ございますが」

豊富に取り揃えている、とは言えないが、一応は置いてある。泡盛はウイスキーやブランデーと同じ蒸留酒であり、ある程度腹を拵えてから飲むのにも適した酒なので、うちのようなスタイルのバーにやってくるお客さんとの相性がいいかもしれない。飲み方も、ストレート、オン・ザ・ロック、水割り、ソーダ割りなど、ウイスキーと共通している。その上、カクテルのベースとしても優秀だ。そんな理由で半年ほど前から、ラインナップに加えている。

「それって、うまいですか？」

「お好みはあるかと思いますが、泡盛はおいしい酒ですよ」

「僕が言いたいのはそういうことじゃなくて、ここにあるのは、泡盛の中でも一番うまい酒なのか、ということなんです」

「それはなんとも言えません。やはりお好みがありますので」

「まあ、そうなんでしょうけど。困ったなあ。じゃあ、最高級品ですか？」

置いてあるのは、東京でも比較的入手しやすい、有名な銘柄の新酒と三年古酒（クース）、この二本のみ。うまい酒であることは実際に飲んで確認済みだが、最高級品であるとは言えない。また、プレミアがつくような、珍しい酒でもない。

「最高級品というよりは、人気のある酒、という感じでしょうか」

「人気のある酒か。人気があるのならきっとうまいんでしょうが、僕が知りたいのは、最高の泡盛なんです。マスター、ズバリ教えて下さい。泡盛の中でも最高とされるものは、どこのなんて酒ですか？」

この手の質問が一番困る。最高の酒は、人によって違うからだ。上原さんはいつもザ・グレンリベットを注文されるので、ウイスキーならばおすすめできる酒がすぐに浮かんでくるが、必ずしもそれが上原さんにとって、最高の酒になるかはわからない。まして泡盛だ。ウイスキーの好みから、最適な銘柄を導き出すのは難しい。

なんて、もっともらしいことを言うのは止そうか。単純に私が、泡盛についてあまり知らないだけなのだ。この店は基本的に洋酒を飲ませる店であり、中でも特にウイスキーに力を入れている。日々修業を積んできたつもりだが、これまでバーマンとして過ごした年月のほとんどを、ウイスキーやブランデー、その他洋酒の知識を得ることや、カクテルの作り方を覚えたり、工夫したりすることに費やしてきた。と言うと、言い訳がましく聞こえるだろうか。

「申し訳ありません。私にはわかりかねます。ご覧の通りうちは主に洋酒を扱っておりまして、泡盛については恥ずかしながら、ラインナップも知識も、多くは持っておりません」

「そうですよね。こちらこそ、すみませんでした。実は祖父が沖縄の出身でしてね、正月に親戚が集まった時に、今年はおじいちゃん、カジマヤーだねえ、なんて話になって。だからお祝いに、最高の泡盛を飲ませてあげたいな、なんて思ったんです」

「勉強不足で申し訳ないのですが、そのカジマヤーというのは、なんですか？」

「沖縄では、数えで九十七になる年に、長寿のお祝いをするんです。向こうではオープンカーでパレードをしたり、派手にやるらしいですよ。祖父はずっと東京で暮らしていますし、兄弟も皆亡くなっていて、今では沖縄とも随分縁が薄くなってしまいましたけど、やっぱり故郷が懐かしいんでしょうか、時々、若い頃に沖縄で飲んだ泡盛はうまかった、なんて言うことがあって」

「そうでしたか」

「僕の知り合いの中で、一番酒に詳しい人は誰か、と考えたら、すぐにマスターの顔が浮かんだんです。それで、最高の泡盛は？　なんて質問をしてしまったんですけど、このお店は、ウイスキーがメインですもんね。マスターがご存じなくても仕方ないですよ。やっぱり泡盛って、東京じゃマイナーな酒なのかな」

なんだか、申し訳ないような気持ちになった。

上原さんは私を、頼りにして下さったのだ。たとえ自分の得意な分野ではなかったとしても、いくらかはお役に立ちたかった。祝いの席で飲む酒は格別だ。うまい酒を飲むためのシチュエーションとしては、最上級であると言える。もしそこに、ピタリとくる酒を提供できたなら……。記念すべきお祝いの日を、上原さんにとって、またお祖父さまにとって、生涯でもっともうまい酒を飲んだ一日にすることができるかもしれない。

「そのお祝いをするのは、いつですか？」

「まだ随分先なんですけど、旧暦の九月です」

よし、時間は充分にある。

「なるほど。では、それまでに特別においしい泡盛が見つかったら、お知らせしますね」

「本当ですか？　期待しちゃうな」

「ご期待に添えるかどうかはわかりませんが、私なりに探してみましょう」

バーマンにとってもっとも重要な仕事とは、うまい酒を、うまく飲ませて、うまいと言ってもらうことだと、私は考えている。しかしこれは、非常に難しいことでもある。すべての酒はうまい、これが私の持論だが、酒はあくまでも嗜好品。したがって、「うまい」には飲み手の好みが大きく影響する。もちろん、幅広い層に好まれる酒、というのは存在するが、それが幅広い層の方々にとって、最高の酒であるとは限らない。まして、酒の種類が違えば、好みの傾向もまったく違ってくる場合がある。たとえば、ジンならば切れ味のよい辛口のゴードンを好まれるのに、ウイスキーとなると、濃厚な甘みを持つアベラワーを好まれるお客さんがいたりする。辛い酒を飲みたい時はジンを、甘い酒を飲みたい時はウイスキーを、といったように、その日の気分によって飲み分けられているのだろう。つまり、飲み手がその日、その酒に何を期待するか、ということすら、「うまい」に大きな影響を及ぼすのである。上原さんのお祖父さまは、祝いの席で飲む泡盛に甘さを期待されるのだろうか、辛さを期待されるのだろうか、それとも、もっと違った風味を期待されるのだろうか。まったく、雲をつかむような話だ。

私はもしかしたら、安請け合いをしてしまったのかもしれない。

都会で生活していると、なんでも手に入るような錯覚に陥りがちだけれど、どれを手に入れればいいのかがわかっていなければ、なにも手に入りはしない。膨大な数の商品と、膨大な量の情報に翻弄されるだけだ。上原さんだって、泡盛の品揃えがいい酒屋さんや、沖縄料理店ぐらい、手元のスマートフォンで検索できるだろう。だが、それらの店で勧められたものを何本か飲んでみたとしても、どれが本当に最高の一本であるのか、それを飲んでお祖父さまが本当に喜ぶのかは、おそらく判断できない。それは私も同じだ。

どうすればよいのだろう。そうだ、上原さんが私を頼りにして下さったように、私も誰かを頼ってみよう。インターネットや、グルメ雑誌の情報より、信頼できる人を。

店を閉めた後、杉本さんに連絡してみた。

「おう、久しぶりだな。元気か？」

もう、七十になられるはずなのに、電話の向こうから聞こえる声は、溌剌としている。今でも毎日、店に立っているからだろうか。

「すみません、夜遅く」

「夜遅くって、夜こそがおれたちの時間だろう？　謝るなら、昼間電話してきた時にしろ」

「ははは。それもそうですね」

昔から元気のいい人だった。そしていつも、微笑みを絶やさない人だった。グラスを磨く時、酒を注ぐ時、カウンターの上を拭く時。この人の微笑みは、酒をうまくしてくれる。下品な店は三流、気取った店は二流、一流の店とは、リラックスしてうまい酒が飲める店なのだと、この人から教わった。

「それで、なんだ、なにか困ったことでもあったのか」

「困ったことというか、今日お客さんに酒のことを質問されて、答えられなかったんです」

「まあ、そんなことだろうと思ったよ。おまえが電話してくる時はいつもそうだ。たまには、小遣いをあげますから、今からそっちに行ってもいいですか、みたいな電話をくれないのかね。おれはそういう電話を、ずっと待ってるんだがな」

散々世話になっておきながら、困った時にだけ電話をする。私はなんて厚かましく、恩知らずな人間なのだろう。

「すみません。でも、他に頼る人がいなくて」

「まあ、おまえがお客さんの質問に答えられなかったことについては、おまえをちゃんと仕込んだつもりでいる、おれにも責任がある。発酵がちょっと足らなかったかな」

「いやいや、熟成でしょう」

「うまく仕込まないと、いくら寝かせてもいい酒にはならないよ。だから、おれが悪いんだ。なんでも訊いてくれ。おれにわかる範囲のことなら、教えてやるから」

月謝を支払って習ったわけでもないのに、なんなのだろう、このアフターフォローの良さは。それだけ私に、期待をしてくれていたということなのだろうか。申し訳ありません、不肖の弟子で。いつになったら、一人前になれるのやら。

「あの、泡盛についてなんですけど」

「泡盛？　たしかに泡盛については、教えていないかもしれんな。そうか、そう来たか」

「そうなんです。私もなんだか重要な分野についての勉強を、怠ってきてしまったような気がして。洋酒をちょっと勉強しただけで、酒のことをすべてわかったような気になっていたのかな、なんて、頭をガツンと殴られたような」

「まあ、泡盛というのは広くて深い酒だから、そう簡単にすべてを理解することはできないよ。泡盛を知ろうと思うなら、スコッチを知ろう、というぐらいの覚悟が必要だ。それぐらい、泡盛の文化は分厚い」

「それはわかっています」

「それで、どんな質問だったんだ？」

「最高の泡盛を教えて下さい、って」

「おまえは馬鹿か。そんなもん、わかるわけがないだろう。何年酒場で働いているんだ」

やはり、怒られてしまった。うまい酒、最高の酒、というのは、人それぞれ。この人から繰り返し教えられたことである。

「いや、でも今回は事情がありまして」

「なんだ、言ってみろ」

「実は、その質問をされたお客さんのお祖父さまが沖縄のご出身で、今年カジマヤーを迎えられるらしいんです。カジマヤーというのは、数えで九十七になったことを祝う、沖縄の行事でして、そこでお祖父さまに最高の泡盛を飲ませてあげたい、とおっしゃるんです」

「ほう、それは優しいお孫さんだな。うちの孫も、それぐらいやさしいといいんだがな」

「そう思うでしょう？　お祖父さまは、ずっと東京で暮らしていらっしゃるんですが、時々、若い頃に沖縄で飲んだ泡盛はうまかった、なんて言って、故郷を懐かしんでおられるようなんです。私も最高の泡盛を探し出すなんてことが、不可能に近いことはわかっているんですが、そんな話を聞くと、つい、まあ、この」

「その気持ちはわからんでもないよ。そのお歳（とし）だ、沖縄が貧しかった時代も経験しているだろうし、戦争だって知っている。苦労しながら必死で働いて、晩酌の泡盛で疲れをいやしたんだろうな。いや待て、その頃泡盛なんて、高級品だったのかな。すると、たまの贅沢か。実はおれも偉そうなことを言いながら、そういう時代の泡盛のことはよく知らないんだ。どんな風に飲まれていたのかもな。でも、どっちにしたって、そのお祖父さんが飲んだ泡盛は、うまかったろう。まさに、命の水、ってやつだよ。うん」

私も、そう思う。どんなに苦しい時代であっても、酒と人間の良好なパートナーシップを築くことは可能だ。中には苦しさゆえに、酒におぼれてしまう人もあったのかもしれないけれど、酒に励まされ、力を得られた人のほうが、その何倍も多いはずである。

「そんな訳なんですけど、なにかいい酒はありませんかね。もちろん、ピタリと当ててくれとは言いません。ヒントになるようなことでもあれば、助かるんですが」

「そうだな、一つ思い浮かばないでもないが。でも、どうだろう」

「それ、なんて酒ですか？　どこに行けば手に入りますか？」

「おれも、飲んだことはないんだけどな、ちょっと噂に聞いたことがあって。なんて酒だったかな。まあいい。知り合いに、泡盛にちょっと詳しい酒屋がいるんだ。そこの親父に聞いてやる。取り扱っているかはわからないけども、その酒のことは知っているかもしれない。じゃあ、そうだな、明日の午後三時ごろに、もう一回電話をくれ」

「わかりました。ありがとうございます」

また、世話になってしまった。いつか恩返しをしなくては。そうだ、最高の泡盛が見つかったら、一本プレゼントしよう。それがこの人にとって、最高の酒になるかはわからないけれど、この人も現役のバーマンだ。勉強にはなるだろう。

翌日、約束の時間に電話をすると、杉本さんは「在庫があるみたいだから、取りに行け」と店の住所を教えてくれた。

出勤前に、教えられた店に寄った。それほど大きな店ではないが、焼酎をメインに扱っているらしく、泡盛の品揃えもなかなか。レジにいた中年の男性に「杉本さんからご主人に、電話が入っていると思うのですが」と告げると、「ああ、杉本さんね。聞いていますよ。ちょっと待って下さい」と、店の棚から黒い箱に入った酒を抜き出してくれた。箱には大きく「御酒」と書かれている。なぜ、「御酒」と書いてあるのだろう。未成年者が間違って飲まないようにするため、ではないだろうな、きっと。

「おいくらですか？」

「杉本さんが、おれにツケといてくれって」

「そうですか。じゃあ、このままいただいて帰ります」

まったくあの人は、面倒見がいいというのか、責任感が強いというのか。不肖の弟子としては、少々心苦しい。

早速その日の営業終了後に、飲んでみることにした。カウンターの椅子に座り、「御酒」と書かれた箱の中からボトルを引っ張り出すと、ボトルに貼られたラベルにも、「御酒」と書かれてあった。

これが酒であることは、箱やラベルを見なくてもわかる。箱もボトルも上品で洒落(しゃれ)てはいるが、デュカスタン・ファーザーズボトルのように、ボトルが哺乳瓶の形をしているわけでも、カミュ・ブックシリーズのボトルのように、本の形をしているわけでもなく、いわば酒の容器らしいとでもいおうか、「へえ、こんな瓶に酒が入っているのか」と驚くことはまずないような、正統派ともいえるデザインであるからだ。それなのになぜ、ラベルに大きく、「御酒」と書かれてあるのか。これがオーソドックスな一升瓶であったなら、まだ理解できる。醤油(しょうゆ)や酢だって一升瓶で売られているので、おせっかいである感は否(いな)めないが、誰かが間違えないようにそうしているのかもしれない、との想像が成り立つからだ。しかしこれは、中にはきっと上等な酒が入っているのだろう、との期待が膨らむような、いわば酒用として優れたデザインのボトル。もしこの中に醤油や酢が入っていたら私は、こういう瓶には酒を入れておいてくれないか、とか、なんだ、酒が入っているのかと思ったら醤油じゃないか、とがっかりするだろう。くどいようだが、このボトルには酒を入れるのが、もっとも相応(ふさわ)しい。

ラベルの右上にはやや小さな文字で、「瑞泉(ずいせん)　うさき」と書かれてある。「瑞泉」というのは泡盛を置いている酒屋さんや沖縄料理店などで、わりと頻繁に目にする銘柄の一つで、それほど泡盛に詳しくない私でも知っている。だからこの酒が、その製造元である瑞泉酒造株式会社で造られたものであることはすぐにわかるのだが、瑞泉酒造で造っている製品のほとんどは酒であるわけで、「うさき」というのは、「あいうえお」を「あいういう」と発音することの多い、沖縄式の「御酒」の読み方だろう。他にも落款（らっかん）の印影を模したようなデザインで「黒麹（くろこうじ）」と、左下に横書きで製造年が記載されているが、黒麹を使用するというのは泡盛の特徴の一つであり、製造年も昨年のもので、特に何かの記念であるとか、珍しいものであるようには見えない。つまりこのラベルからは、「瑞泉酒造株式会社が製造した泡盛」という以上の情報は得られない。

　キャップとボトルをつなぐようにして貼られたシールには、「沖縄戦前黒麹菌使用泡盛」とある。これは一体、どういうことなのだろう。箱をもう一度よく見てみると、小さな文字で、同じように「沖縄戦前黒麹菌使用」と書かれていることに気づいた。戦前の黒麹菌を使用していることがこの酒の特徴であることはわかったが、戦争が終わったのは、もう七十年以上も前のことだ。なぜそんなに古い菌が現代にあるのだ？

　色々と不可解ではあるが、箱やボトルよりも重要なのは、味である。味の良い酒は、飲むだけで満足感を与えてくれる。うまいなあ、うまいなあ、そうつぶやきながら飲むだけで、日常のストレスをどこかへ吹き飛ばしてくれる。もっともシンプルな形で、うまい酒を飲みたい、という欲望を満たしてくれる。

泡盛を飲むのなら、「カラカラ」という沖縄の酒器で楽しみたいところだが、あいにく私はそれを持っていない。ウイスキーを楽しむ時のように、ボトルから直接ショットグラスに注いだ。静かに、優雅に、ほんのりと優しく、麹の香りが立ち上ってくる。泡盛らしい香りではあるのだが、角が取れているというのか、険が取れているというのか。泡盛の中でも特に珍重される、上等の古酒などには、香りにおいても、また、味においても、熟成された丸みを感じられるものも多いが、この酒の丸みは、それらとも少し違っている。そのうちに麹の香りの奥から甘い香りが、遠慮がちに、ゆっくりと頭をもたげてきた。

月ぬ美しゃ　十日三日
女童美しゃ　十七つ
ホーイ　チョーガー

なんとなくこんな歌が、口から飛び出した。この歌は八重山の民謡「月ぬ美しゃ」であり、この酒は沖縄本島那覇市首里で製造された「御酒」である。那覇市と八重山諸島とは、同じ沖縄県内といえども、四百キロ以上離れている。東京と大阪の直線距離がほぼ四百キロであることを考えるとこれは、大阪の名酒「秋鹿」の香りを感じながら、

「銀座の恋の物語」を口ずさむようなことなのかもしれない。しかし「月ぬ美しゃ」の優雅なメロディーは、この酒の香りによく似合っている気がするのだ。

ありふれた言葉で表現するならば、フルーティ、となろうか。ただこのフルーティという言葉を安易に使うことに、私は抵抗を感じる。バナナとリンゴは同じ香りか。マンゴーとドリアンはどうか。フレッシュフルーツとドライフルーツは？　大阪の酒の香りを感じながら、東京の歌を口ずさむようなことをしている私だけれども、フルーティとはあまりに大雑把で、いい加減な表現なのではないか、そんなことを力説したくなってしまうほどに、この酒の香りは繊細で素晴らしい。

ショットグラスに口をつけてみる。これもまたありふれた表現ではあるが、マイルド。口当たりは良いが、水に似ている、という感じではない。柔らかく、しかし、しっかりと口の中に甘みが広がってくる。舌の先で転がせば、適度な間を隔てて、アルコールの刺激が。一度和らいだかと思うと、喉を通す瞬間にじんわりと戻って来、なめらかなカーブを描きながら薄れて、消えた。口の中に残ったのは、ファーストコンタクトの柔らかい印象。すっきりとしていながら後を引く、すぐに次の一口が欲しくなる、極めてうまい酒だ。

泡盛といえば、多くの酒飲みが、古酒はうまいものだ、という常識を共有しているはずだ。私も例外ではない。したがって、この酒を古酒にしたらどうなるのだろう、という考えが頭をよぎったが、この酒を古酒に仕立てあげるなんて芸当は、私にはとてもできそうにない。古酒にするには短くとも三年の歳月がかかる。そんなに辛抱できるか。なんなら、じゃんじゃん飲むからじゃんじゃん造ってくれ、そんな手紙を瑞泉酒造に送りつけたいぐらいだ。

古酒にするには向く酒、向かない酒、というものがあるのだろうし、この酒が向くのか向かないのかはわからないけれど、一つはっきり言えるのは、新酒の状態で、とてつもないうまさを持っている酒である、ということである。

歳月を味方につけずとも、これだけうまい酒ができるのだから、なにか秘訣があるのだろう、そう思い、ボトルと一緒に箱に入っていたパンフレットを読んでみることにした。こういったパンフレットには、その酒の由来や製造上の工夫が記されていることが多い。

「幻の泡盛」に心をお掛けくださった皆様へ

私ども瑞泉酒造は、沖縄で戦火に壊滅したと思われながら昨年東京大学で六十年ぶりに存在が確認された「戦前の黒こうじ菌」を使っての「復刻泡盛造り」という果報な仕事に恵まれ社を挙げて精進してまいりました。

昔ながらの手間のかかる手作業を復活・踏襲するなど
菌の味を忠実に出す使命を帯びた、いわば文化事業との思いがあり
当初、販売は予定しておりませんでした。
しかし非常に多くの方から「何としても飲みたい」と
熱心なお問い合せを賜りましたため
このたび商品化し、広く御万人にお届けすることと相成りました。
ブランドの区別などなかった昔、全ての泡盛がそう呼ばれたように
名は「御酒（うさき）」としております。

蘇（よみがえ）った瑞泉菌は、採取こそ六十余年前でありますが
おそらくは私の先祖がサカヤーを始めた琉球王朝末期から
代々受けつがれており、齢（よわい）少なくとも百歳以上と推定されます。
造りの能力は、人工的に改良された現代の菌と比べデリケートで
発見当初、酒ができる確率は半分あるなしという状態でございました。
しかし関係指導機関の完全な技術指導と、

熟練杜氏（とうじ）の昼夜問わず赤子を看（み）るごとき情熱の中
全ての困難は、奇跡のように次々覆ってゆきました。
今となれば菌自身が復活を熱望したゆえの結果かと思われます。

味・香りとも、酒造り五十年の先代も心震える出来となりました。
ご賞味いただき、感想を賜われれば誠に幸いと存じます。
泡盛、そしてふるさと沖縄の源流文化を愛する皆様に
ご支援の感謝とともに、以上ご報告申し上げます。

平成十一年　十一月発売当時
瑞泉社主　佐久本　武
（「甦（よみがえ）る泡盛の源流　御酒　瑞泉」パンフレットより引用）

パンフレットを開くと、こんな文章が現れた。まったく、なんということだろう。うまい酒の味や香りをさらに引き立たせるのが、ロマンという風味である。六十年以上前に採取され、東京大学で保存されていた菌。苛烈を極めた沖縄戦ですべて失われてしま

ったと思われていたものが、長い時を隔てて現代に蘇り、生きている。それも、過去の遺物としてではなく、物があふれ、技術の革新が進み、消費者の好みや要求が贅沢になったのであろう現代においても、間違いなく至高の一品として認められるような、特別にうまい酒造りの要として。

杉本さんがこの酒を勧めてくれた理由は、この酒が戦前の黒麴菌を使って造られたからだろう。カジマヤーを迎える上原さんのお祖父さまが、昔を懐かしみながら飲む酒としては、ぴったりであるといえる。今年九十七になるとすれば、終戦を迎えた時は二十歳を少し超えたあたり、二十二か二十三ぐらいであったはずだ。二十二だとして、太平洋戦争が始まったのが十八歳ぐらいの時。未成年飲酒禁止法が成立したのが一九二二年であるから、戦前はまだ成人しておらず、酒を飲むことはできなかったはずだけれども、成立当初からしばらくの間、おそらく戦後に改正されるまでは但し書きによって、結婚縁組に関する礼式、式典および医療、吉凶礼式などの場合を例外としていたようであるから、もしかしたらお祖父さまも戦前に、お祭りやお祝いの席などで、瑞泉酒造の酒を飲んでいたかもしれない。そこまで厳密に考えなくとも、昔の話だ。未成年の飲酒については、現在よりも管理がゆるかったかもしれない。もしそうであれば、この酒に使われた菌の子、兄弟、親戚などにあたる菌で造られた酒を、口にしていたということになる。ならば、お祖父さまがこの酒を飲むことは、古い友人との再会、みたいなことにならないだろうか。

二つ折りであるように見えたパンフレットは、実は四つ折りになっていて、真ん中からもう一度開けるようになっていた。開いた奥には採取された時から復活を成し遂げるまでの道のりが、年表形式でまとめられている。それによると、菌を採取したのは、当時東京大学の教授であった、坂口謹一郎という人物らしい。なぜ坂口氏は、黒麹菌を集めようと思ったのだろう。醸造学の世界的権威、とあるから、研究のためのサンプルとしてなのだろうが、その研究とは一体、何のために、どのように行われていたのだろうか。色々と想像が膨らむが、どうであれ、坂口氏の研究のおかげでこの酒が生まれることになったのだから、感謝をしなくてはならない。

坂口先生、ありがとうございました。

年表を眺めながら「御酒」を舐めているうちに、はっと気がついた。何もつまみを食べていないではないか。酒の味がよいからか、つまみなど食べずともどんどん飲めるし、あまり不足も感じないのだが、つまみが酒の味をより引き立たせる、ということはままある。なにか適当な物を食べないと、せっかくの「御酒」がもったいないではないか。

一般的に泡盛に合うとされているのは、沖縄の料理。それは当然のこと。泡盛に合うように考えられた料理もあるだろうし、沖縄の料理に合うように造られた泡盛だってあるかもしれない。もしくは、沖縄料理も泡盛も、沖縄の気候風土によって育まれた味覚が生みだしたものなのだから、「うまい」の方向性がぴたりと合致するのかもしれない。

　では沖縄の料理を、と行きたいところだけれども、ここは洋酒を売る店、しかも深夜。ミミガー、テビチ、ラフティ、豆腐餻（とうふよう）、スクガラス、ゴーヤー、ヒージャー、夜光貝、どれもすぐには手に入らない。さて、どうするか。

　いや待て。これは気の抜けやすいビールでも、酸化の進みやすいワインでもなく、泡盛だ。キャップを閉めておけば、明日にだって、明後日にだって飲める。一晩でボトル一本飲み干せるほど、私は酒に強くない。だから今日はこの辺にして、しっかりと準備を整えてから、最高な形で再び「御酒」と向き合えばいい。あせるな。意地汚いぞ。「御酒」は逃げない。

　もう一つ忘れてならないのが、この酒の味をより引き立てる、ロマンという風味。もっとよくこの酒や、泡盛全般について調べてからのほうが、さらにうまいと感じられるかもしれない。そうだ、坂口謹一郎についても調べてみよう。「御酒」の大恩人であるし、醸造学の権威であるというのも、興味をそそられる。というか、泡盛について書かれている本や、坂口先生の著作を沢山買って、それらを読みながら飲むというのも、いいかもしれない。頭の中を酒で一杯にしながら、身体の中に酒を染み込ませるのだ。いわば、インテリジェンスと身体性を駆使した、ハイブリッドな飲酒。

　うん、いいアイデアだ。

上原さんのお祖父さまのため、という大義名分はどこへ行ってしまったのだ？　という気がしないでもないが、うまい泡盛を知ろうとすることは、この大義名分に矛盾するものではないだろう。むしろ、もっともっと泡盛のうまさを知るべきだ。「御酒」がとてつもなくうまい酒であるのは事実だが、現時点ではあくまでも、お祖父さまに「うまい」と言っていただけるであろう酒の、第一候補に過ぎないのだから。

早速翌日から、書店や図書館を回ったり、インターネットを駆使したりして、坂口先生の著作や、泡盛に関する情報を集めることにした。本や映像、インターネット上の記事などを眺めていると、あちこちで「君知るや　名酒あわもり」というフレーズを目にした。これは、坂口謹一郎先生が岩波書店の雑誌『世界』昭和四十五年三月号に発表された、泡盛に関する論文のタイトルであるらしい。このフレーズが使用される頻度はかなりのもので、泡盛について書かれた本の一行目に使われている例も、複数目にした。泡盛の製造や販売に携わる人々や、泡盛を心から愛する人々にとっては、知っているのが当たり前、というほどに有名なフレーズなのだろう。なにしろ、那覇市の沖縄県酒造組合と糸満（いとまん）市のまさひろ酒造に、このフレーズが刻まれた石碑まであるらしいのだから。

さて、こうなるとその論文を読まないわけにはいかない。どこで読めるだろうか、と考えると、一番確実なのは、『世界』の昭和四十五年三月号をみつけることなのだが、なにしろ古いものであるし、古本や図書館の蔵書を探す場合でも、雑誌という媒体の特性もあって、ぴたりとその号を探し出すのは難しい。単行本などに収録されていないかな、と思いつつ、片っ端から坂口先生の著作を探して読みあさっていると、古本として購入した『古酒新酒』（講談社刊）という随筆集の目次に、「君知るや名酒泡盛」の文字をみつけた。その瞬間私は、無意識のうちにガッツポーズをしていた。

最初の関門を突破した、そんな心境であった。私はこれまで、泡盛について何も知らなかったも同じだ。うまい酒であるとの認識はあったし、沖縄へ旅行した際や、沖縄料理店などで度々口にしてはいたけれど、うまい、うまい、と飲むだけで、その奥底にまで、足を踏み入れようとはしなかった。うまい酒は世の中にいくらでもある。それこそ、毎日飲んでも、すべてを味わいつくすのは不可能であると思えるほどに。だから、今日は今日のうまい酒を飲み、明日は明日のうまい酒を飲む、という具合にやっていけば、毎日幸せに暮らせる。また、仕事として洋酒を扱っているので、泡盛にはなかなか目が向きにくかった、という事情もある。私はそんな生活に満足していたのだが、泡盛を深く知ろうとしなかったことは、これまでの人生において、大きな損失であったかもしれない。

ファーストコンタクトからは随分時間が空いてしまったが、再び「御酒」である。ボトルのキャップを捻（ひね）り、ショットグラスに注いだ。いい香りだ。少量を口に流し入れ、舌先で転がして鼻に抜く。フルーティ、マイルド、という凡庸な表現をまた使いたくなる。しかし私は今や、坂口謹一郎先生に弟子入りしたような気分でいるのだ。言うまでもなく、東大で坂口先生に教わるほどの知識も、学力も、理解力もないけれど、学びたいという意欲は高い。もっと真剣にこの酒と向き合わねば。

この味、この香り、知っているような気がする。何だったか。回転の鈍い頭を全力で回し、記憶を辿ってみる。そうだ、洋梨だ。ラ・フランスというやつ。またはそのジュース。酒の味や香りを言葉で表すのは難しいものだけれど、この柔らかい刺激の奥に隠れている、甘い香り。ラ・フランスだよ、やっぱり。もういい。私はラ・フランスだと思った。世間のことは知らん。ソムリエならどう表現するか、なんてことも、どうでもいい。洋梨みたいな香りがしてうまいなあ、と私が思っている。それでいいじゃないか。

情報を集めるのに忙しかったせいで、つまみとなる料理については用意する時間がとれなかった。ならばまた後日、しっかりとつまみを用意してから、とするべきなのかもしれないが、もうこれ以上我慢ができない。ここが私の、酒飲みとして未熟なところである。うまい酒には意地汚いが、うまい料理にはそれほど執着しない。また、身体に悪いと思っていても、つい「カラ酒」をしてしまいがち。きっと、総合的に酒を楽しむ能力に欠けているのだ。酒ばかりを見て、酒文化を見ず、といったところか。こんな体たらくで、坂口先生の弟子になったような気でいるのは図々しいかもしれないが、先生、今日はまだ初日ですから、どうかご勘弁願いたい。

人というのはものを食べたり飲んだりする時、半分ぐらいは情報を味わっているのではないだろうか。どこどこ産の高級なもの、農薬を一切使わずに栽培されたもの、品評会で金賞を獲ったもの、そんな情報を知っていることでうまさが増す、というのは真実だろう。味覚などというものは、曖昧なものだ。だからといって、うまいものを食べたり飲んだりすることにたいした意味はない、ということではない。うまい、と感じることが大切なのであり、情報でもって脳を刺激してやることで、より満足感を高めることができるのならば、それをしないのは損である。

情報は、格好の肴になり得るはずなのだ。

「君知るや　名酒泡盛」の載っているページを開いて、読みながら飲み進める。なるほど、戦前は二～三万石の生産量があって、その三分の一が、本土へ移入されていたのか。昔から泡盛は、結構人気があったようだな。ほうほう、「労働者の飲ものといわれた一方に、妙にインテリ層にファンの少なくなかったのは、やはりその独特の風味が、人を引きつけるものをもっていたためであろうと思う」か。わかりますよ、先生。未熟な私が申し上げるのもおこがましいかと存じますが、泡盛というのは、一口目より二口目が、そして二口目より三口目が、よりうまいように感じます。これは泡盛の風味を、一口ごとに身体が覚えていくからではないでしょうか。身体が覚えることによって、身体に馴染む。馴染めば馴染むほど、思い入れが増す。これは、恋に似ているな。それも、一目惚れから気まぐれのように始まり、すぐに冷めてしまうような恋ではなくて、関係が深まるにつれ、共に一生を過ごしたい、という思いがどんどん高まっていくような恋。一緒の時間を過ごせば過ごすほど、二人はぴったり来ていると感じられるような恋。相手にちっともがっかりしないような、極めて相性のいい相手との恋。

少し酔ったようだ。私は一体、何を言っているのだろう。いい歳をして、恋だなんて。

泡盛という酒は不思議なもので、個人差はあるのだろうけれど、私の場合、少々飲み過ぎても、頭が痛くなったり、気分が悪くなったりすることがほとんどない。泡盛は二日酔いになりにくい、という話を時々聞くが、私もそれは正しいと感じる。泡盛の酔い心地は最高だ。頭がふわふわして、気分が軽くなる。沖縄の酒席に歌と踊りはつきものだが、たしかに泡盛を飲むと、歌ったり踊ったりしたくなるように思う。

最高だなあ、泡盛。

ちびり、ちびり、と何時間やったろうか。いい具合に酔っている。さて、そろそろ帰ろうか。いや、面倒臭いな。ここでちょっとだけ寝ていこう。自分の店だ。誰に遠慮がいるものか。

ネクタイを解き、靴下を脱いで、床に寝転がった。横になってもふわふわしている。なんと気持ちがいいことか。やはり床は、丹念に磨いておくべきだ。お客さんにうまい酒を飲んでもらうための演出としてだけではなく、こういった時にも助かる。

　ああ、今日もうまい酒を飲んだ。


　翌朝、目覚めはすっきり。ただ泡盛を飲んで酔っ払っていただけのようにも思えるけれど、ちゃんと収穫はあった。泡盛を飲みながら、泡盛についての論文を読むのだ。いわば全身を泡盛の世界にドブ漬けするようなもの。理解力も記憶力も、いつもより何割か増していたように思える。

　もしかしたらそれは錯覚で、素面（しらふ）の時に読み込んだほうがよいのかもしれないけれど、「君知るや名酒泡盛」は、泡盛の独自性や優れた部分のみならず、文化的な側面や歴史についてまで触れられている、非常に興味深い内容の文章であり、もし酔っていたせいで、理解力や記憶力に問題があったとしても、泡盛の肴には最高であった。読みながら、飲みながら、どんどん「泡盛、最高！」という気持ちが盛り上がってくるのだ。うまい酒をよりうまくする方法として、これは成功であったと言える。

　酔いながら勉強したことではあるが、やはり泡盛の特徴、独自性を語る上で、黒麹菌の存在は重要である。泡盛を泡盛たらしめる条件とは何か。それは、米を原材料としていること、黒麹菌を用いていること、仕込みは一回きりの全麹仕込みであること、単式蒸留器で蒸留されていること、である。つまり、黒麹菌を用いなければ、泡盛にならない。

すべての泡盛に黒麹菌が使われているという事実を考えれば、泡盛独特の風味に黒麹菌の力が大きく関与していることは想像に難くなく、坂口先生が黒麹菌を集めて保存した理由についても、なんとなく察しがつく。

坂口先生が「御酒」に使用された、瑞泉酒造の黒麹菌を採取したのは昭和五年ごろ。当時も沖縄の泡盛の他に黒麹を使って酒を造る例は、薩摩(さつま)や八丈島の芋焼酎などがあったが、薩摩や八丈島ではすでにその頃、特別に選んだ一種、または二種の麹菌を純粋に培養し、それを「たね」として酒造りをするようになっていた。特別に選んだ菌を培養して使うことは、製造上の利点も大きいのだろうが、それは先祖代々、それぞれの家で大切に育て上げられてきた貴重な菌群を捨て去ってしまうことにもなる。そのため坂口先生は、いずれ沖縄もそうなってしまうのではないか、と危惧し、今のうちに沖縄の黒麹菌を集めておこうと考えたようだ。学問的にも重要なことであるのだろうが、一介の酒飲みにとっても、これは極めて重要な問題である。

毎日決まった酒を飲む、という酒との付き合い方もある。だが、冒険をするように色んな酒を飲んでみる、という楽しみ方もある。また、毎日決まった酒を飲むにしても、自分にもっとも合った酒を選び、人生の相棒とするのがいいに決まっている。豊かな選択肢がある、ということは、豊かな喜びを得る上で、大きな要素となるはずだ。

現在は泡盛造りにおいても、純粋に培養された黒麴菌を「たね」として使うことが一般的となっている。その理由は言うまでもなく、「たね」が泡盛造りに適した菌であるからだ。「たね」を使うことで、酒の品質を安定させることができれば、蔵元の経営は安定するだろうし、われわれ酒飲みも、安心していい酒を飲むことができる。豊かな泡盛文化を形成する上で、「たね」の存在は大きい。それに対して「御酒」は、戦前に採取された菌のみを使い、造られた酒である。麴菌というのは、生育している場所によって、様々に変化するものらしく、日本酒などの場合でも、酒蔵で代々育てられてきた麴菌が酒の味に影響を与える、という話をあちこちで聞く。これにどんな科学的根拠があるのかは知らないが、酒飲みの間でも一般的に信じられていることだ。したがって、この菌が沖縄で「たね」を用いての酒造りが一般的になる前に、瑞泉酒造の蔵などから採取された、長年にわたって育てられ続けてきた貴重なものであることが、「御酒」独特のうまさを生みだすための、大きな要素になっていると考えられる。

気がつくとスマートフォンで、飛行機とホテルを予約していた。私は沖縄に飛ばねばならない。理由はただ一つ。私は、「御酒」について、泡盛について、坂口謹一郎先生について、もっと深く知りたい。さらに言うならば、私は沖縄の地で「御酒」を、きっと他にもあるのであろう、抜群にうまい泡盛を、たらふく飲みたいと思っている。

ああ、理由は二つか。

旅立つのは一週間後。お客さんには申し訳ないが、店は臨時休業とさせてもらうことにする。これまでも店を閉めて、スコットランドやアイルランドへ、勉強と仕入れを兼ねて何度か出掛けたことがあるが、それと同じだ。来て下さったお客さんには、臨時休業の案内をするつもりだけれど、急な話である。すべてのお客さんに行き届くはずもなく、知らずにやってきたお客さんをがっかりさせてしまうかもしれない。だが、私は行く。一人のバーマンとして、というより、一人の酒飲みとして。

2

二月だというのに、暖かい日だった。那覇はまるで春。というか、まるで初夏。那覇空港から乗ったタクシーの運転手さんも「今日は特別に暖かいですよ」と言っていた。いくら南国沖縄といえども、こんなに暖かい日は珍しいのだろう。

沖縄に着いて最初に向かったのは、糸満市のまさひろ酒造。空港からタクシーで十五分ほどだろうか。西崎運動公園の辺りから、少し西に入ったところにある。最初にここを選んだのは、坂口謹一郎先生の、「君知るや　名酒あわもり」の石碑があるからだ。まずはそれにお参りをして、というわけではないけれども、泡盛を知る旅の始まりに、相応しいような気がしたのである。

まさひろ酒造は、比較的大きな蔵元で、工場の隣に「まさひろギャラリー」という施設まで設けられている。事前に調べたところによると、ギャラリーには泡盛に関する貴重な展示がされており、個人での見学ならば予約不要で、入場無料。「君知るや　名酒あわもり」の石碑は、沖縄県酒造組合の敷地内にもあるし、どちらも空港からは近いのだが、この二か所のうち、旅を始める場所としてこちらを選んだのは、ギャラリーに興味を持ったからだ。

まずは玄関の脇にある、石碑の前へ。坂口先生の書を写したのであろう独特な文字で、「君知るや　名酒あわもり」とあり、左下に「東京大学名誉教授　坂口謹一郎」と添えられている。見ているだけで泡盛を飲みたくなるような、見事な書だ。優れた書というのは見ているだけで様々な感情を喚起させられるものであるけれども、これほど酒が飲みたいと思わせられる書は珍しい。文字の丸まり方、角張り方、配列のバランス。緻密な計算の末に書かれたものなのだろうか、それとも、豊かな感性によるものなのだろうか。泡盛の味わいを形成する、鋭さと柔らかさが連想される。一度全国の名だたる酒飲みを集めて、書道大会をやったらどうだろう。このような素晴らしい書が、沢山生まれるのではないか。そんな作品たちを壁中に張り付けた部屋で酒を飲んだら、うまいかもしれない。馬鹿げているかもしれないが、ふとそんなことを考えてしまった。

玄関を入ったところには、荷車に載せられた、細長い甕(かめ)が展示されていた。甕は木桶(きおけ)のようなものに入れられ、一台の荷車に八本積まれている。昔はこうして泡盛を運搬したのだろう。甕を木桶のようなものに入れてあるのは、甕同士がぶつかって割れないようにするためだろうか。こうやって運搬されていたのは、どれぐらい前までなのだろう。見学しながら甕に入って運ばれてゆく酒の味を、無意識のうちに想像していた。甕に入った酒というのは、なぜかうまそうに思えるものだ。甕の形がそう思わせるのか。それとも、甕で貯蔵された、古酒のイメージからだろうか。沖縄に到着して最初に訪れた場所の玄関を入っただけで、こんなに泡盛が飲みたくなるだなんて、この先が思いやられる。

その奥には、販売と試飲を行うコーナーがあった。すぐに試飲をさせてもらえば、泡盛を飲みたいという欲求はとりあえず満たされるが、ここは我慢。「いらっしゃいませ」と声をかけてくれた従業員の方に教えてもらい、二階にあるギャラリーへ進むと、古い道具や、古いボトル、製法などについての展示がされていた。なかでも興味を惹(ひ)かれたのは、泡盛ビンテージコレクションとでも言うべき、古いボトルの数々。泡盛のボトルで特に個性的なのは、三合瓶だ。三合といえば、５４０ミリリットルであるはずなのだが、泡盛の三合瓶はなぜか６００ミリリットル入るようになっている。また、一升瓶、四合瓶というのは日本酒でも、焼酎でも、泡盛でもよく見かけるけれども、三合瓶というのは、泡盛以外の酒ではあまり見かけない。これも不思議である。

三合瓶がなぜこのような形で使われているのか、理由はわからないけれども、泡盛には三合瓶がよく似合う。ビールの大瓶の内容量が、６３３ミリリットルであることを考えると、同じくらいの大きさである三合瓶は、晩酌の際に食卓の上に置いて、手酌でやるのにちょうどいいサイズなのかもしれない。ビールも泡盛も、基本的には燗(かん)をつけない酒だ。ということは、瓶から直にグラスに注いで飲むことが可能であるわけだ。これが日本酒ならば、徳利に注いで、燗をつけて、という作業が飲む前に必要となる。すると、酒の支度をするのは食卓の上ではなく、台所になる。だから日本酒の場合は、一升瓶で買うことが多いのではないだろうか。もちろん、畳の上に一升瓶を置いて、冷やのまま湯のみか何かでぐいぐいやる、というのもいいものだが、それをアルコール度数の高い泡盛でやるには、相当酒に強くないと大変なことになってしまう。

　泡盛はアルコール度数が高いために、水で割って飲むことも多い。すると食卓の上に氷と水を用意して、水割りを作りながら、ということになる。これにも三合瓶は適している。オン・ザ・ロックでやる場合でも、水以外のもので割る場合も同じだ。水で割ったり、オン・ザ・ロックでやる場合の多い酒といえば、ウイスキーが思い出されるだろう。ウイスキーのボトルは、７００〜７５０ミリリットルのものが主流だ。これはおおむね四合瓶ぐらいのサイズである。もう一つ、食卓の上に置く酒としてポピュラーなワインのボトルもこれぐらいのものが主流であることを考えると、食卓の上に置く酒としては、このサイズが世界的なスタンダードであると言えるだろう。泡盛にも、四合瓶で売られているものは多い。焼酎も同じだ。

　ギャラリーの展示を見ているうちに、ビール瓶を再利用して泡盛を詰め、売られていたらしいものをみつけた。現在でも、三合瓶で売られている泡盛が多いのは、こういったスタイルで売られていた歴史の影響があるのかもしれない。戦後の、物のない時代。瓶も貴重なものであったはず。空き瓶を洗浄して再利用する、というのは、日本中どこでも行われていたことだけれども、戦後アメリカの統治下にあった沖縄では、もしかしたら日本規格の一升瓶や四合瓶より、ビール瓶のほうが入手しやすかったのかもしれない。四合瓶に近いウイスキーのボトルも出るには出ただろうが、空き瓶が出る量としては、一晩に何本も空けることの多いビール瓶のほうが、圧倒的に多かったはずである。これはあくまでも想像だが、入手しやすい空き瓶に入れて売っているうちに、これがちょうどよい、ということになり、戦後、時間を経て、専用のボトルを用意することができるようになっても、同じぐらいのサイズで作ることにしたのではないだろうか。元々泡盛は計り売りが主流であり、戦後に瓶詰めでの流通が一般的になったことを考えると、私のこの想像も、あながち遠からず、かもしれない。

ギャラリーからはガラス越しにではあるが、工場の様子も見学できる。現代的な設備の整った、清潔な工場だ。今日はあいにく稼働していないが、泡盛の製造工程をある程度知っていれば、そこにある設備が何に使われるかが大体わかる。

ここで簡単にではあるが、泡盛の製造工程をさらっておこう。

まずは、原料となる米、主に使用されているのはタイ米を砕いたもので、それを水に浸して水分を与える。充分に水を含ませたところで洗米をし、ゴミや糠(ぬか)などを取り除く。

その後、余分な水分を切ってから、米を蒸し上げ、そこに黒麹菌を散布する。温度管理を行ったり、攪拌したりしながら、麹菌を繁殖させて「麹」にし、頃合いを見て水と酵母を加え、発酵させる。発酵をさせることで、アルコールを含んだ「醪」となり、これを単式蒸留したものが泡盛となる。

設備を見ながら、日々そこで行われているのであろう泡盛造りの様子を想像していると、ますます飲みたくなってきた。見学も大体終わったし、さて、試飲と参りましょうか。

ゴルフをする時、極力水分を摂らないでおくと、終わった後に飲むビールが格段にうまくなる、とゴルフの好きなお客さんから聞いたことがある。その気持ちはわかるけれども、身体には絶対よくない。熱中症の危険、身体の水分が不足することによる、循環器、その他への悪影響。できることなら私は、酒と一生友人でいたいと思っている。年老いて、今ほど酒を飲めなくなっても、一晩に一合、いや、五勺でもいい、うまい酒をほんのちょっとでいいから、命を全うするその日まで飲んでいたい。それには、健康な身体が必要だ。カラ酒をしてしまいがちであり、つい飲み過ぎてしまうこともある愚かな私ではあるけれど、酒とはなるべく、いい付き合いを続けたい。

とはいっても、我慢の末に、ようやく酒にありつけた時の喜びは、格別なものだ。だから今日のように、泡盛について学びながら、飲みたいという気持ちを極限まで高めておいて飲む、というやり方は、いいのではないかと思う。身体に悪影響もないし、飲みたいという思いが達成された時の満足感は、きっと精神にもいい影響を与えてくれる。

　階段を降りて、一回の販売コーナーへ向かった。ぐるりと一周回り、もっとも興味を惹かれたのは、「十年古酒　蔵出しまさひろ」というボトルだ。従業員の方の説明によると、沖縄の産業まつりで販売するために用意されたもので、沖縄以外では手に入らないらしい。淡麗と濃醇(のうじゅん)の二種類があって、どちらも試飲ができるようになっている。沖縄でしか、それも沖縄の産業まつり以外では、おそらく入手も難しいのだろう、というプレミア感。さらには十年古酒という、まるでうまさを保証するような表示。淡麗と濃醇という二種類の酒を飲み比べたいという欲望。それが満たされる喜び。

　淡麗と濃醇を飲み比べる場合、淡麗から飲む、というのがセオリーであるような気がする。初めに風味の強いものを味わってしまうと、すっきりとした味わいのものが、物足らなく感じてしまうことがあるからだ。頭ではわかっているつもりなのだが、私はどうしても我慢ができなかった。濃醇というぐらいなのだからきっと、一口飲んだら泡盛らしい芳香がカーッとやってくるのだろう、という期待で、胸の中がいっぱいになってしまっているからだ。「御酒」を知ったことで私は、口当たりがよく、すっきりとしていながら味わい深い泡盛の魅力を知った。「十年古酒　蔵出しまさひろ」の淡麗も、きっとうまいだろう、とは思っている。だが、泡盛のことをずっと考えながら飛行機に乗って沖縄に来て、飲みたいという欲望を抑えるどころか、逆に高めながら、展示や工場を見学して、ようやくやってきた試飲のチャンスなのだ。最初の一口として、濃醇な泡盛を味わいたい、というのが人情ではないか。まして、十年古酒だ。歳月によって、丸みを帯び、旨みを増した、濃醇な泡盛なのだ。いいでしょう、セオリーなんてどうでも。

従業員の方に、「とにかく濃醇を」と言って、試飲のカップに注いでもらった。立ち上る香り。もう我慢できない。キッ、と素早く手首を返して、一口で飲み干した。口の中と、喉と、胸が、一気に熱くなる。「う〜ま〜い〜」と叫びたい気持ちを堪えて、無言で熱い息を鼻から抜いた。

おお、泡盛じゃん。これ、思いっきり泡盛じゃん。

「これ買いますから、もう一杯だけ、いいですか？」

「では、ぜひ淡麗のほうも」

「淡麗は淡麗でいただきたいですけど、とにかくこの濃醇を、もう一杯」

従業員の方は笑いながら、「どうぞ」と注いでくれた。

今度はじっくりと味わってみる。この酒は、甘みが強いように思う。ただし、フルーティ、というのとは違う。もっと複雑であるというのか、種類の異なる甘さが、それぞれ強烈に主張し合っているというのか。にぎやかな味、というのが適切かもしれない。ただ、そのにぎやかさは、てんでバラバラ、という感じではなく、俯瞰すればきれいな球体をしているのだろう、と感じられるような、優れたまとまりが感じられる。アルコールの刺激は、さすがに十年古酒。少しもピリピリとはせず、じわりと口の中の粘膜に沁みてくるようだ。もちろん、味も香りも、アルコールによる刺激も、すべてがはっきりしている。まさに「濃醇」という表現がぴったりくる酒だ。

「では、淡麗のほうもいただけますでしょうか？」

「こちらはこちらで、美味しいですよ」

淡麗の第一印象は、キリリ、だろうか。口に含んだ瞬間は「あれ、これ吟醸酒か？」という錯覚を抱きそうになるほど、透き通った印象を受けるが、すぐに「ああ、やっぱり泡盛だ」と思い直させられるような、泡盛らしい風味がやってくる。ただし、それはあくまでも繊細で、舌の先で味を探る、といった楽しみ方を自ずとしたくなるようだ。喉の奥へと送り込む時の感触も良好で、清らかな小川を流れてゆく小さな笹舟を連想させられる、と言ったら誇張し過ぎか。

ボトルを何本か買いこんで、再びタクシーに乗り、牧志駅近くのホテルにチェックインした。明日はいよいよ、首里だ。そう、「御酒」の製造元である瑞泉酒造を見学するのである。

瑞泉酒造には予め、電話をしておいた。個人での見学に予約が必要なのかどうかはわからなかったが、今回の旅のメインはあくまでも「御酒」である。万が一予約なしで行って見学ができなかったら、沖縄まで来た意味が半減してしまう。

明日の予定は立ててあるし、せっかく沖縄にいるのだ。このまま明日に備えて、なんてホテルの部屋で大人しくしている理由はない。もちろん、泡盛を飲みに行く。

沖縄好きの友人に「那覇に泊るなら、ここに行くといいよ」と紹介された、老舗の居酒屋に入った。まだ七時前なのに、店内はかなり賑(にぎ)わっている。入口から見えるテーブル席はすべて埋まっており、グループであれば「しばらくお待ち下さいね」なんて言われてしまうところなのだろうが、幸い一人である。カウンターの隅に座らせてもらえた。

カウンターの奥には、泡盛の一升瓶がずらりと並んでいる。メニューを見ると、かなりの銘柄が揃っていた。まだまだ勉強不足の身ではあるが、私がこれまで耳にしたことのある蔵元の酒は、すべてその中にあった。もちろん、すべての蔵元の、すべての銘柄があるというわけではなく、一つの蔵元につき、最低一銘柄、という意味である。

注文はグラスでもできるけれど、沖縄の酒器「カラカラ」で、一合、二合、といったようにもできる。それぞれの席の前には、氷と水が置かれていて、カラカラからグラスに注いで水割りやオン・ザ・ロックにして飲むのも、猪口(ちょこ)に受けてストレートで飲むのも自由である。メニューには古酒もあったし、これまで飲んだことのないものも沢山あったが、ここではあえて、沖縄の人が普段の酒として飲む、といったイメージのものを選んだ。生産量の多い蔵元の、比較的安価な新酒だ。

一合のカラカラで注文し、水と氷をグラスに入れてチェイサーを拵え、泡盛を猪口で受ける。新酒の場合、何かで割って飲むことが多いけれど、私は「御酒」に出会って以来、泡盛の味を知りたいと思うようになった。古酒のようにまろやかでなくとも、「御酒」のようにフルーティでマイルドでなくとも、その泡盛にはその泡盛の、うまさがあるはずなのだ。それを知るには、ストレートで飲むのが手っ取り早い。

やはり、味には少々険が感じられた。アルコールの匂いも、若干強めであるように思える。これを好ましく感じない人も、もしかしたらいるかもしれない。古酒と比較するならば、面取りがなされていない、という印象だろうか。口の中の粘膜にも、ややピリピリくる。当たり前だ。ウイスキーだって、ブランデーだって同じ。若いものはピリピリする。人間だってそうさ。若者は、とんがっているから若いのだ。まろやかな若者なんて、意気地がないぞ。

ただし、ピリピリしていても、それはあくまで粘膜の表面で感じているだけのこと。ピリピリの奥で、遠慮がちに甘みが頭をもたげてくる様子を感じ取れる。芯は確実にうまい。

泡盛は、一口目より二口目が、二口目より三口目がうまい酒だ。口や喉の粘膜が刺激に慣れるにつれ、どんどんうまさが増す。普段の酒とは、毎日のように飲む酒である。毎日のように飲んで味に馴染んでいれば、一口目から相当うまいのではないだろうか。

飲めば飲むほど酒に強くなると、昔はよく言われた。今ではこれがまったくの出鱈目であるとされているが、これは半分正しくて、半分間違っていると感じる。科学的には、酒に強い、弱いは、その人が遺伝的に持っている消化酵素によって決まるものらしいが、感覚的にはたしかに強くなる。どういうことかというと、毎日酔っ払っているうちに、酔っ払っている状態に慣れ、自分が酔っていることに気がつきにくくなるのだ。気がつけばすでにベロベロ、ということもあるけれど、ベロベロの状態にだって慣れているから、あまりそれをつらいとは感じない。酒を何十年と飲んでいるベテランでも二日酔いになるのは、ベロベロの状態に慣れ過ぎているからだろう。もちろん、二日酔いにも慣れている。だから、懲りない。

酒を飲むにあたって、慣れというのは非常に重要なのである。慣れることによって、酒が身体に馴染む。酔いにばかりではなく、味にもだ。また、味に馴染んだからこそ、感じられる味もある。

酒を身体に馴染ませなければ、口当たりのよい酒しか飲めない。口当たりのよい酒は、一般的に上等とされ、値段もそれなりにするが、口当たりのよさを得るために、犠牲にしなくてはならない部分もある。たとえば、多少の険があるがゆえに感じられるうまさや、時には「クセ」と呼ばれることもある、その酒独特の風味だ。

「すみません、豆腐餻を下さい」

たとえばこの、沖縄を代表する珍味であり、泡盛にもぴったりとされる豆腐餻。これもクセが強いとされる食べ物だ。島豆腐を発酵、熟成させた、非常に手間のかかった逸品だが、これを苦手だという人もいる。うまいのにな。

豆腐餻を楊枝でほんの少しすくって舌にのせ、そこに泡盛を流し込む。豆腐餻のかけらが、流しこんだ泡盛によって、へなへなと溶けてゆく。これによって口の中の刺激が、崩れながら膨らみを帯び、ふわふわしてくる。

泡盛と豆腐餻の相性がいいのは、周知のことだけれど、特に新酒のストレートとの相性は抜群であるように思う。泡盛と豆腐餻の刺激と刺激、クセとクセが、うまい具合にかみ合うのだろうが、中和された、という感じではない。青い絵の具に、白い絵の具を混ぜたようなもの、だろうか。青と白を混ぜれば水色になるが、それは決して二つの個性のちょうど中間にある色ではなく、二つの個性が混ざり合うことによって生まれる、独自の色だ。しかもそれは、その時々の状況によって微妙に変化する。まったく同じ色を再現するのは難しい。

チェイサーを飲み干して氷を足し、そこに泡盛と水を注いで水割りを作る。泡盛と水の割合は、四対六といったところか。水で割ることによって風味は薄れてしまうが、口当たりはぐっと柔らかくなる。ストレートで飲みながら、泡盛を馴染ませてきた身体には物足らないような気がしたけれど、やはり一口、二口と飲み進めて行くうちに、段々とうまさが増してきた。

泡盛の味を知るためにストレートで、などというのは浅はかだったか。ストレートではうまくないから、水で割ってごまかすのではなく、ストレートで飲んでもうまいが、水で割るともっとうまい、この酒はきっと、そんな酒なのだ。また、こうやって飲んでいると、普段の酒、といった雰囲気がより高まってくる。気取らずに、気張らずに飲む酒。

普段の酒を持っている人は、幸いである。なぜなら、普段の酒を持っていなければ、特別な酒を持つこともできないからだ。比較的安価で、自分の好みに合う酒を普段の酒としていれば、それを基準として、日頃あまり飲まない酒を飲んだ時などに、味わいの良し悪(あ)しを判断できる。高級なものはなぜ高級なのか、新酒と古酒はどう違うのか、それを自分なりの基準で、感じ分けることができる。

喩えとして適当かどうかはわからないが、旅行から帰宅した時、「やっぱりうちが一番いいね」と、何気なく口にしたことはないだろうか。うちが一番いいなら、旅行に行く理由はないし、仮に温泉旅行に行ったのであれば、自宅の風呂よりは絶対に旅館の大浴場のほうがお湯の質もよく、広くて快適なはずなのに、ついそう言いたくなるから不思議だ。もっとも、旅行中には旅館の大浴場で、「いやあ、足の伸ばせる風呂って、やっぱりいいね」なんて言っていることが多い。一体どっちなんだよ！　と言いたくもなろうが、実はどっちも本当で、どっちも嘘なのだ。
ハレとケ、とでもいおうか。酒飲みにとって、酒を飲むことは日常である。すなわち、ケ。普段の酒は、ケの酒であり、特別な時に飲む酒は、ハレの酒というわけだ。日頃からハレの酒ばかり飲んでいれば、ハレはケへと変化してしまう。また、ケをおろそかにすれば、人生における時間のほとんどは、ケの状態にあるのだから、全体的な幸福度が低下してしまう。ここが難しいところなのである。

もちろん、上等な古酒などの、高級な酒をケの酒としてもいい。財布の中身に余裕があり、いつでも入手できる状況にあるのなら、それを基準にして他の酒を味わえばいいのだ。けれど、世に広く出回っている酒には必ず、なにかしら魅力があるのだ、ということを忘れてはならない。それが安価な酒であっても、どこにでも売っている、特に珍しくもない、ありふれた酒であっても。

気がつけば、随分と杯を重ねていた。すでに酔っている。

ああ、今日もうまい酒を飲んだ。

3

牧志の駅からゆいレールに乗って、首里で降りた。瑞泉酒造までは、徒歩で十分ぐらいか。途中、首里城の継世門が見えたり、洒落た石畳の道に出たりと、なかなかに風情のある道のり。ここはかつて、琉球王国の首都であったはずなのだが、現在の日本の首都とは比較にならないほど、街並みはゆったりとしていて、優雅である。

瑞泉酒造の門構えにもまた、沖縄らしい優雅さを感じる。塀は石積みで、同じく石積みの門柱の上には、シーサーが乗っており、塀を這う草や、敷地内の木々も、二月だというのに青々としていて元気がよい。門の前に立つだけで、ここで造られる泡盛はきっとうまいだろうな、と思わせられるような佇まいをしている。

十八～十九世紀ごろ、泡盛の製造はここ首里の三箇（赤田、崎山、鳥堀の、三つの字）に居住する、「焼酎職」と呼ばれる人々にしか許されていなかった。現在では、元々首里三箇にあった酒蔵が移転したり、明治以降酒造りが自由化されて免許制となり、新たに酒造を始めた業者もあって、沖縄のあちこちに蔵元が点在しているが、歴史的に見ても、首里が泡盛の本場である、と言ってよいだろう。瑞泉酒造が今も操業を続けているこの地は、首里三箇のうちの、崎山である。何百年にもわたって泡盛が造り続けられてきた土地に立っている、そのことだけで妙に気持ちが弾んでしまう。

受付で見学の申し込みをして、ロビーでしばらく待機。念のために私は電話を入れておいたが、予約をしなくても見学は可能であるようだ。

ロビーの隣には、試飲のコーナーと販売のコーナーがある。隣に、というよりは、その三つが一緒になったスペースというべきか。昨日行った、ぎりぎりまで飲みたいという気持ちを高めておいて飲む、という方法は、今日も自然に実行できそうだ。

ここにやってきた主な理由は「御酒」なのだけれど、他にも色々うまそうなものがある。瑞泉酒造は、南風原（はえばる）に大規模な古酒の貯蔵庫を持っていることでも知られているが、そのためか、古酒のラインナップが充実していると感じる。なかでも「おもろ」と名のついたシリーズは、十年もの、十五年もの、二十一年ものと、バリエーションも豊か。沖縄の伝統的な歌に、「おもろ」というのがあるが、そこから名前をいただいたのだろう。「おもろ」は一般的に巫女（ノロ）や神職によって歌われていたらしいけれど、首里城においても、儀式の際などに歌われていたようだ。時間や伝統の重みを感じさせてくれる、首里の酒らしい、よいネーミングだ。

そうしているうちに、係の方に呼ばれ、いよいよ見学が始まった。まずは二階に上がってビデオを鑑賞する。瑞泉酒造の、誠実な酒造りの姿勢が感じられる、なかなかに興味深いビデオだった。それからは、ガラス越しに工場の設備を見学。案内を受けながら、係の方に色々と質問もしてみた。

見学の後は、いよいよ試飲だ。非常に親切に、色々飲ませてくれる。沖縄でよく言われる、「オバーの、カメーカメー攻撃」。おばあちゃんが、これを食べろ、あれを食べろ、ともてなしてくれる様子を、親しみを込めてコミカルに言い表した言葉だが、それに近いものを感じた。私を案内してくれた方は妙齢の女性であったので、さしずめこれは、「ネエネエの、ノメーノメー攻撃」といったところ。

ここは、天国かよ。

試飲をした中で特に気に入ったのは、「瑞泉Ｋｉｎｇ　古酒十年」。私はどうも十年という年月に惹かれるようだ。十年ひと昔と言う。ひと昔前に造られた酒。キリがいいというのか、わかりやすいというのか。口当たりは軽く、味わいは繊細でありながら、しっかりと芯があり、「凛(りん)としている」という表現が、私としてはもっともぴったりくるように思う。軽い口当たりのせいか、甘みもはっきりと感じられるし、後の引き方も自然で上品だ。甘さの後には、ほんのりとした辛さが立ち上がってくる。

昨日はガツンと旨みがくるタイプの「蔵出しまさひろ　濃醇」を気に入っておきながら、今日は口当たりが軽く、繊細な味わいを持つ「瑞泉Ｋｉｎｇ　古酒十年」をうまいと言っている。節操がない、といえばそうなのだが、うまいと言われる酒にも、様々なタイプのものがあるのだ。それらのうまさをすべて知りたいと願う心の、なにが悪いのか。

テレビなどでよく、うまいとされる店の常連客らしき人が、「ここのを食べたら、他の店のはもう食べられないね」と言っているのを見かける。私はそれを見るたび、嘘つけ、と思う。その店の味が気に入っていたとしても、他にもうまい店は絶対にあるし、仮に本当にその店以外のものを食べないのなら、その店と同じくらいうまい店や、もっとうまい店を発見するのは不可能になる。ということは、その店が一番うまい店だということも、立証できなくなる。またこれを、結構な頻度で見るということは、極めて凡庸な発言であるということであり、何も考えずに極めて凡庸な発言をする人が、食に通じているはずがない。それに、なぜうまいものに出会える可能性を自ら潰してしまうのだ、とも思う。満足しているのなら構わないけれども、私は嫌だ。今日は今日のうまい酒を飲み、明日は明日のうまい酒を飲みたい。


本日の主たる目的である、「御酒」の話に戻ろう。今日見せてもらったビデオや、案内をして下さった方への質問、これまでに読んだ本やインターネットの記事、参考となる映像などで得た知識から、段々と「御酒」という特別な酒の全容が見えてきた。

「御酒」に使われた戦前の黒麹菌が採取されたのは、昭和五年ごろであると「君知るや名酒泡盛」の中に書かれていたが、「御酒」のパンフレットには一九三五年とある。すなわち、昭和十年だ。どちらが正しいかはわからないが、坂口先生の書き方からは、大体その頃だったかな、というニュアンスが感じ取れる。東京大学の教授ともなれば、研究の内容も数も膨大であろうし、その結果や過程については覚えていても、行った時期については記憶が曖昧であったり、他の研究と混同してしまっている、ということも考えられる。また、昭和五年から沖縄での採取を始めて、すべてを集め終わったのが昭和十年である、という可能性もゼロとは言えない。そんな理由から私は、パンフレットにある一九三五（昭和十）年のほうを支持するが、昭和五年であっても昭和十年であっても、それが瑞泉酒造の前身である、喜屋武酒造所の麴や桶の周囲の土から採取されたものであれば、あまり大きな問題ではないだろう。麴菌というのは、環境によって様々な変種が生まれるものらしいが、変化をするにしても、おそらく長い時間をかけてゆるやかに変わってゆくのだろうし、泡盛造りや黒麴菌にとってもっとも急激で大きな変化は、沖縄戦によって、従来のものがことごとく失われてしまったことなのだから。

戦前に採取された菌が東大で保管されていることがわかったのは、一九九八年。坂口先生の記述によると、沖縄の六十八の泡盛工場から約千株（パンフレットでは約六百二十株）の黒麴菌を採取し、それを整理しておよそ二百株を保存したようだが、せっかく集めた菌も戦後度々処分の対象となったようで、一九九八年時点で残っていたのは、わずかに十四工場分の、十九株のみ。その十四工場の中で操業を続けていたのは、瑞泉酒造を含めて二工場しかなく、他はすでに廃業していた。

　それほどの難関をくぐり抜けて、戦前の瑞泉菌が沖縄へと帰ってきたのだが、これを使って泡盛を造るにしても、やはり一筋縄ではいかなかった。まず、当時の沖縄国税事務所の主任鑑定官であった、農学博士須藤茂俊（すどうしげとし）氏が、寒天培地での培養実験を行ったところ、瑞泉の菌には繁殖のための胞子がつかず、酒造りは困難であると判定された。ところが、泡盛の原料と同じタイ米に菌を散布してみると、一晩のうちに真っ黒に胞子をつけたそうだ。その結果を受けて、「瑞泉菌は酒造りに適当である」と判定が覆り、これが瑞泉酒造に渡され、戦前の黒麹菌で泡盛を造ることが決定した。

　この麹菌を使って酒を造る難しさ、それは「単一菌」であることが大きかったようだ。現在広く行われている「たね」を使って仕込む場合、通常二種類以上の菌を使用する。黒麹菌、と一口に言っても、それぞれ性質が異なり、泡盛の製造に使われるのは主に、雑菌の繁殖を防ぐ働きをする、クエン酸をよく作る菌と、原料に含まれるでんぷん質を糖質に変える働きをする、酵素をよく作る菌である。このように異なる性質を持つ、二種類の菌を使用することで、原料を腐敗させることなく、旨みを充分に引き出した酒を造ることができるのだ。

　戦前の沖縄では、「たね」でなく、それぞれの酒蔵で自然に育てられた黒麹菌を用いて泡盛が造られていたが、そこでもやはり、複数の菌が自然に生えて、混在していたと考えられている。麹菌というのは、環境によって様々な変種を生みだす性質を持っているので、かつては酒蔵によって、それぞれ独自の菌群が形成されていたはずだ。つまり坂口先生が戦前に、瑞泉酒造の前身となる喜屋武酒造所から採取し、その後長年にわたって保管されていたのは、菌群の中にあったうちの一種類であった、ということだろう。

仕込みを開始するにあたって瑞泉酒造では、須藤氏の要請によって生産ラインを止め、工場内を徹底的に洗浄、殺菌した。タンクや機械にとどまらず、作業衣やボールペン一本にいたるまで。戦前の貴重な単一菌に、他の菌を混入させないようにするためだろう。一週間かけて、それらの作業を終え、いよいよ戦前の瑞泉菌を用いた泡盛造りが始まったのだが、成功する確率は、五分五分と言われていたらしい。瑞泉酒造では通常、一回の仕込みに十トンの米を使用するが、この時はあまりにリスクが高いため、最小の仕込み量である、一トンの原料で行うことになった。

はじめに、原料となるタイ米に黒麹菌を散布して繁殖させ、麹にする「製麴（せいぎく）」という作業を行う。現代では、機械を使って菌を噴霧する方法が主流になっているけれど、この時は手作業で散布する方法が取られた。機械での作業に慣れた技術者たちには、初めての経験であったようだ。五名ほどの従業員が、一時間おきに送風をかけたり、毛布をかぶせたりしながら、交代で二十四時間温度管理を行ったものの、全体の二〜三割ほどには麹が生えなかった。

麹をよく生やすには、温度を上げる必要がある。しかし、戦前の瑞泉菌は、クエン酸を作る力が弱かったようで、酸度がなかなか上がらなかった。クエン酸が充分に出なければ、アルコール発酵をさせる過程で、原料が腐敗する可能性が高くなる。したがって、この段階で充分に酸度を上げておくのがセオリーであるのだが、クエン酸を出させるには、温度を下げなくてはならない。温度を上げるのか下げるのか、または、麹をよく生やしつつ、クエン酸を充分に出させられるような温度を探り当てられるのか。難しい温度管理を強いられたのは、間違いない。酸度については、二・〇を目標としていたが、最終段階においても、一・八にまでしか上がらなかった。

次に麹に水と酵母を加えてアルコール発酵をさせ、醪にするのだが、酸度の低い麹は腐敗しやすいために、低温で管理する方法が取られた。泡盛の発酵温度は、二十五～三十℃ぐらいが最適とされている。ところがこの時は、二十℃以下での管理をした。泡盛造りの常識では考えられないほどの、低温であったらしい。

アルコール発酵も、やはり思うようにはいかなかった。低温で管理していることが原因となってか、アルコール発酵が鈍かったのだ。現場からは、温度を上げさせてほしいとの声が上がったが、須藤氏は低温発酵を通すよう、皆を説得した。アルコール度数を上げるには、温度を上げればよいのだが、そうすることによって、味や香りが損なわれてしまう恐れがあったからである。しかし、低温での管理を続ければ、アルコール発酵が止まってしまうかもしれない。そんな葛藤の中、二十二℃での管理を維持することになった。

その結果、出来上がった醪のアルコール度数は、目標とされていた十七度を超えた。蒸留され、復活を遂げた泡盛は、素晴らしい香りを放っていたという。

その香りは、私も知っている。

瑞泉酒造を後にして、しばらく首里の街を散策した。手には「御酒」と「瑞泉Ｋｉｎｇ」の入った袋をぶら下げている。古都、首里。酒の都、首里。

坂口先生は、泡盛を「高貴な酒」だと書いている。それも当然だ、泡盛は王府御用達（ごようたし）の酒でもあったのだから。琉球は、「守禮之邦（しゅれいのくに）」であったと言われており、首里城の守礼門にも、そう書かれた額が掲げられている。礼節を重んじる国、という意味だ。現在はいつでも守礼門に行けばこの額が見られるが、琉球王府の時代には、中国からの冊封（さっぽう）使（し）が滞在している期間にのみ、掲げられていた。冊封とは、新しく王になるものが、中国の皇帝から承認を受けることで、冊封使とは、皇帝の命を受けて派遣される勅使である。

冊封使は通常四百名前後、多い時では六百名以上でやってきて、琉球に四ヶ月から八ヶ月ほど滞在したらしい。その間、守禮之邦の人々はどのように礼を尽くしたのだろう。首里城から少し南に行ったところに、一万二千坪以上の広大な敷地を持つ、「識名園（しきなえん）」という琉球王家最大の別荘があるが、ここは冊封史の接待にも使用されたと言われている。見学をすると、ここなら四百人でも六百人でも接待するのは可能だな、と感じるが、そこでつい考えてしまうのが、冊封使が滞在している間に、一体どれぐらいの酒が飲まれたのだろうか、ということである。

　具体的な数字を示した資料はみつけられなかったけれど、膨大な酒が消費されていたことは間違いない。まして「守禮之邦」である。遠方からの客人をもてなすのに、上等な酒を用意したに決まっている。毎日どんちゃん騒ぎをしていたわけではないのだろうが、四～八ヶ月も気候のいい沖縄に滞在し、いつでも上等な酒を飲むことができたのであろう冊封使を羨ましく思うのは、私だけではないはずだ。

　こう考えると、先ほど瑞泉酒造で試飲をした際、親切に色々飲ませてくれたのも、「守禮之邦」の名残だろうか。昨日訪れた、まさひろ酒造もそうだった。とても親切にしてくれた。私もその礼に応えるために、何本かボトルを買った。いや、偉そうなことを言うのは止そう。私はただ単に、飲みたいな、という気持ちになったから、買ったのだ。礼節も何もあったものではない。食いしん坊ならぬ、飲みしん坊であるだけなのだ。

　冊封使の例を見ると、琉球の外交とは、なんと平和的であったのだろう、と思う。現代日本の外交も、ミサイルだ、経済制裁だ、なんて物騒なことを言っていないで、礼節を重んじながら、一緒にうまい酒を飲んだらいいじゃないか。それこそが、もっとも人間らしい付き合い方ではないのか。となると、下戸の人が困るか。まあ、下戸の人には、なにか他においしいものを差し上げたらいい。

何を言っているのだ、私は。いささか話が、大げさになってしまった。

しかし、平和的な雰囲気をいつも保ち続け、相手のことを考えながら、礼節を忘れずに人と接することは、人間としてもっとも高貴な態度ではないだろうか。琉球王府の外交において、そんな人と人、国と国とのつながりを仲立ちしたのが泡盛であったならば、やはり泡盛は高貴な酒であると言える。

首里を歩きながら、沖縄の歴史や文化に思いを馳せていると、ぶら下げているボトルの封を開けて、今すぐぐびぐびやりたくなるけれども、それは行儀のいいことではない。なにしろ泡盛は、高貴な酒なのだ。もっと優雅に行かねば。このボトルを、私はどのようにして飲もうか。できることなら、最高の形で飲みたい。

首里からゆいレールで安里まで戻り、壺屋のやちむん通りまで歩いた。「やちむん」とは「焼物」の沖縄読みである。私はここで、カラカラを手に入れるつもりだ。

カラカラは、泡盛を飲み回す時などに古くから使われている酒器で、日本酒を差しつ、差されつする時の、徳利の役割に似ている。一般的な徳利と比べると、底面が広く作られていて据わりがよく、細長い注ぎ口がつけられているので、小さな猪口にも注ぎやすい。機能的にも優れているが、なにより、泡盛を飲んでいるのだ、という気分が高まるのがよい。

石畳のゆるやかな坂道の両側に、やちむんを売るお店や、飲食店などが並んでいる。屋根に赤瓦やセメント瓦を載せた、沖縄らしい古い建物もちらほらあって、ノスタルジーを含んだ旅情を感じさせてくれる。ここ那覇市壺屋辺りは、やはり琉球王府によって、窯場が集められた場所だ。首里が泡盛の本場ならば、こちらはやちむんの本場。本場の泡盛を、本場の酒器で飲む、なかなかよさそうではないか。

カラカラと呼ばれるようになった由来は、中に陶製の玉が入れられていて、酒が入っていない時に軽く振ると、「カラカラ」と音を立てるからだと言われているが、玉の入っていないものもあるらしい。「音がしないのなら、カラカラではないじゃないか」とつい言いたくなるけれど、沖縄の言葉では「カラ」が「貸せ」という意味であり、酒の席であちらこちらから「カラ、カラ」と声が上がることから、そう呼ばれるようになった、という説もある。こちらを取るならば、玉が入っていなくても「カラカラ」には違いない。

店を巡りながら、カラカラを物色する。並んでいるものを見る限り、二合用がスタンダードであるようだが、一合用、一合半用というのもある。「御酒」のアルコール度数が三十%で、一般的な日本酒が十五~十六%であることを考えると、一合の泡盛で、日本酒二合分酔うことになる。すると一合用のカラカラは、二合用の徳利と考えればよい。カラカラが、差しつ、差されつする際に用いられる酒器であることを考えると、一人手酌でやるには、一合用が適当か。いやまて、大きさとしては二合用のほうが、私の手には馴染みやすいような気がする。それに、一合で満足するとは限らない、というか、二合ぐらいは飲みたいな、と思う。すると「お銚子の替わり目」みたいなことが発生してしまうから、二合飲むなら二合用のカラカラがいいだろう。まして泡盛の場合は、燗をつけることがないから、飲んでいるうちに冷めてしまうという心配もない。でもな、替わり目によって飲むペースが調節されるという向きもあるし、自分がどれぐらい飲んだかを把握しやすいのは一合用だ。泡盛は燗をつけたりすることもないから、ボトルからちょっと入れるだけだしな。さほど面倒もないな。ちがうちがう、別に二合用のカラカラには、常に二合入れなければならない、という法はない。ペースを管理するのならば、二合用のカラカラに一合の泡盛を入れて、意図的に替わり目を多く発生させればいいのだし、面倒だな、と思う時は、二合の泡盛を入れて、変わり目の回数を減らせばいいのだ。そうだ、やっぱり二合用だ。二合用のカラカラにしよう。

容量のことだけで、これだけ悩むのだ。先が思いやられるというもの。案の定、デザインについても随分悩んだ。シーサーや龍などがあしらわれた、細工に凝ったもの、シンプルな形に独特な文様が施されたもの。またはその両方が凝りに凝っているもの。陶器選びというのは、本当に難しいもので、どこへ買いに行ってもいつも悩むのだが、とかく今日は難しい。最高の状態で、最高の泡盛を飲みたい、と思っているからだろうか。

そもそも、最高の状態とはどんな状態なのか、という問いから始めなければならないのかもしれないが、そっちの方向へ行ってしまうとまずいような気がする。哲学的な思考にはまり込んでしまうかもしれないし、そうでなくとも、細かいことを必要以上に気にして、収拾がつかなくなってしまうかもしれない。頭のいい人は、問題をシンプルに考える能力に長けていると聞く。だから、頭の悪い私であっても、思考を下手にこね回さず、シンプルに考えることを心がければ、いいアイデアが浮かぶかもしれない。

わかった、もう、ひらめきで行く。といって、ひらめかないのが凡人というもの。回った中では、もっとも多くのカラカラが置いてあると思われる店で、訊いてみた。

「あの、カラカラを買うのは初めてなのですが、どんなのがいいでしょう？」

趣味的な器を選ぶのに、なんと主体性のない質問の仕方だろうか。初めてゴルフをやる人が、初心者にも扱いやすいクラブどれですか、と訊く場合とはわけが違うのだ。もういい歳なのだし、酒を飲むにも年季が入っているのだし、酒器を使うこと自体に、それほど技術はいらない。ただ注いで飲むだけだ。そこに様式が、なんて言いだすときりがないけれども、別に高い器を使ったからといって、洗練された仕草で酒を注げるようになるわけでもあるまいし、安価な器でも、粋な感じで口に酒を運ぶことはできるだろう。

「ご予算とお好みに応じてお選びいただくのがよいと思いますが」

そうですね。当然です。自分の好みが自分でわからないなんて、馬鹿ですよね。

こんな馬鹿な質問をした私にも、その店員さんはあれこれ商品を見せながら、説明をしてくれた。

随分長い時間をかけて選んだのは、代表的な文様の一つである、魚の柄があしらわれたカラカラ。同じデザインの小さな猪口、「チブグヮー」も二つ付いている。他にもいいものが沢山あって迷ったけれども、結局好みに一番合っていて、予算的にもちょうどよかった。店員さんの言う通り、やはり予算と好みで選ぶしかないのだ。自分の好みが自分でわからない、というような事態に陥っても、時間をかけて色々見ているうちに、やっぱりこれがいいな、というものが出てくるもの。ひらめきに乏しい凡人だって、時間をかければなんとかなる。ものを選ぶということは、優柔不断な自分を見つめなおすだけの作業なのだ。

さて、酒器は買った。次はつまみだ。一度ホテルに戻り、今日買った泡盛とカラカラを置いて、歩いて地元のスーパーへ行ってみた。

最高の形で泡盛を飲む、というのが今夜のテーマである。昨日同じ酒をストレートと水割りで飲んで思ったのだが、どうも一般的な沖縄料理に合わせるには、水割りに分があるのではないだろうか。食中酒として優れている、というのか、料理の甘みと、酒の甘みのバランスがぴったりくるように思うのだ。しかし今日は、ストレートで飲むつもり。その点を考慮に入れなければ。

日本には酒を飲む人を辛党、飲まない人を甘党という文化があるので、混同されがちなのだけれども、酒を飲む人は決して辛党ではない。特にアルコール度数の高い、強い酒を好む人はそうだ。なぜなら、酒に含まれるアルコールは、人の口に入ると、甘いと感じられるからである。

また、辛口の酒を好む人は通である、というような認識も、誤解を招く原因だろう。辛口の酒は辛さを楽しむものではなく、辛さの奥に隠れている、甘さを楽しむものなのではないだろうか。吟醸酒などの、すっきりとした味わいを持つ酒も同じだ。透き通った中に、うっすらとただよう、繊細な甘み。甘すぎる酒が悪く言われることが多いのは、口に馴染むのが早すぎて、あるいは甘みが簡単に見つかりすぎて、飽きがきやすいからではないだろうか。

ただしこれは、西洋風の酒文化においては、あまり当てはまらないかもしれない。食前にドライシェリーを飲み、魚料理で白ワインを飲み、肉料理で赤、食後はデザートワイン、もしくはブランデーやウイスキーなどを飲む、というように、時間やコース料理の進行具合によって、酒を変えていくことが多いからだ。一回の晩餐の中に、辛い酒と甘い酒が混在している。

これに対し日本の酒文化は、とりあえずビール、次に酒、といったぐらいで終わることが多い。ビールだけで通す人も結構いるし、初めから日本酒で、という人もいる。チューハイなど、何かで割った酒を飲む人でも、最初から最後まで同じものを飲んでいたりする。つまり、一回の晩餐で飲まれる酒の種類が少ない。昨今は居酒屋で銘柄を指定して飲む、ということが当たり前にできるようになっているけれども、私が酒を飲み始めたころは、そういう店もあるにはあったけれど、それはいわゆる「気の利いた店」、「特別に酒が揃っている店」といった感じで、「熱燗ね」とか、「冷やでね」と頼むと、その店でいつも出されている一種類の酒が出てくるのが普通であった。同じように、うなぎ屋でも寿司屋でも、酒を選べるところは少なかった。

日本の酒文化が西洋ともっとも異なるのはここで、料理に酒を合わせるか、酒に料理を合わせるか、である。天動説と地動説ではないが、酒が動くのか、料理が動くのか。だから、普段の酒を持つ、ということも、西洋以上に重要なのではないだろうか。一本芯を通しておき、そこになにかを絡めて行く、シンプルな世界に、様々なオプションで肉付けをしてゆく、というイメージである。

私はいつもの酒、というはっきりとしたものを持っていない。それも、決まった銘柄がどうのこうの、というレベルですらなく、その日の気分や体調によって、ビールであったり、日本酒であったり、ウイスキーであったり。西洋風に料理に合わせて、という日もあるが、ほとんどはその日飲みたいと思った酒に料理を合わせていく、日本式の飲み方である。ビールで通す日もあれば、ハイボールで通す日もある。

今日の酒は、「御酒」とすでに決まっている。もう味も香りも知っていることだし、「御酒」を中心に世界を動かす、そんなつまみの選び方をしたいものだ。

泡盛には沖縄の料理が合う、というのは常識であるし、ここは沖縄一大きな街、那覇である。一生懸命に調べれば、「御酒」を置いてある気の利いた店の一軒や二軒あるだろうから、そういった店で料理を適当に頼んで、ということもできるかもしれない。しかし今日は、最高の状態で飲む、がテーマである。その店に「御酒」があったとしても、ぴったりくるつまみがあるとは限らない。だから、食材の種類が多いスーパーにやってきたのだ。

今日の酒である「御酒」は、口当たりが柔らかく、繊細な甘みを持つ酒。もちろんしっかりと泡盛らしさもあるので、一般的な沖縄料理をつまみにしても、おそらく不足はない。だが、「君知るや名酒泡盛」が収録されている『古酒新酒』の中にあった、「世界の酒から見た日本の酒」という文章で、坂口先生が紹介していたとあるテストの話が気になるのである。

農大の住江（すみのえ）先生、といわれる方が、学生を使って行った、酒の肴の比較テストらしいのだが、一番人気があったのが雲丹（うに）、その次が羊羹（ようかん）という結果であった、というのである。この結果から坂口先生は、「羊羹の例の如（ごと）きは、正しく日本酒のデザートワインとしての適格性を示すものと思われます」と述べている。雲丹はわかるけれども、羊羹ですか？　と酒を飲む人のほとんどが感じるのではないだろうか。私も雲丹で飲んだことはあっても、羊羹をつまみながら飲んだ経験はない。

ただ、デザートワインとしての適格性があるとして考えると、これは少しもおかしなことではない。酒のつまみの選び方として、味の系統がよく似ているものと合わせるという方法と、足らないものを合わせる方法があるが、デザートワインは基本的に甘口なので、ケーキやチョコレートなどと一緒に飲むことがよく行われている。足りないものを補う場合ならば、酸味のあるフルーツ、またはそれを使った菓子などだろうか。テストを紹介するこの文章で坂口先生も、「酢のものが一般によろこばれることは、近頃の日本酒に酸味が異常に不足していることに原因することでありましょう」と書いている。甘みと酸味は相反するようで、うまく組み合わせれば相性がいいのかもしれない。

などと色々述べるまでもなく、バーでも定番のつまみとして、チョコレートが出されていることを考えれば、羊羹をつまみにしたって、別に不自然でも、不思議でもない。ただ単に、イメージの問題だ。

甘みと酸味、そしてもう一つ重要なのが、塩気である。何もつまみがない時には、塩を舐めながら酒を飲む、というのは、わりとよく聞く話ではないだろうか。甘い酒を飲む時に塩を舐めると、口の中が一度リセットされて、次の一口では甘みが増すような感じがするし、辛口の酒ならば、辛みがすっきりと上品になるような気がする。田舎のほうへ遊びに行って、漬物かなにかでその土地の酒をやるのも、なかなかに乙だ。漬物であれば、野菜の味が加わって塩気もより複雑になるので、塩を舐めるのとは比べられないほど、酒の味がよくなる。刺身でやるにしても、天ぷらでやるにしても、醬油だの塩だのをつけて食べるのだし、塩気というのは、酒のつまみの基本であると言える。

「御酒」は、口当たりが柔らかく、あまり辛さを感じないし、甘みの余韻も絶妙で、ふわりと現れて、すっと消えてゆく。初めて「御酒」を飲んだ日、特につまみなど用意しなくともどんどん飲めてしまったのは、何も足さずとも、何も引かずとも、口当たりから余韻まで、充分にうまかったからだろう。でも、充分であるということは、完全であるということではない。まだ先があるのだ。うまさを殺さずに、さらに広げる方法を編み出せば、より大きな満足を感じられるはずなのだ。

何もつままずとも、充分に感じられる酒をさらに生かすというのは、欠点のある酒の味をつまみによって修正するより、難しいことであるが、欠点を補う必要がないのならどうするか。引く必要がないのだから、足すことを考えればいいのではないか。

泡盛の味にあまり含まれていないのは、日本酒同様、酸味である。以前自分で泡盛のつまみにして、成功したな、と感じたのが、少し古くなって酸っぱくなった、高菜漬けだ。塩気と酸味がちょうどいい具合に出た高菜漬けは、日本酒にも合うが、アルコール度数が高く、甘みを強く感じやすい泡盛に合わせると、つまみとしてよりよい働きをする。高菜漬けを試した時に飲んだのは、東京でもわりとたやすく手に入る安価な新酒の泡盛で、「御酒」と比べ口に入れた時の刺激は強かったが、塩気のおかげだろうか、とてもマイルドに感じられた。もっともこれは、つまみの研究をしようとか、味を計算して、というわけではなく、冷蔵庫にたまたま古くなった高菜漬けがあったから、「まあ、これでいいか」とつまみにしただけなのだが、偶然とはいえ、大成功であった。しかし、ここは沖縄だ。せっかく泡盛の本場にいるのだから、できればつまみも地元のものでまかないたい。

沖縄の漬物といって、真っ先に思いつくのが、島らっきょうの塩漬けである。これは多分、間違いない。というか、泡盛をちびちびやるには、定番過ぎてつまらないぐらいだ。でも、買っておこう。今日は色々と試してみるつもりだけれども、万が一失敗した時のための保険である。ああ、そうそう、豆腐餻も。

売り場を見ながら、チャレンジ枠として試してみたいと感じたのが、上間（うえま）菓子店の「スッパイマン」だ。梅干しを甘く加工した、沖縄ではポピュラーなお菓子。元々が梅干しなので、食塩やクエン酸が含まれている。「御酒」に使用された戦前の瑞泉菌は、あまりクエン酸を出さないタイプの菌だった。だからまさに、足すという感じである。面白そうだ。また、スッパイマンは甘く加工されているので、その甘みが「御酒」の繊細な甘さにどういう影響をもたらすかも興味深い。デザートワインの例を参考にすれば、成功する可能性はあるが、甘さにも強さや質の違いがあって、そのバランスはどうだろう。デザートワインとして一般的な貴腐ワインほど、「御酒」は甘くない。甘さの質もさわやかで、それは甘口の日本酒よりも、収まり方がやさしい。

他には、魚か。季節がらそれほど漁獲量は多くないのだろうが、沖縄の魚。刺身で。湯引きしたイラブチャーなどは、いい歯ごたえが出るので、淡白であるものの、噛んでいるうちにゆっくりと甘みが強まってくる。しっかり噛んで感じる、魚の甘み。この繊細さは、「御酒」と相性がいいのではないだろうか。もし物足りなく感じたら、酢味噌をつけたり、シークワーサーを絞るのもいいかもしれない。酸味も追加できるはずだ。

そんな風にして色々買いこんで、もう一度ホテルに戻り、カラカラと「御酒」のボトルをもって、タクシーに乗った。「一番近いビーチに連れて行って下さい」と運転手さんに告げると、波の上ビーチに連れて行ってくれた。しまった、レジャーシートも買っておけばよかった、と思ったが、まあいい。ズボンに砂がつくだけだ。もう夕方。間もなく日が暮れる。夕陽を見にきた観光客だろうか、人もちらほら歩いている。沖縄の冬は、沖縄の人には寒く感じられるのだろうけれど、東京から来た人間にとってはどうということはない。それでも念のため、飛行機に乗るまで着ていたジャンパーを持ってきた。

ビーチの前には、コンクリートの橋がかかっている。夕陽の沈む方向には、ゴルフ練習場のネットが見える。沖縄には人工物などまるで視界に入らない、もっと自然豊かなビーチがいくらでもあるのだろう。だが私は、ここで飲みたい。酒は人の手によって造られた。漬物だってそうだし、魚は人の手によって捕まえられ、さばかれ、刺身になった。沖縄には、自然しかないわけではない。豊かな文化がある。酒もつまみも、橋もゴルフ練習場のネットも、文化による賜物だ。最高のロケーションではないか。

ホテルから持ってきたバスタオルを砂の上に置き、その上につまみを並べた。レジャーシートは買い忘れても、バスタオルを忘れなかった自分を褒めたい。ズボンの尻が少しばかり汚れてもどうということはないが、酒やつまみに砂が混じってしまえば、今夜の宴が台無しだ。こんなところでこんな風に酒を飲むのは、行儀が悪いだろうか。でも私は、ここで飲みたいのだ。

買ったばかりのカラカラに「御酒」を注いでチブグヮーに受け、まずは何も食べずに一口。坂口先生が採取し、大切に取っておいてくれた菌。それを蘇らせ、こんなにうまい酒にしてくれた人々。それは自然に逆らう行為なのかもしれないが、人がうまい酒を求めるのは、自然なことである。自然の恵みを受けて、人があれこれ工夫を凝らす。歴史や文化は、そこに生まれる。文化っていい。人工物っていい。人類の営みって、いい。

ちびちびやっているうちに、いつの間にか背後に月が出ていた。おぼろげなる光が、水面に揺れ出す。今日は半分にも満たない月。明るい那覇の街を背負っているせいもあるのだろうか、月の光は頼りないが、これがまた、「御酒」によく似合う。柔らかく、やさしく、身体に沁みてくる。

月ぬ美しゃ　十日三日
女童美しゃ　十七つ
ホーイ　チョーガー

月が美しいのは、十日三日だけじゃない。今夜の月だって美しい。女童だってそうだ。年増は年増で、いいものだ。

「風流なこと、してるね」

声のした方へ顔を向けると、一人の男性が立っていた。観光客という感じではない。よれよれ、と言っては失礼か。着古したTシャツに、薄いウィンドブレイカーを羽織り、洗い古した、と表現するのが一番ぴったりくるような、色のさめたスウェットのパンツを穿いている。こういった服を、観光旅行に持ってくる人は少ない。宵の散歩を楽しんでいる、地元の人だろうか。年齢は私より、随分と年上だ。杉本さんと同じぐらいか、もう少し下、といったところ。

「よろしければ、お付き合い願えませんか?」

「いや、ちょっとぶらぶらしているだけだから」

「お忙しいですか?」

「ぶらぶらしてるんだから、別に忙しくはないよ。これからうちに帰って、酒飲んで、寝るだけさ」

「じゃあ、ここで飲んで行かれたらどうです? うまい泡盛があるんですよ」

独りで飲むのもいいけれど、誰かと話をしながら飲むのもいい。というか、そろそろ誰かと話したい気分になっている。今日話をしたのは、瑞泉酒造で案内をしてくれた従業員の方と、カラカラを買いに行ったお店の店員さん、あとはスーパーのレジ係の方に「ありがとうございました」と言われたぐらいだ。それに、今日やちむん通りで買ったカラカラには、チブグヮーが二つ付いてきた。誰かと飲むことを想定していたわけではないが、割れないよう箱に入れたまま持ってきたので、チブグヮーはもう一つある。これを使って、差しつ、差されつ、みたいなこともしてみたい。

「泡盛か。うーん、いつもは、あんまり飲まないんだよね。ビールやウイスキーばっかりでさ」

せっかく沖縄に住んでいるのに、泡盛をあまり飲まないのか。もったいないような気もするけれど、こういう方はわりと多いのかもしれない。

岡本太郎の『沖縄文化論——忘れられた日本』の中に、歓迎の宴の席で、周りの人は皆ビールやウイスキー、岡本太郎だけが泡盛を飲んでいた、という記述があったのを思い出す。戦後アメリカの統治下にあった沖縄では、質のよいビールやウイスキーが比較的手に入りやすかったこともあって、広く普及したようだ。また、岡本太郎は、「酒にかぎらず、土地で出来たものというとどうも卑しいように思いこみ、舶来はすべて上等と考える沖縄的コンプレックスがある。——なんてことを聞くと、くすぐったくなってくる。それなら日本の方が御本家だ」とも書いていた。たしかにそういう時代は沖縄だけでなく、日本全体にもあった。泡盛の人気は全国的にも年々高まっているが、本場沖縄においても、戦後長い時間をかけて、段々と人気を復活させてきたようである。その過程で、様々な工夫が施され、うまい酒が沢山生まれているはずなのだが、酒の味を覚えた頃に好んで飲んでいた酒を、ずっと愛し続ける人というのは結構いる。一つの銘柄しか飲まない、という人は稀だが、ビール党、ウイスキー党、ワイン党といったように、普段は決まった種類の酒しか飲まない、という人を含めると、相当多いのではないだろうか。だからきっとこの方も若い頃に、当時人気が高かったビールやウイスキーで酒を覚えたのだろう。戦後の若者にとっては自然なことだ。

「そうですか、残念ですね。でもこの泡盛は、抜群においしいんですよ。一度、お試しになられてはいかがですか？　口当たりも柔らかいですし、きっとお口に合うと思いますよ」

職業病だろうか。つい、店でお客さんに新しい酒を勧める時のような言い方をしてしまった。

「なんて酒やが？」

「瑞泉酒造の『御酒』といって、戦前の黒麹菌を使って造られた、珍しい酒です。飲まれたことありますか？」

「戦前の黒麹菌？　ああ、なんか、テレビで見たことある。でも、飲んだことはないね」

「奇跡の復活を遂げた、ロマンあふれる酒ですよ。話のタネに、ぜひ一杯だけでも」

「こんなに言ってくれるんだから、飲んでみようかな」

「ぜひ」

チブグヮーを手渡し、カラカラで注いだ。そのまま男性の顔を見つめていると、「あんたは飲まんのかね？」と、不思議そうな顔をされた。ああ、そうだった。またしても職業病だ。勧めた酒をお客さんがどんな顔で飲むのか、を確認するのが癖になっている。

「ああ、そうですね」と、慌てて自分の分を注いだ。

「あんた、ちょっと変わった人だね。どこから来たの？」

「東京です」

「へえ、東京から。観光？」

「観光と言いますか、半分仕事ですかね。うまい泡盛を探しに来たんですよ」

「それは、いい仕事だね。酒屋さん？」

「ちっぽけなバーをやっています。実は常連さんのお祖父さまが、沖縄の出身で……」

と一通りの説明をすると、男性はさも感心したように、「お年寄りを大切にするのは、いいことだな」と言って、何度も頷（うなず）いた。

「とにかく一度飲んでみて下さい。これなら、きっとそのお祖父さまにも気に入ってもらえると思うんです」

「そうだね、飲んでみようね」

一口飲むと男性は、「これは上等やっさ」と満足そうに笑ってくれた。

「うまいでしょう？」

「うん。昔の麹菌を使っているんだから、昔の味がするのかと思ったら、全然ちがうんだね。昔から泡盛がこんなだったら、わんにん、泡盛じょーぐーになってたかもしれないな」

年齢からすると、この方が泡盛を初めて飲んだのは、戦後である。戦前と戦後では、泡盛の味も違うのだろうけれど、「御酒」の味はそのどちらとも違うと考えられる。「御酒」のパンフレットにも、復活当時八十九歳で、瑞泉酒造の会長職にあった、故佐久本政敦氏が一番酒を飲み、「昔の酒よりうまい」との感想を持たれた、という記述があった。そうなのだ、「御酒」は、昔の酒よりうまいのだ。

「御酒」は、柔らかく、透き通った味わいを持つ酒だ。なぜこのような味わいを持つに至ったのか。それは、戦前の瑞泉菌が単一菌であり、それがクエン酸を多く作るタイプの菌ではなく、酵素を多く作るタイプの菌であったからではないだろうか。クエン酸には腐敗を防ぐ効果があるので、充分に酸度が上がらなければ、仕込んだ醪は、腐敗しやすいものになる。そこで「御酒」の製造では、低温管理する方法が取られたのだが、そのために発酵が鈍く、蒸留に適したアルコール度数になるまでに、通常より長い時間がかかったようだ。

そこから連想されるのが、日本酒の製造で行われている、「長期低温発酵」という方法だ。醪は発酵中に熱を発するのだが、この時温度が高過ぎると、雑味が出やすくなってしまうと言われている。日本酒と泡盛は共に、米を原料とし、麹菌によってカビを生えさせて造る酒。日本酒は泡盛のように蒸留をしない醸造酒であり、貯蔵をして熟成をさせることが少ない酒なので、出来上がった原酒に雑味があれば、味わいに大きな影響が出るはずだ。泡盛の場合は、蒸留された上に、新酒でも半年ぐらいは寝かせて味を落ち着かせてから出荷されるので、日本酒ほど影響は大きくないとしても、原酒の段階で透き通った味わいを持つ酒は、蒸留後であっても、貯蔵後であっても、やはり他と比べて、透き通った味わいを保ち続けているのではないだろうか。

本州では江戸時代の頃から「寒造り」といって、冬の間に酒を仕込む方法が一般的となっている。気候を利用して、雑味の少ない酒を造るための知恵だ。ところが、沖縄の気候ではこれが難しい。初日に空港から乗ったタクシーの運転手さんが言っていたように、昨日や今日は特別に暖かいのだろうが、それを差し引いたって、沖縄の冬は暖かい。日本酒に比べ、高い温度で発酵をさせる泡盛の製造には適した気候だが、温度管理が比較的容易になった現代においても、泡盛の製造に「寒造り」という概念があるとは考えにくい。つまり、酸度が思うように上がらず、腐敗防止のために低温発酵を強いられた「御酒」は、極めて例外的な造り方をされているわけで、戦前のものとも、戦後に造られた一般的なものとも異なる、新しい酒であるはずなのだ。

この、新しい酒である、というところが、どうも引っ掛かる。「若い頃沖縄で飲んだ泡盛はうまかった」と言って、故郷を懐かしんでおられるお祖父さまは、この新しい酒をどう受け止めるのだろう。「御酒」のうまさは私が保証するが、お祖父さまが飲みたいのは、昔の泡盛なのかもしれない。うまいか、うまくないか、という問題ではなく、記憶や思い出を引き出せるかどうか、ということである。もちろん、戦前の黒麴菌で造られた酒である、という事実は、きっとお祖父さまの興味を惹くことはできるだろう。味も香りもいい。古い友人との再会、といったような趣もある。必ず「うまいね」と言っていただけるとの確信もある。しかし「御酒」が本当に、百点満点の答えなのだろうか。

泡盛の苦手な人にとっては、臭いと感じられる泡盛の風味も、好きな人、慣れている人にとっては、「たまらない」と感じられるものだ。ここが酒の面白いところで、好きな人は、一見短所と思えるようなところを、長所として愛するのである。アイラモルトのピート香、アブサンの独特な風味、など例を挙げればきりがない。だから、泡盛を好きな人の中には、それも特に年配の方の中には、昔ながらの泡盛らしさを愛する人がいるはずなのである。

そのことを踏まえて、上原さんのお祖父さまに酒を提供するとしたら、どうするべきか。「御酒」を飲んでいただきたい、という気持ちに変わりはない。古い友人との再会というストーリー、酒としての完成度の高さ、どちらにも不足はないからだ。ならば、これを一杯目としてストーリーと共に提供し、二杯目には別の酒を飲んでいただく、という方法がいいかもしれない。久しぶりに会った友人が、昔とは随分変わっていた、ということは、実生活においてもよくあることだ。立派になっていたとか、しょぼくれてしまっていたとか、色々ではあるが、再会した相手が「御酒」ならば、少なくとも失望したり、心配したりするようなことはないだろう。素敵に変化した現在の姿の中に昔の面影をみつけ、ああ、やっぱり君は君なんだね、と、懐かしい思いが膨らむはずだ。

その後はやはり、思い出話だろう。あの頃の君は、こんな風だったね、あんな風だったね、と記憶を辿りながら、昔を懐かしむ。次は、そんな酒をみつけなければならないのではないだろうか。

「ありがとうございました。おかげさまでよくわかりました」

「えっ、なんにもしてないけどなあ。うまい泡盛を飲ませてもらっただけでしょ」

「そんなことありませんよ。おかげさまで、重要なことに気がつきました。さあ、もう一杯。いや、何杯でも」

「うちでも用意してくれてるから、あんまり飲んで帰るとさ。でも、もう一杯だけもらおうかな」

男性は、次の一杯もうまそうに飲んだ。それを見ながら私も、うまい一杯を飲ませてもらった。

もっともっと酌み交わしたいところだが、家で奥さまが、晩酌の支度をして待っていらっしゃるのだ。遠慮せねばなるまい。

「では、お気をつけて」

「ありがとう。おいしかったよ。これ、なんて酒だったかな?」

「『御酒』です」

「そうか。いい名前だね」

いい名前ですよね、本当に。

独りでしばらく飲んで、タクシーを拾い、ホテルへ戻った。普段の感覚なら、まだ宵の口とも言える時間だが、他へ飲みに行くのはやめておく。

ホテルで「御酒」をちびちびやりながら、明日のプランを練った。上原さんのお祖父さまが、古い友人と思い出話をするように飲める酒。すなわち、昔ながらの味わいを持つ泡盛とはどういうものだろう。

戦前にはすでに、泡盛の原料にはタイ米が使用されていた。だから、原料については現在と同じ。となると、違うのは造り方だ。中でも「御酒」は特に変わった造り方をされた酒ではあるけれども、他の酒においても、色々と工夫はなされている。戦後ビールやウイスキーに押され、「泡盛ばなれ」といったような現象が起こった時代には、「臭い」とか「クセが強い」といった部分も、泡盛が敬遠される理由の一つであったようなのだ。

そんな状況を打破するために何か工夫をするとしたら、多くの蔵元が、臭いやクセをマイルドにし、泡盛を飲みやすくする方向に舵（かじ）を切るはずである。泡盛の場合は、古酒にしてしまえば飲みやすくなるが、時間とコストがかかる上に、大量に生産するのは難しく、価格も高くなりがちなので、普段気軽に飲む酒として普及させるのは非現実的だろう。となると、新酒の状態で「すっきりした味わいを持つ酒」を多く生産するしかない。

泡盛の製造過程において、すっきりとした味わいを持つ酒を造ろうとする場合、よく取られるのが「若麴（わかこうじ）」で仕込む方法である。「若麴」というのは、「製麴」の作業において、原料の米に黒麴菌を這わせる時間を短くした麴のことで、明確な基準はないのだが、通常は菌を散布してから四十五時間程度置くところを、三十時間程度におさえたものをそう呼ぶことが多い。これと反対に、三日程度置いたものを「老麴（ひねこうじ）」と呼び、一般的には、若麴で仕込んだ酒はすっきりとした味になり、老麴で仕込んだ酒はしっかりとした味になる、と言われている。

「泡盛ばなれ」を食いとめ、新たな飲み手を獲得するために、多くの蔵元がすっきりとした味わいを持つ酒を製造しようとしたと仮定すれば、全体的な傾向として、戦後の泡盛はマイルドになったと考えられる。ということは、戦前の泡盛に近い味をみつけたいのならば、しっかりとした味わいを持つ泡盛を探せばよい、ということになり、しっかりとした味わいを持つ泡盛を探すためには、老麴で仕込まれた泡盛を探せばよいはずである。
今日行った瑞泉酒造にもたしか、「三日麹」と書かれたラベルの貼られた酒があった。じゃあ明日は、また瑞泉酒造に行ってあれを買ってこようか。しかし、ただ買うためだけにもう一度行く必要があるだろうか。今日案内を受けたところによると、瑞泉酒造の酒のほとんどは公式のオンラインショップから購入出来、一万二千五百円以上注文すれば、送料も無料になるようだから、東京に帰ってから「御酒」や「瑞泉キング」と共に注文すればいい。どうせなら他の蔵元を訪問して、まだ知らない酒を飲んでみたい。

スマートフォンに「老麹」と入力して検索してみると、老麹という言葉の意味についてや、その味わいなどを説明する言葉の中に、「松藤　老麹山水仕込み　粗濾過（あらろか）」という、魅力的なワードが混じっているのをみつけた。

老麹、山水仕込み、粗濾過。なんて美しい言葉の羅列だろう。昔ＮＨＫで放送されていた、「連想ゲーム」というクイズ番組で、もしこの三つのワードがヒントとして出されたならば、大和田獏（おおわだばく）さんはなんと答えただろうか。それはわからないけれども、私ならば間違いなく、「酒」だ。

飲みたい、飲みたい、飲みたい。

製造元は、崎山酒造廠（さきやましゅぞうしょう）か。今度は「崎山酒造廠」で検索し、公式サイトを開いてみた。見学には予約が必要であるようだ。遅くとも前日までには予約をしておくのが、マナーというか常識なのだろうけれど、明日の朝電話してみよう。急なことだから、見学が無理だったとしても、試飲はさせてもらえるかもしれない。とにかく、行く価値はある。場所は、金武町伊芸？　遠いな。タクシーで行くとなると、結構かかりそうだ。店を休んで来ているのだし、資金はなるべく節約したいところ、というか、手持ちの資金は一円でも多く酒の購入に回したい。沖縄には那覇市内を走るゆいレール以外に鉄道はないけれど、バスでなら行けるのだろうか。地図によれば、伊芸のバス停から歩けそうだ。那覇のバスターミナルから乗るとすると、沖縄バスの名護東線というのに乗ればいいのだな。

　翌朝電話をしてみると、当日にもかかわらず、快く見学を受け付けてもらえた。観光的にはオフシーズンであり、スケジュールに余裕があったのかもしれないが、それにしても迷惑な客である。ところが受付をして下さった方は、迷惑そうな態度を取るどころか、電話の向こうの笑顔が想像出来るほどに明るく、丁寧に、親切に対応をしてくれた。

　牧志の駅からゆいレールで旭橋まで移動し、那覇バスターミナルから沖縄バスに乗った。ダイヤ通りに行っても、伊芸までは一時間四十～五十分ほどかかるようだ。渋滞に巻き込まれることも考えて、時間にはかなりの余裕を持たせてある。

　バスは各停留所に停まりながら、ゆっくりと進んでゆく。一体伊芸までに、いくつのバス停を経由してゆくのだろう。少し動いては停まり、また動いては停まり、の繰り返し。この時間の流れが、なぜか心地よい。

ここで生活する人々にとっては、少しでも早く目的地に辿りつけるほうが、便利であるに違いない。この時間の流れが心地よい、などというのは、せかせかした都会の生活に疲れた観光客の、身勝手な感情なのだろう。だが、それを承知で言わせてもらうならば、こんな時間を日常的に有する人たちを、羨ましいと感じる。移動の時間が短い方が便利だと感じるのは、こなすべき用事が多過ぎるからなのである。効率的な移動とは、自分の意思で選択するものではなく、外的な要因によって強いられるものなのだ。また、日頃からそれを強いられているうちに習慣となって、あまり急ぐ必要がない時でも、効率的に移動をしなければ損をしたような気持ちになってしまう。今日はただ、うまそうな酒を知るためだけに、遅いバスに乗っている。知らない町のバス停を、一つ一つ経由しながら、町並みや、そこで生活する人々を、車窓の外に感じつつ、胸の中に湧きあがってくる早く飲みたいという感情を、なだめたり、すかしたりしながら。

なんて贅沢で、優雅な時間なのだろう。

バスは案外とスムーズに進み、予約した時間の一時間も前に、伊芸のバス停に着いてしまった。ここから崎山酒造廠までは、徒歩で十分といったところ。さすがに余裕を持たせ過ぎたか。無理を言って当日に、予約を入れてもらったのだ。あまり早く行っては迷惑になる。かといってそれほど遠くまで行けるほどの時間はない。バス停のすぐ目の前にある、伊芸海浜公園を散歩して、時間を潰すことにした。

綺麗（きれい）な海、そして空。よそからやってきた者にとっては、感動的な光景だが、この辺りに住む人々にとってはこれが、日常的な風景なのである。言うなれば、「普段の海」。その上、「普段の酒」として抜群にうまい泡盛を毎晩飲んでいるのだとしたら。

ああ、羨ましい。

時間を見計らって、崎山酒造廠へと続く道を歩いて行く。国道沿いにゆったりとした間隔で立ち並んだ、現代的な沖縄の住宅であるコンクリート造りの家々の間を抜けると、そこには水田が広がっていた。

沖縄本島は、水田の少ないところである。基本的にはあまり、稲作には向かない地域なのだ。水田には大量の水が必要だが、島であるために川が短く、水不足になりやすい。現在はダムなどが建設され、随分と改善されているようだけれど、真水が貴重であることに変わりはないだろう。そのことからもここが、沖縄本島の中でも特別に、水の豊かな地域であることがわかる。よい水のあるところには、よい酒が生まれるもの。酒飲みなら、誰でも知っていることだ。

のどかな景色を眺めながら、ゆるやかな坂を上がってゆく。坂を上りきったところに、崎山酒造廠はあった。入口には「松藤」と染め抜かれたのれんが、その右手には「琉球泡盛　松藤」、左手には「創業明治三十八年　崎山酒造廠」と書かれた木製の看板が、それぞれ掛っている。「松藤」というのが、ここ崎山酒造廠の看板となる銘柄なのだろう。

それにしても、一風変わった建物だ。いわゆる沖縄らしさ、もしくは泡盛工場らしさ、というものが感じられない。ではなにらしいのだろうか、と考えてみても、ぴったりとくる答えは出てこないが、洒落た建物ではある。工場であると思しき低層の建物を覆うように、木の板で作られた、柵のようなものが立てられている。柵の高さは工場であると思しき建物とほぼ同じで、入口の上の部分だけが、アーチ状に盛り上がっている。まるで現代美術の、インスタレーションを見ているような気分だ。

アーチの真下からのれんをくぐって中に入り、受付で名前を告げると、係の女性が、「お待ちしていました」と、明るくチャーミングな笑顔を携えて、すぐに案内をしてくれた。蔵元の見学はここで三軒目だが、共通しているのは、案内をして下さる方が皆明るく、親切であることだ。

客を案内する仕事なのだから、明るく親切な態度で臨むことは当然といおうか、どこでもそういった従業員教育を行っているはずだ。だから沖縄にかぎらず東京でも、皆明るく親切に客に接しようとしている。だが、東京とは何かが違う。マニュアルの匂いがしない、というのか、妙な気取りがない、というのか。それでいて、まったく失礼な印象を受けない。顔を覆う笑顔も自然であり、言葉の発せられ方も自然だ。この明るさは、沖縄の女性の特徴だろうか、それとも泡盛の製造や販売に携わる方の特徴だろうか。どちらにせよ、簡単には真似のできない、素晴らしい接客だ。

ここはガラス越しにではなく、工場の中にまで入れてくれる。昨日訪問した瑞泉酒造や、一昨日訪問したまさひろ酒造とはイメージが違い、泡盛工場というよりは、「酒蔵」という言葉が似合いそうな雰囲気である。瑞泉酒造やまさひろ酒造の工場は天井が高く、明るく近代的であったが、それらと比べるとこちらは、天井もあまり高くないし、照明も薄暗く、伝統的な酒造りを行う比較的小規模な日本酒の酒蔵に似ている。

工場に入ってまず目を引かれたのが、木製の製麴棚だ。三角屋根の、切妻造りのような形をしており、屋根に相当する部分が跳ねあげられるようになっている。その名の通り、蒸した米に黒麴菌をまぶしたものをここに移動させ、充分に繁殖させるための設備で、どこの泡盛工場にもあるものだが、こんなに存在感のある製麴棚は、ちょっと珍しいのではないだろうか。特別に大きいわけでも、特別な造作が施されているわけでもないし、これがどれぐらい古いものかはわからないけれど、きっと昔からこんな風に泡盛は造られてきたのだな、と感じさせられるようなのである。

工場の建物を支える木製の柱や梁も、かなり年季が入っている。こんな表現が適切かはわからないが、いい具合にヤレが出ていて、なかなか洒落ているのだ。梁に沿うようにして張り巡らされた管や電線も、いい味を出している。美術品でもなければ、壊れないようそっと保存されている文化財でもないが、そうであるからこそ、値打ちがあるのではないだろうか。この空間は、これからもしばらくは使い続けられ、味わいを増してゆくはず。すなわちここは、まだ熟成の途中、進化の途中にあるのだ。

説明を受けながら、さらに奥へと進んで行く。次に案内されたのは、麹に水と酵母を加えて発酵させ、醪にするタンクが並んだ部屋だ。

「どうぞ、上からもご覧下さい」

そう促されて足場へ上がり、順々にタンクの中を見せてもらった。発酵の進んだものは、表面に沢山の泡が浮いている。今ここでアルコールが生まれているのだ、という実感が感動に変わり、思わず身体が震えてしまう。しかし、足元には気をつけなくてはならない。もし、このタンクの中に落ちたら、おそらく命はないだろう。

恐る恐るタンクの見学を済ませ、蒸留器の前へ。むっとするような熱気。泡盛造りというのは、重労働なのである。米を蒸すにしても、醪を蒸留するにしても、常に熱気が付きまとう。物を運べば汗をかくし、醪のタンクに落ちれば命がなくなる。そんな重労働の末にようやく出来上がる貴重な泡盛だ。心していただかなければ。

「蒸留されたものは、こちらに出てくるんですよ」

と係の方が、床の上に空いた穴の、ふたを開けてくれた。泡の中には澄んだ泡盛が溜まっていた。

「生まれたての泡盛ですね」

「そうです。どうぞ、お味をみて下さい」

新酒として販売されている泡盛でも、数ヶ月から半年間寝かせてから瓶詰めされる。蒸留したばかりの原酒からは、「ガス臭」がすると言われており、これが収まるまで待ってから製品にする、という知識は頭に入れてあるけれど、できたての原酒がどんな味なのかは知らない。

柄杓（ひしゃく）ですくってもらった生まれたての泡盛を舐めてみると、想像していたよりもなめらかな味をしていた。

「ガス臭」はたしかに若干するかもしれないが、スピリッツ系の強い酒を好む人ならば、あまり気にならないどころか、かえってうまいと感じるかもしれない。また、この段階では加水をされていないために、アルコール度数が高いので、甘みも強く感じられる。

「もっと険のある、荒々しい味がするものだと思っていたんですけど、この段階ですでにうまいですね」

「ありがとうございます。沖縄の中南部の地下水は、中硬水のところが多いんですけど、うちの水は軟水なんです。それも松藤の特徴となっていまして」

「なるほど。だからできたてでも、やわらかいんですね」

ウイスキーの水割りを作る時は、基本的に軟水を使用する。基本的に、としたのは、仕込み水と合わせる、という方法があり、硬水で仕込まれた酒には、その酒が造られた地域の水や、それに近い硬度の水を使うことがあるからだ。ただこれは、一部の好事家やこだわりの強い方の飲み方であって、一般的には軟水で割った方が酒との馴染みがよく、味もまろやかになるとされている。そしてそれは、多くの日本人の好みにも合っている。

ヨーロッパやアメリカでは、硬水が湧く地域が多いので、ウイスキーなどの洋酒は硬水で仕込まれることが多い。ただし、スコットランドでは広い地域で軟水が湧くために、本場のスコッチには、軟水で仕込まれたものも数多くある。泡盛のことを考えるのに、いちいちウイスキーに当てはめるのが適切であるかはわからないが、同じスコッチでも、硬水で仕込まれた「ハイランドパーク」と、軟水で仕込まれた「ザ・マッカラン」のイメージの違いを思い浮かべてみれば、仕込みに使う水が酒にもたらす影響の大きさが、わかるのではないだろうか。

見学の最後に、工場の入口付近の壁に掲示された写真や年表を見ながら、崎山酒造廠の歴史などについての説明を聞かせてもらった。

崎山酒造廠は明治時代に首里の赤田で創業し、戦後こちらへ移ってきた。物資が著しく不足していた時代、米軍払下げの、かまぼこ屋根の大型格納庫を利用して泡盛造りが始められたようだ。当時の写真を見て、独特な形をした建物の秘密がわかった。台風の被害を受けて、現在は形が変わっているようだが、柱や梁にはその名残が見られるし、工場の外側を覆う木製の柵のような造作は、昔の姿を再現していると思われる。やはりこのレトロでありながらモダンな感じは、一朝一夕に仕上がったものではないのだ。

　看板銘柄である「松藤」は、二代目の崎山起松（きしょう）氏と、その妻藤子（ふじこ）氏の名前から、一文字ずつ取ってつけられたらしい。起松と藤子の酒、というわけか。この商標が使われるようになったのは、昭和十四年。「松藤」という酒は、戦前から沖縄の酒飲みに親しまれ、愛され続けているのだ。ということは、上原さんのお祖父さまが若い頃に、「松藤」を飲んでいたという可能性もある。ピタリと当たるといいのだが。

　それにしても二代目のご夫婦は、相当仲がよろしかったのではないか、それも互いに尊敬しあい、頼りにしあうような仲だったのではないか、と想像する。昭和十四年といえば、日本全体に軍国主義的なムードが漂っていた時代だろう。東京から遠く離れた沖縄では、いくらかゆるやかであったのかもしれないが、徴兵制度もあったはずだし、軍隊も置かれていたはずだ。そういったムードの中では、必然的に戦争に行く男性の地位が高くなる。つまり、男性が威張り散らす。そんな時代にあって、「起松」ではなく「松藤」という名前をつけるのだから、お二人の絆（きずな）の深さがうかがい知れようというものだ。

　上原さんのお祖父さまのことがきっかけとなって、沖縄までやってきたのだが、泡盛のことを知るにつれ、うちの店にやって来て下さるお客さんにも、もっと泡盛を知っていただきたい、という気持ちが段々と大きくなってきている。棚の容量には限りがあるから、厳選したものを何種類か、ということにならざるを得ないが、ぜひこの「松藤」は入れたいところだ。ご夫婦やカップルで来て下さるお客さんに、この由来と共にお出ししたら、きっと喜ばれるだろう。結婚記念日のお祝いや、縁結びの願掛けなどにもぴったりだ。

　説明を聞き終えて、さて、お待ちかねの試飲。販売コーナーのカウンターの上には、ずらりと試飲用の酒が並んでいる。まず気になったのは、「松藤」に赤と黒があったことだ。

　ジョニ黒とジョニ赤、メーカーズマークの、レッドトップとブラックトップ。泡盛と製造方法が似ている焼酎にも、霧島酒造の「黒霧島」と「赤霧島」、老松酒造の「黒閻魔（くろえんま）」と「赤閻魔」などがある。同じルーツを持つ酒を、製造過程における違いや原材料、貯蔵年数の違いによって、赤と黒に分けている例は数多く見られる。ただ、何を黒とし、何を赤にするか、という基準についてはメーカーによってそれぞれなので、そこにどんな違いがあるのかは、飲んでみるか、説明を聞いてみるかしないとわからない。

「まずは、赤と黒を飲み比べてみてもいいですか？」

「どうぞ。黒の松藤と赤の松藤はですね……」

「ちょ、ちょ、ちょっと待って下さい。お話は飲んでみてから伺います。できるだけまっさらな状態で味わいたいので」

「そうですか。では、黒からどうぞ」

わがままな見学者で、すみません。

「黒の松藤」を口に含み、口の中でしばらく転がしてから、喉の奥へ送り込む。うん、濃厚だ。泡盛をしっかりと感じられる骨太な酒、という印象。口に入れると、まずは透き通った柔らかさの中に、甘みがゆっくりと頭をもたげてくる。甘み自体は他の泡盛と比べて、特に強いわけではないが、「黒の松藤」が素晴らしいのは、この後なのだ。ゆるやかな甘みに絡みつくようにして、別の複雑な味が幅を利かせてくる。うまい形容の仕方が思いつかないが、泡盛の芯、とでも言えそうな風味が非常にうまく出ている。これが微妙に変化しながら終盤まで続くので、喉で感じるアルコールの刺激もまた、独特だ。味のついた刺激、と言うと、伝わりにくいだろうか。だが、ピリピリとくるはずの、アルコールの刺激までもが、旨みに包まれている。

「では、赤もどうぞ」

水で口を洗って、「赤の松藤」を。「黒の松藤」と比べると、若干軽やかであるようだが、甘みはやや強いかもしれない。泡盛らしい風味もよく出ている。飲みづらい感じはなく、むしろさわやかさすら感じられ、口当たりは悪くない。「黒の松藤」と同じ水で仕込まれているはずなのだが、「赤の松藤」のほうが、軟水のやわらかさがよく伝わってくるような気がする。口の中での膨らみもよく、華やかな印象。イメージとしては、琉球舞踊の踊り手が被(かぶ)っている花笠、だろうか。あのやわらかい曲線。あの華やかさ。イメージカラーとしても、赤色がよく似合っている。

「いやあ、どちらもうまいです。ただ、昔風の味というと、黒の方が近いんですかね？」

「わたしも昔の泡盛を飲んだことはないですけど、きっとそうでしょうね。黒の方が昔に近い造り方をしていると思いますので」

「では、赤の方はどうやって造っているんですか？　やはり麹が違うんですか？」

「麹はどちらも同じ、黒麹の三日麹なんですが、酵母が違うんです。黒の方は泡盛酵母で仕込むんですけど、赤は黒糖酵母で仕込んでありまして」

なるほど、酵母が違うのか。

酵母が酒の味に影響を与えることは、知っている。知っていると威張るほどのことではない。常識だ。「御酒」の件もあって、麹には注目していたけれど、酵母のことはすっかり頭から抜け落ちていた。そうか、酵母か。

「あの、赤の方に黒糖酵母が使われているんですよね？」

「そうですよ」

黒糖酵母だから黒、というわけではないのだな。また、赤いラベルのほうがベーシックな酒で、黒いラベルの方がなんらかの特別感がある酒、というパターンが他では多いと思うのだが、ここも変わっている。ならば、こう覚えましょう。

「松藤は逆」。

もし店に「松藤」を置くとしたら、赤と黒の両方を揃えておくほうが面白いかもしれない。ご夫婦やカップルで来て下さったお客さんに、二つ並べてお出しするとか、二つをブレンドしてお出しするとかしたら、どうだろう。ペアリングならぬ、ペア泡盛。あるいは、赤い打ち掛けと黒紋付のイメージ。よい記念にならないだろうか。

「黒糖酵母を使っている泡盛って、珍しいですよね」

「黒糖酵母を使っているところは、そんなに多くはないですね。赤の松藤に使われている黒糖酵母は、東京農業大学の中田久保(なかたひさやす)名誉教授が分離開発されたのですが、その門下生が、今の泡盛業界にも何人かいまして、その方たちが泡盛に使い始めたんです」

「なるほど、そういうことですか。いやあ、なかなか興味深い」

「ご興味を持っていただけましたか。では、次にこちらを飲んでみて下さい。『和尊(わそん)』というお酒です」

白ワインが詰められていそうな、青い綺麗なボトル。フォルムもスマートだ。新しい泡盛、という感じがする。ボトルから受ける印象から想像するのは、切れ味のよい辛口。

さて、どうだろうか。

一瞬ドライジンのような香りがするが、その奥には甘さが隠れていて、しばらく嗅ぎ続けていると、徐々に泡盛らしさがはっきりとしてくる。ただし、濃厚という感じではなく、かといって、マイルドという感じでもない。鋭く、しかし優しく、鼻孔をくすぐってくる。この、鋭さとやさしさが同居している感じ、知っているような気がするが、なんだったろうか。

口に入れてみると、味の変化がとても早く、キリリとした感触の後に、ふんわりと甘みがやってきて、すぐに辛みが湧きあがってくる。この辛みが後味を整理する役割を担っているようで、うまい具合に甘みを包み込み、後半の味をドライにしてくれる。このドライな味わいが、また複雑なのだ。一本の筋がドンと通じている感じではなく、縄を綯うようにしてフィニッシュへと進んで行く印象だろうか。イメージとしては、室内楽のハーモニーに似ているかもしれない。様々な味が絡み合っているのだが、賑やかな味というよりは、落ち着いた調和を感じさせる味だ。

「うん、うまいですね。これも黒糖酵母ですか？」

「そうですよ。ただこちらは、赤の松藤とは違って、黒糖酵母で泡盛を造っている四つの蔵元のお酒をブレンドしたものなんです」

「ほう、ブレンデッド泡盛ですか。いや、違う蔵元の酒を合わせてはいるけれども、原料の異なる酒は入っていないから、ヴァッテッド泡盛ということになるのか」

どこかで知っている感じだと思ったが、ヴァッテッドモルト（大桶に入れて混ぜたモルト・ウイスキー）だったか。言われてみれば、風味こそ違えど、味の重なり方、絡まり方がヴァッテッドモルトに似ている。後の引き方もそう。この酒はきっと、水割りにしてもうまいだろう。水で伸ばしても、この鋭さは失われにくいような気がする。

泡盛に無知な私は、たった三杯飲んだだけで、新しい体験をすでに二つした。黒糖酵母についても知らなかったし、ヴァッテッドの泡盛があることも知らなかった。泡盛の世界は今も常に変化している。どんどん常識が、刷新されている。酒の世界というのは本当に、広くて深い。ウイスキーという一ジャンルを知ろうとするだけでも大変なのに、その隣にはジン、ウォッカ、ラム、その他様々なスピリッツがあって、そのまた隣にはワインがあって、ビールがあって、日本の国内だけでも、日本酒があって、焼酎があって、泡盛があって、その泡盛の中にも色々あって。

ああ、酒って面白い。

それからはまた、「ネエネエの、ノメーノメー攻撃」。昨日から気になっていた、「松藤　老麴山水仕込み　粗濾過」も、当然飲ませていただいたが、これもまたいい酒だった。

軟水で仕込まれた「松藤」は、蒸留されたての状態で、比較的やわらかい。そのために粗く濾過をしただけでも、飲みにくさはなく、非常に味がまとまっている。濾過をすることによって失われてしまいがちな風味もよく残っており、味わいは豊かだが、飲みやすい酒、といった印象を受けた。

上原さんのお祖父さまのことも、忘れてはいけない。昔ながらの味に近い酒、というのはどれだろうと、私なりに考えたところ、「崎山の原酒　五十度」を水割りにしてお出しする、というアイデアが浮かんだ。「原酒」というだけあって、ストレートに泡盛の風味が出ているように感じられたからだ。通常はここに加水をしたり、これを貯蔵したりしたものが商品となるのだが、この加水の部分においての工夫ならば、東京でも出来るはずだ。テイスティングを繰り返しながら、これだ、というところを探り当てる作業も面白そうであるし、仕込み水が軟水であるというのも都合がよい。もちろん、「松藤　老麹山水仕込み　粗濾過」をそのままお出しするのもいい手ではあるけれども、これはバーマンとしての宿命、あるいは悪癖だろうか。なにか工夫をしてみたいという気持ちが、もりもりと湧いてきてしまうのである。

今夜飲むつもりの一本をのぞいて、松藤で購入した分は、宅配便で送ってもらうことにした。昨日訪問した瑞泉酒造もそうだったが、崎山酒造廠では、一般の宅配便より安く送ってもらえる。他にもこういったサービスを行っている蔵元は多いようだ。東京に帰ってからでも、公式サイトで注文すれば、同じように安い料金で送ってもらえたり、ある程度まとめ買いをすれば、送料が無料になったりする。今後継続的な仕入れをすることになっても、安心だ。今や沖縄は遠くない。どの酒がうまいかを知ってさえいれば、東京にいても充実した泡盛ライフが送れるはず。

いい時代だ。

崎山酒造廠を後にして、再びバスに乗った。那覇までは、来た時と同じだけの時間がかかる。だが、時間を使って来ただけの価値はあった。軟水で仕込んだ泡盛のうまさも知ったし、黒糖酵母で造られた泡盛と出会うこともできた。明日はどこへ行こうか。

まだまだ巡るべき蔵元はいくらでもあるが、今回の旅では、とてもすべては回りきれない。せめて、もっと効率的に回るべきだったのではないだろうか。バスでのんびり移動するのもいいものだが、いかんせん時間がかかる。

思い切って明日は、タクシーを一日借り切ってみようか。金銭的な痛手は大きいけれど、それには替えられないものがある。また、今回は一人だけれども、何名かで乗り合わせて割り勘をすれば、案外と安く済むはずだ。よい泡盛を仕入れてお客さんに紹介し、泡盛を好きになって下さる方が増えたら、その中から参加者を募って、「泡盛工場見学ツアー」というのを企画するのもいいかもしれない。蔵元を巡るのは、酒飲みにとって最高の旅だが、たった一つの欠点が、車を運転できないことである。これは沖縄に限ったことではなく、日本酒の酒蔵にしろ、ワイナリーにしろ、自然の豊かな場所にあることが多い。自然の豊かな場所というのは、電車やバスの便があまりよろしくないものだ。

だから、タクシーを借り切って巡るというのが、得策である。つまり明日は、今後うちの店で企画するかもしれないツアーの下見、には達していないか。実験、だな。顧客サービスを充実させるために必要な実験に要する経費である、そう割り切って、タクシーを借り切ってみようか。

あれ、私は誰に言い訳をしているのだろう。自分一人でやっている店。経費を管理している上司はいない。経営者である私が必要だと認めれば、それでいいのだ。すると、あれか、税務署か。これが経費として認められるかどうか。まあ、ちゃんと仕入れはしているし、バーマンとして酒の知識を得ることは重要だ。なにも後ろめたいことはないじゃないか。

でも、なんだか後ろめたい気がするのは、なぜだろう。楽し過ぎるから、だろうか。仕事というのは厳しいものだ。こんなに楽しくていいはずがない。要するに、楽しんでいる自分自身に言い訳をしているのかもしれない。だが、楽しく仕事をして何が悪い。仕事が趣味、と言い切る人だっている。私だって、バーマンという仕事は好きだし、お客さんとあれこれ話をするのも楽しい。そうだよ、私は好きなことを自分の仕事にしたのだから、楽しいのが当然だ。そうだ、そうだ、明日も頑張ろう。バリバリ働こう。仕事を効率化するために、タクシーを借り切ってしまおう。

ホテルに着くと、真っ先にフロントに相談をして翌日のタクシーを予約してもらった。

部屋に戻るなり、今夜の酒とするつもりで持ち帰ってきた、「和尊」のラベルを読んでみる。下のほうに原酒となった四つの酒の製造元が記載されている。「識名酒造」、「瑞穂酒造」、「崎山酒造廠」、「山川酒造」か。ラベルの左上には、「泡盛蔵元会」という組織のものらしい丸いロゴマークが印刷されていた。「蔵」という文字の上に「地元が一番」、下に「泡盛蔵元会」とあり、それを円で取り囲むようにして、四つの蔵元の名が配置されている。つまり、四つの蔵元で組織されているのが「泡盛蔵元会」であり、その四つの蔵元の酒をブレンドしたのがこの「和尊」というわけなのだ。

崎山酒造廠以外の蔵元の所在地を調べてみると、識名酒造と瑞穂酒造は那覇市内にあり、山川酒造だけが本部町にあった。本部町って、美ら海水族館のあるところか。結構遠いけれど、明日はせっかくタクシーを借り切るのだ。足を伸ばしてみるか。というか、本部って名護の向こうだよな。今日乗ったバスは、那覇と名護を結ぶ路線だった。崎山酒造廠のある伊芸から反対向きのバスに乗れば、あのまま名護に行けたはずだ。名護にホテルを取っておけば、明日の移動も効率が良かっただろう。ああ、と今さら悔やんでも仕方がない。とにかく明日はタクシーを予約してあるから、大丈夫だ。現時点で考えられる、もっとも効率のよい方法を私は選択している。

山川酒造の公式サイトに飛んでみると、見学も受け付けているらしい。ただし「ご予約していただくとスムーズです」、「ご希望にそえない場合もございます」とある。予約の受付は十七時まで。まあ、いい。とにかく明日の朝一番で連絡してみよう。またしても当日予約か。なんだろう、この、行き当たりばったりな感じ。私もすでに、いい大人だ。もう少し計画性を持ったほうがいいな。

今夜は「和尊」を飲むつもりだったけれど、それはもう少し夜が更けてからでいい。どこかに飲みに出よう。でも、せっかくここにあるのだから、ちょっとだけ飲んで行こうかな。

昨日買ったカラカラに、ちょっとだけ「和尊」を注ぐ。何かつまむものはないか。そうだ、昨日買った「スッパイマン」が手つかずのまま残っている。昨日はつまみが充分にあったので、試してみようと思って買ったのだけれども、日持ちがするから、という理由で後に回しているうちに、酔ってしまったのだ。今日はこれを試してみるか。

まずは「和尊」を喉の奥に送りこんでから、スッパイマンを口に放り込む。ちょっと甘みが強過ぎるかもしれない。いや、甘みの質の問題か。もう一度「和尊」を口に含んでみると、いささか風味や刺激が強まっているように思えた。まろやかになるのではなく、よりはっきりと特徴を際立たせる組み合わせだ。泡盛を身体に馴染ませながら飲む方法にはあまり向いていないかもしれないが、口に馴染み過ぎた時や、別の酒に移る直前などにこれを食べると、味覚が一度リセットされて、次に飲む酒の味がよくわかるかもしれない。

となると、やっぱりつまみとしては、不十分であると言える。一種類の酒を飲み続けようとする場合、味に馴染み過ぎるまで、つまむものがない。やはり一度外に出なければ、今日という一日がもったいない。

今日は少し趣向を変えて、民謡を聴ける居酒屋にでも行くか。音楽と酒は、密接な関係にある。ジャズを聴かせるバーがあれば、ロックを聴かせるバーもある。演歌を聴きながら熱燗をやる、というのもなかなか乙だ。うちの店ではBGMを流していないが、その理由は様々な酒を味わってもらいたいからである。音楽に酒が引っ張られてしまうのを恐れているのだ。これは私が、いささか神経質であるからかもしれない。スコッチを飲みながら、アメリカの音楽を聴く、というようなことに、どうも抵抗を感じる。では、スコットランドの音楽を流せばよいのか、というと、それも正解ではない。スコッチを飲んでいるお客さんの隣に、バーボンを飲んでいるお客さんがいるかもしれないからだ。つまみの選び方として、酒の味と近いものを選ぶやり方と、欠けているものを足すやり方があるが、つまみを選ぶように音楽を選ぶというのは、非常に難易度が高い。かといって、ジャズを流しておけばなんとなく洒落た雰囲気になるだろう、というように、思い切りよく割りきることもできない。我ながら、面倒な性分である。

ところが、沖縄で泡盛を飲もうとする場合、何も心配はいらない。泡盛に沖縄民謡が合わないわけがないからだ。沖縄民謡にも様々な曲やアレンジの仕方があることは知っているが、飲んでいる酒にぴったりくるものではなくとも、沖縄民謡が醸し出すその場の空気は、いかにも沖縄という感じがして、泡盛がうまくなる。沖縄民謡の独自性と、泡盛の独自性。これは相性云々(うんぬん)の問題ではなく、空気から、料理から、酒までをすべて沖縄風にして、沖縄に抱かれ、包まれることが重要なのだ。それは酒を中心にものを考える人も、音楽を中心にものを考える人も同じであるはず。

国際通り周辺には、沖縄民謡を聴かせる店が本当に多い。観光客の多い場所であるから当然だとも言えるのだが、それにしてもこの密度である。日本中探しても、こんな街は他にない。戦後、この国際通りは目覚ましい復興を遂げたことから、「奇跡の一マイル」と呼ばれたが、現在でも、奇跡の一マイルと呼んでいいのではないだろうか。独自の音楽が活発に生き続けている一マイル、として。

沖縄の文化の素晴らしいところは、伝統を静態保存しないところだ。民謡にしろ、泡盛にしろ、保存されているのではなく、生きている。伝統を踏まえた上で、新しい試みが常に行われている。

伝統を踏まえた上で、新しい試みをする、これは何も、沖縄でしか見られないことではないが、これほど活発に伝統が息吹を続けている場所は、少なくとも日本国内には他にないだろう。

民謡が活発に生き続けていることは、とてもよいことなのだけれど、一つ困るのは、がら、顔がにやにやしてしまう。

店選びに悩むところである。どの店に入っても、一定水準以上の演奏を聴くことはできるはずなのだろうが、それだからこそ困るのだ。うまそうな酒がずらりと並んだ棚を見て、今日はどれを飲もうかと悩んでいる時と、同じ心境だろうか。困る、なんて言いながら、顔がにやにやしてしまう。

困った時はどうするか。酒飲みであるならば、酒を中心に物事を考えればよいのである。今日は「和尊」を飲むつもりで、持ち帰ってきた。泡盛はアイテム数が膨大なので、「和尊」の置いてある民謡居酒屋を探すのは難しいが、泡盛蔵元会に属する蔵元の酒を飲むのは、さほど難しくないのではないだろうか。明日は山川酒造を訪問するつもりなので、今夜は識名酒造、もしくは瑞穂酒造の酒を飲めばいいのである。

国際通りを歩きながら、「島唄ライブ」、「沖縄民謡」といった類の看板が出ている店をみつけるたびに、入口で「識名酒造か瑞穂酒造の酒はありますか?」と質問する、という作業を繰り返した。どちらも地元那覇市の蔵元であるし、一軒や二軒回ればすぐにあるだろうと思っていたのだが、ようやく「マイルド瑞穂　二十五度」が見つかったのは、五軒目であった。

地元の酒であっても、どこにでも置いてあるというわけではないのだ。どの店も置けるボトルの数は限られているし、那覇市を含む南部地域の蔵元だけでも、結構な数がある。那覇の飲み屋さんだって、南部の酒ばかりではなく、中部、北部、宮古、八重山、などの酒も置いているところがほとんどだろう。泡盛文化の分厚さを、なめてはいけない。

　カウンターの端に座らせてもらった。木がふんだんに使われた、暖かみのある内装。壁には紅型（びんがた）の布が飾られていたり、泡盛の酒蔵ののれんが飾られていたり。南国ムードもたっぷりである。気がつくと、「さて」と揉（も）み手をしていた。

　まずは「マイルド瑞穂　二十五度」を、水割りで頼んだ。二十五度の酒を水割りにするのだから、五分五分で作ったとしても、飲み口はかなり軽い。食中酒としては、ちょうどいいはず。

　食事をしながら酒を飲む時、私はよく、羽柴秀吉の「三献茶」のエピソードを思い出す。鷹狩（たかが）りの帰りにとある寺に寄り、茶を所望した秀吉に、後に石田光成となる少年が、大きな茶碗に入ったぬるめの茶を持ってきた。喉が渇いていた秀吉はこれを飲み干し、もう一服を所望すると、少し小さな茶碗に、やや熱めのお茶が半分ほど入ったものが出てきた。さらにもう一服を命ずると、今度は小さな茶碗に熱いお茶が少量入ったものを出された。

　これを泡盛に当てはめるならば、最初は水割り、次にオン・ザ・ロック、最後にストレート、となろうか。もしくは、二十五度の酒の次は、三十度の酒、最後に四十三度の酒、といった風に、段々と強い酒にしてゆくのもいいだろう。

これは様式というより、喉が渇いた状態で強い酒を飲んでも、あまりおいしく感じられない、という単純なことだ。腹が空(す)いている場合もそう。空き腹にビールが最高、という人はあっても、空き腹にウォッカが最高、という人はあまり見かけない。サウナの後にビール、という人はあっても、サウナの後にテキーラという人が少ないのも同じだ。まったくいないわけではないのだろうが、もしいたとしても、それはかなり個性的な人である。

しかしこの、「マイルド瑞穂　二十五度」、侮れない。というのもこれが、安価であったからだ。ドリンクメニューを見ると、泡盛の中ではもっとも安いものの一つであるのに、それにしてはなんだか高級感がある。「マイルド瑞穂」というぐらいだから、味は非常にマイルドであるのに、なにかが味覚に引っ掛かってくる。平たく言えば、「コク」だろうか。マイルドな酒を水で伸ばし、さらにマイルドにしているにもかかわらず、わりとしっかりとした「コク」が感じられるのだ。

水割りをさっと飲み干し、次はストレートで飲んでみる。まだ腹には、「ミミガーのピーナッツ和(あ)え」しか入れていない。「三献茶」のエピソードを思い出して、空き腹にウォッカ、なんて人はあまりいない、なんてことを考えながら、オン・ザ・ロックを飛ばして、まだ豚の耳を細く切ったものと、ピーナッツのソースしか入っていない腹に、ストレートを流し込む。計画性がないというか、計画のようなものを立てたとしても、それに従って行動することができない性分であるというか。酒を売る仕事をしていながら、酒飲みとしては、あまり上等であるとは言えない。でも、飲みたいものは飲みたいのだ。

まあ、いいんですよ、いいんです。「マイルド瑞穂」は二十五度なのだから、次に三十度の酒を飲めば、いいんです。「三献茶」の様式は崩れないのです。どうだ、まいったか。

ストレートで味わってみると、「コク」がよりはっきりと感じられた。もしやと思い、店員さんに「すみませんが、この酒のボトルを見せてもらえませんか」と無理を言って、棚から持ってきてもらった。ラベルにはやはり「古酒」の文字が。そうか、この値段で古酒なのか。

この店のメニューには、「マイルド瑞穂」が古酒だなんて書かれていなかった。他には「五年古酒」、「十年古酒」などと明記されたものがあるのに、である。「マイルド瑞穂」のラベルには「古酒」と書かれているだけで、何年ものであるかは記されていないので、メニューにも表示しなかったのだろう。しかし、ただ単に「古酒」とするとか、「マイルド瑞穂（古酒）」としてもいいのではないか。というと、差し出がましいか。客側に不利益はないのだし、ここは私の店ではないのだから。

それにしても、このリーズナブルな価格は素晴らしい。「マイルド瑞穂」のアルコール度数は二十五度。蒸留酒というのは、アルコール度数を調整するために加水をするので、同じ原酒を使用していても、アルコール度数の低いものほど安価になる傾向がある。だから安いからといって、酒の品質が低いとは限らない。おそらくこの「マイルド瑞穂」も、その類の酒なのだろう。飲みやすくするために加水を多めにし、アルコール度数を抑えてあるのだろうが、きっと原酒は、相当素性のよい酒である。昨日、「泡盛の場合は、古酒にしてしまえば飲みやすくなるが、時間とコストがかかる上に、大量に生産するのは難しく、価格も高くなりがちなので、普段気軽に飲む酒として普及させるのは非現実的だろう」といったことを考えていたような気がするけれど、それについては認識が甘かったと言わざるを得ない。

まだ三軒の蔵元を回っただけだが、色々と試飲をさせてもらううちに、泡盛に対する信頼感のようなものが、どんどん芽生えてきている。「琉球泡盛」とうたわれているものに関しては、ある一定以上のうまさが保証されているというのか、品質が保証されているというのか、安かろう、悪かろう、ということはないと言える。とがった酒、やわらかい酒、甘口、辛口など、個性の違いは様々でも、おしなべて酒としてのレベルが高く、丁寧に造られていると感じる。

そんなことを考えているうちに、民謡の演奏が始まった。太鼓の前に立つ女性、三板（さんば）を手にした女性、三線（さんしん）を抱えた男性の三人組だ。最初の曲は定番中の定番曲、「安里屋（あさとや）

ユンタ」。何度か沖縄に来て民謡のライブを聴いたことがあるが、この「安里屋ユンタ」は、もっともよく演奏されている曲の一つではないだろうか。ジャズならば「枯葉」、ブルースならば「スウィートホーム・シカゴ」、ハードロックならば「スモーク・オン・ザ・ウォーター」、演歌ならば「天城越え」に相当するような、誰もが「あ、聴いたことがある」となるであろう曲である。

こういった定番曲には、知っている曲を共有することによって、聴衆を安心させるという効果があるように思うが、演奏する者の力量や個性が顕著に現れてしまう、という性質もある。聴衆に心を開かせるのは比較的容易だが、感動を与えるのは難しい、といったところだろうか。また、演奏がまずければ、それもすぐにばれてしまう。

同じ曲を色々な演奏者がやるのだから、そうなるのは仕方がない。しかし、沖縄で感心するのは、大体どこの酒場で演奏を聴いても、皆それぞれにいい演奏をするということだ。おしなべて、レベルが高い。また、伝統的な曲を選んで演奏する若者があれば、比較的新しい曲に挑戦する年配者もある。泡盛を語る時と同じようなことを言っているような気がするが、これはまったくそうなのだ。これこそが沖縄文化の肝であると、私は感じている。

沖縄は地理的な優位性から、古くより貿易が盛んであった地域。そのためか、文化の面でも中国や東南アジアの国々からの影響を強く受けたものが、多く見られる。泡盛の製造に不可欠な蒸留の技術も、中国からシャムを経由して伝えられたと言われているが、現在では中国の酒とも、シャム、現在のタイの酒とも違う、泡盛という独自の酒を持っている。

沖縄の人々は昔から、海外からの影響を常に受けつつも、独自の文化を失わないどころか、独自の資質によって、独自の文化を形成してきた。その理由として、他の地域とは地続きでなく、海によって隔離されていることが考えられる。一見矛盾しているようだが、これはバランスの問題だ。適度な影響と、適度な距離感が、独自の文化を形成する過程において功を奏したのではないだろうか。

ストレートでちびりちびりとやっているうちに、演奏はどんどん進んで行き、最後はこれまた定番の曲、「唐船(とうしん)ドーイ」でカチャーシだ。イヤササ、イヤササ、と夜が深まって行く。

この沖縄の酒場におけるスタイルは、本当によく出来ている。気分がよくなると、歌ったり踊ったりしたくなるものだが、普通の酒場で踊るのは難しい。クラブとか、ダンスホールとか、他に踊れる場所はあるけれど、中年になると、若い人の多いクラブで下手くそな踊りを踊るのも気が引ける。ダンスホールは踊りも本格的で、入りにくい。ところがカチャーシならば、子どもからお年寄りまで、誰もが遠慮なく踊りやすい雰囲気。下手でもいいし、気取らなくてもいい。シャイな人だって、酒で景気がついているから大丈夫。中には上手な人もいるけれど、大切なのはあくまでも、空気をかき混ぜること。空気をかき混ぜて、皆の踊りが混ざり合って、ふわふわした頭が、もっとふわふわして、酔いがさらに気持ちよく回る。

人と酒との、理想的なパートナーシップが、ここにもある。

カチャーシを踊って、カウンターの酒を飲み干し、店を出た。「三献茶」図式に従って、度数の高い酒にしようにも、あの店には「マイルド瑞穂」以外に、瑞穂酒造の酒がなかったからだ。他の蔵元の酒を飲もうか、とも思ったけれど、それでは「和尊」の原酒の一つを製造している、識名酒造に義理が立たないような気がしたのだ。

二軒目は別に、沖縄民謡のライブがない店でもいい。識名酒造の酒さえあればいいのである。初日の夜に行った居酒屋ならば確実だけれども、泡盛の揃ったバーがあるならば、ぜひ行ってみたい。だが、知らない街で、自分の希望に合ったバーをみつけるのは難しい。バーと言っても、色々なタイプがある。オーセンテックバー、ショットバー、ダイニングバー、ミュージックバー、スポーツバー、などなど。別にどのタイプのバーでも構わないのだが、識名酒造の酒が置いてあるかが問題なのだ。いくら沖縄であるとはいえ、洋酒だけを扱っているバーもあるだろうし、泡盛にあまり力を入れていないところもあるだろう。バーの棚というのは、お客さんによって作られる部分が少なからずある。お客さんが何を期待して、店にやってくるか、それによって同じバーという業態の店でも、棚に置いてある酒が違ってくるのだ。反対に、店の棚がお客さんを選ぶ、ということもある。結構酒が揃っているな、と思えるような店に出会えたとしても、今日飲みたいボトルが、必ずあるとは限らないもの。

そんなことを考えながら、国際通りを外れて、街の奥へと踏み込んで行く。ここはもう、嗅覚に頼るしかない。自慢にもならないが、酒は長年飲み続けてきた。経験は豊富なつもり。いいバーぐらい、この鼻で探し当ててやるさ。と意気込んではみたものの、嗅覚を頼りに探すのは難しいことである。時間ももったいないし、酔っているからあまり無駄には歩き回りたくないし、やっぱりスマートフォンでグルメサイトを見て、いくつか候補となる店を絞りこんだほうが早いや、と思い直してスマートフォンを取り出すと、杉本さんから着信が入っていた。そうか、民謡のライブの邪魔にならないように、マナーモードにしておいたから、気がつかなかったのだな。申し訳ないことをした。というより、「御酒」を手に入れる際にも、あんなに世話になっておきながら、お礼の電話もしていない。すぐに掛け直さなければ。

「おまえがこんなに薄情者だと思わなかったぞ。この恩知らずが！」

電話がつながるなり、そう怒鳴られた。この人はあまり人に恩に着せるタイプではないのに、こんなことを言うだなんて、相当怒っているに違いない。それもそうだ。私はこの人の好意に甘え過ぎた。いくらなんでも、お礼の電話一つしないだなんて、社会人として失格。図々しいにも程がある。

「すみません。『御酒』の件ではありがとうございました。代金まで支払っていただいて。それなのに私は、お礼の電話一つせず……」

「そんなことはどうでもいい。いつものことだ。とにかく明日の朝十時に迎えに来い」

「申し訳ないんですけど、明日は無理ですね。実は私、今那覇にいまして」

「そんなことは知っとる。那覇空港に迎えに来い。十時に到着口のところで待ってろ」

「え、来るんですか？」

「おう、行くよ。昨日おまえの店の常連さんの、坂田さんが来たんだよ。お珍しいですねって言ったら、おまえ、店休んで沖縄に行ってるって言うじゃねえか。冷たいやつだな、本当に。なんでおれを誘わないんだ。どうせ泡盛をたらふく飲んでるんだろう？」

「ええ、いただいていますよ。泡盛、最高です。うまい泡盛にも沢山出会えましたしね」

「ああ、もう、憎たらしいやつだな。でも、いいや。とにかく明日行くからな。十時だぞ。到着口のところで待ってろよ。いいな?」

「十時は難しいですね。ちょうど十時にタクシーを予約してあるんですよ。だから、道の混み具合にもよりますけど、どうだろう、十時三十分ぐらいになっちゃうのかな」

「いいよ、いいよ、それぐらいは待つから。とにかく、明日迎えに来い。いいな。切るぞ。今営業中だから」

電話はそこで、ぷつりと切れた。

杉本さん、明日来るのか。あの人も本当に好きだな。もちろん私だって、誘いたかったのは山々だ。でも、あの人にはあの人の店があるし、あの人の店には、あの人の店の常連さんがいるし。そもそも私自身が突然の思いつきで来たようなものなのだ。私が予約したのは、思い立った日から一週間後の飛行機で、自分でも急な話だなと思ったが、まさかそれをも上回ってくるとは。あの人にはとても追いつけそうにない。あの人はきっとこんな風に、色々な酒を知ってきたのだ。見習わなければ。いや、見習わないほうがいいか。いやいや、やっぱり見習うべきかもしれない。あの人の、酒への情熱を。

あの人が来るのは明日。とにかく今は、真面目に識名酒造の酒を探そう。情報化社会なのだから、スマートフォンを使って、情報を得るのが正しい。ただし間違えてはならないのが、情報が不確かであるかもしれない、ということ。情報が氾濫している時代だからこそ、情報を鵜呑(うの)みにせず、自分の目で、耳で、口で、感性で、情報の真偽を確かめるべきなのである。

那覇、泡盛、バー、で検索してみると何軒も出てきたが、こういった情報の処理が難しい。若い人ならば、グルメサイトの星がいくつ、なんてことでさっと決められるのだろうけれど、私はグルメサイトを利用するのが苦手だ。この星が一体どんな意味を持つというのだろう。評価の基準は、店主の人柄か？　それとも料理の味か？　店の雰囲気か？　だが、今の私にとっては、識名酒造の酒があるのか、ないのか、がもっとも重要なのである。これを知るには、メニューのところをタッチして、ドリンクのメニューをタッチして、か？　でもそこを開いたところで、完全な情報は出てこない。たとえば、良さそうなバーだな、と思って開くと、ドリンクのメニュー自体が公開されていなかったり、公開されていたとしても、ほんの一部しか載っていないのだろうな、と思われるようなラインナップであったり。私はグルメサイトに多くを求め過ぎなのだろうか。

もういい。ここから一番近いバーへ行ってみよう。

地図アプリで現在地に一番近いバーを調べて、入ってみることにした。鮮やかな照明やネオン管で飾られた、アメリカ風のカジュアルなバーで、カウンターの中にいるバーマンも若い。ZIMAやバドワイザーが似合う感じだろうか。ウイスキーならジムビームとか。しかし棚には、泡盛のボトルがなかなか揃っている。

「すみません、識名酒造の酒はありますか？」

カウンター席に着くなり、そう訊いてみた。

「『時雨(しぐれ)』の四十三度と『歓(よろこび)』がございますが」

「じゃあ、『時雨』をストレートで」

「はい。かしこまりました」

若いけれど、この人はまともなバーマンかもしれない。経験の浅いバーマンは、知識をひけらかしたがることがあり、客に差し出がましいことを言いがちだ。この場合であれば、「一般酒ですから、水割りのほうがよろしいのでは？」とか、「ストレートはおすすめできませんね」なんてことを言いたがることが多い。タチのよろしくないのになると、客に対して、鼻で笑うような態度を取ることもある。いわゆる半可通だ。お客さんがそう飲みたいというのなら、黙って飲ませてあげればいいのだ。飲んだ後の顔を見て、満足そうであったのなら、それがそのお客さんにとってのうまい酒なのであるし、うわっ、しまった、という顔をされているのであれば、「このお酒は、水で割ってもおいしいんですよ。よろしければ、お試しになりませんか？」などと、あくまでもやんわりと他の飲み方をおすすめすればいいのである。

と偉そうなことを述べているけれども、これは私が若い頃によくしていた失敗の一例だ。バーマンは、酒の知識を頭に詰め込むだけではダメなのだ。酒の個性と飲み手の感性が合致すること、それが一番大切。正解は、飲み手が決める。たとえ失敗があったとしても、リスクは飲み手が背負うものなのだ。なぜなら酒の飲み手は全員が大人であり、大人として、自分の意思と責任の下で、酒を飲んでいるのだから、他人であるバーマンが余計な口を挟むべきではない。

と、また偉そうなことを述べたけれども、これは杉本さんの受け売りだ。私も若い頃はよく、こんな風に叱られた。

「時雨」は、ショットグラスに入って出てきた。バーの雰囲気には合っている。私の店でも泡盛を注文された場合はこうやって出しているが、沖縄でも同じような出し方をしている店があるのか。本場のバーと違わないことに、少し安心した。もしかしたら無作法であるかもしれない、と思っていたからだ。もっとも、沖縄の文化には柔軟性があるので、泡盛をショットグラスで飲むというスタイルが新しい文化として受け容れられているのも、当然かもしれない。いや、よく考えれば、泡盛はよくロックで飲まれる。冷凍庫が普及する以前は、この南国沖縄で氷は、かなり貴重なものであったはずだ。そうなのだ、ロックで泡盛を飲むことだって、比較的新しいスタイルなのだ。だから、ショットグラスで泡盛を飲むのも、別に珍しい変化ではないのか。

どうも私は頭が固いようだ。酒飲みというのは、スタイルにこだわりがちである。たとえば、「シングルモルトはストレートに限る」とか、「その飲み方は邪道なのではないか」とか、「せっかくのウイスキーを水で割るのか」といった類のことを言いたがる人というのはかなりの割合でいる。私もやはり、一介の酒飲みなのである。酒に対する無用な固定観念や、妙な思い込みや思い入れが多いのは、多くの酒飲みに共通する厄介な性質だろう。

さて、「時雨」の味はどうか。うん、これはきっと、黒糖酵母を使っているな。香りと甘みの鮮やかな立ち上がり方が、いかにも黒糖酵母っぽい。口当たりもやわらか。これは黒糖酵母によるものだろうか、それとも製造過程によるなんらかの工夫によるものだろうか。「赤の松藤」とはまた違った、やわらかさである。ただし、やわらかさはあるが、マイルド、淡麗という感じはしない。どちらかというと、風味は強いほうだろう。やわらかでありながら味わいが深い。これもまた、いい酒だなあ。

「おいしそうに飲まれますね」

「そう見えますか。まあ、これだけうまければ、それも当然でしょう。やわらかさと濃厚さが見事に両立している。なにか特別な工夫がなされているのかな」

「どうも、濾過に色々と秘密があるようですね。なんでもその方法は門外不出であるとか。この『時雨 四十三度』は、新酒でありながら古酒のようなまろやかさ、というコンセプトで造られているそうです。識名酒造さんといえば、やはり古酒ですからね」

「識名酒造は古酒に力を入れているんですか？」

「もちろん力は入れられているんでしょうけど、識名酒造さんは沖縄最古の古酒をお持ちですから、そのイメージもありますよね」

沖縄最古の古酒、ということは、世界最古の泡盛ということである。なんなのだろう、この胸のざわめきは。最高の酒、というのは人それぞれだが、最古の酒というのは、世界に一つしかない。

「それは、何年ものですか？」

「百五十年ものだと言われています。戦争で首里が被害を受けた時には、土の中に甕を埋めて守ったそうですよ」

　戦前の黒麴菌を使って造られた酒があるかと思えば、百五十年もの間受け継がれてきた酒がある。いやはや、本当に泡盛というのは、分厚い文化をもつすごい酒だ。

　泡盛の貯蔵というのは、他の酒とは少し違っていて、「仕次ぎ」という方法で代々受け継がれてゆく。やり方としては、新酒を何年か貯蔵する。それを少し飲んだら、新しい酒をそこに足す。この時、足した新しい酒も一緒に貯蔵しておく。それからまた何年か貯蔵し、少し飲んだら、前に足したのと同じ酒をそこに加える。足して減ってしまった第二の酒、ともいえる酒には、また新しい酒を足す。その新しい酒も貯蔵しておいて、第三の酒とする。次の時には、第一の酒に第二の酒を、第二の酒には第三の酒を足し、第三の酒には新しい酒を足し、その酒を貯蔵して第四の酒とする、といった具合に繰り返してゆく。こうして新しい酒を時々加えることで、古い酒が活性化し、よい具合に熟成するのだそうだ。

　ということは、親の造った酒に、子の造った酒が交わり、子の造った酒に孫の造った酒が交わり、孫の造った酒にひ孫の造った酒が交わり、といったように百五十年もの間、受け継がれてきたというわけであり、その古酒たるもの、まるで一族の血、家系図のようなものではないか。

「すごいですね。それって飲めるんですか？」

「販売はされていません。なにせ貴重なものですから」

「まあ、そうでしょうね」

残念だが、当然だとも思える。しかしだ、今、私の目の前にあるこの酒は、うまい。これは幸せなことだ。

「なにか、おつまみはいかがですか？」

「そうですね、適当なものを見つくろって下さい。食事は済ませてきましたので、お腹は空いていません」

「かしこまりました」

何が出てくるのだろう、と期待を膨らませていると、最初に出てきたのは茹でた枝豆だった。がっかりしたわけではないが、率直な感想を言うならば、「普通だな」。沖縄らしさ、泡盛のつまみらしさは感じられない。

ただし、チョイスは適切であると言えよう。豆の甘みと塩気が、泡盛の風味に丸みを加え、甘みをより引き立ててくれる。

「いやあ、塩がよく効いていて、おいしいですよ」

「塩は、ミネラルの豊富な地元の自然塩を使っています」

「なるほど。だからおいしいんですね」

ただの茹でた枝豆かと思ったが、ここにもちゃんと沖縄らしさがあった。

馴染みがいいような気がしたのは、地元の塩が使われていたからだろうか。私の舌などあてになりはしないが、その可能性はある。注意深く再び枝豆を口に運んでみると、ほのかな塩の甘みが感じられた。この塩の甘みが、「時雨　四十三度」の甘みに程良い刺激を与えたのだろうか。それとも、塩に含まれるミネラル分が、仕込み水の中に含まれるミネラル分に、なんらかの影響を与えたのだろうか。わからないけれども、地元のものに地元のものを合わせるのは、王道とも言えるつまみの選び方である。

なんてことを大げさに言う必要はないか。感心すべきは、茹でた枝豆にすら、沖縄の塩を使っているという姿勢、または配慮に対してだ。細かな配慮の積み重ねが、カウンターの上の酒に命を与える、というのは言い過ぎだろうか。だが、細かな配慮を怠ることで、酒の味を台無しにしてしまうことはある。また、わずかな心遣いが、うまい酒をよりうまくすることもある。

東京で店をやっていると、こうしたことができるバーマンを少し羨ましく思う。東京では、東京のものをつまみに、東京の酒を飲むことが難しいからだ。東京はあれだけの人口を有する大きな街だが、東京都酒造組合に属する蔵元は、わずかに十社。地ビールを造っているところもあるけれども、人口に対してはあまり多くはない。酒のつまみにぴったりだとされる伝統野菜「谷中生姜」だって、八百屋で見かけるのは他府県産のもの。発祥の地とされる西日暮里辺りやその周辺では、もう栽培されていない。市場で売られている魚にしたって、東京湾で獲れたものもあるけれど、中心となるのはやはり遠くから運んで来られたもの。上等とされるもの、うまいとされるものもそうだ。大間産のマグロ、下関産のフグ、明石産のマダイ。東京にはなんでもあるが、こういった視点で見ると、実は何もないのである。

続いて出てきたのは、アボカドとクリームチーズを、わさび醤油で混ぜ合わせたサラダ。これはあまり沖縄っぽくないか。だが、東京でも非常に再現しやすいメニューではある。洋酒を扱うバーの雰囲気にも馴染みやすいし、盛りつけ次第では洒落た感じにもなる。アボカドに醤油を合わせるとマグロに似た味になるが、生臭さがないから他の酒とも合わせやすそうだ。仕込みにもさほど手間はかからないだろう。真似をしてみる価値はあるな。

おっと、いつの間にかグラスが空だ。おかわり、おかわり。

「すみません、今度は『歓』を」

「ストレートでよろしいですか？」

「はい」

段々とアルコール度数を高くしていく、という酒の飲み方は、まったく理に かなった方法であると思うけれども、「時雨」は四十三度で、「歓」は二十五度。どうして私はこういうことをしてしまうのだろう。いや、わかっているのだ。私は酒に意地汚く、強い酒を好む傾向にある。強い酒が好きならば、最後のお楽しみにとっておけばよいのだが、子どもの頃から好きなものは真っ先に食べるタイプであった。いくつになっても、この癖ばかりは治らない。三献茶の様式はどこへ行った？

うん、やはりマイルド。ああ、またマイルドなどという、ありふれた表現を使ってしまった。口当たりはすっきりとしているが、すぐに撚（よ）られた絹糸のように繊細な風味が絡み合いながら、ゆらゆらと漂ってくる。頼りなく漂っていた絹糸は次第に膨らんで丸みを帯び、その周囲を小さな火花が、チカチカ、チカチカ。それはやがて、すっと消えた。

胸の奥をくすぐられるような、このしんみりとした感じ、知っているような気がする。そうだ、線香花火。線香花火の玉がポッと落ちてしまった時の、寂しさとも、哀（かな）しさとも違う、なんとも言われぬ風情。次の一本に火をつける時の期待感と、儚（はかな）きものへの愛着。考えれば酒を味わうということは、花火で遊ぶことに似ているかもしれない。華やかに現れて、すぐに去って行ってしまうものへの愛着。いや、執着か。

ああ、今日もまた、うまい酒を飲んだ。

5

翌朝、山川酒造に電話をしてみたが、残念ながら見学の予約は取れなかった。対応して下さった方は大変申し訳なさそうだったが、当日の朝電話をするのがいけないんですよ。恐縮していただいて、恐縮です。

杉本さんを迎えに行くのは十時半。せっかくタクシーを借り切ったのに、今日の予定はまったく決まっていない。どうしようかな。

到着口から出てきた杉本さんは、非常に上機嫌である様子。私の姿をみつけると、千切れんばかりに右手を振り、満面の笑みを浮かべて、「おい、待ったぞ、待ったぞ、おい」と近づいてきた。その大きな声に振り返る人もあって少し恥ずかしかったが、恩人である。他人のふりは出来まい。

「さあ、待ってもらっているんで、早速タクシーに乗りましょう」

手にぶら下がっていたボストンバッグをひったくるようにして、すたすたとロータリーへ向かった。杉本さんは「せわしないやつだな」と言いながらも、早足で後をついてくる。トランクを開けてもらい、荷物を放り込んで、早々に空港を出発した。

「今日の予定はどうなっているんだ？」

「一軒蔵元の見学に行こうと思っていたんですけど、今日はお忙しいらしくて。だから予定は決まっていません。どうしましょう？」

「どうしましょうって、頼りがいのないやつだな。じゃあ、そうだな、コザへでもいくか。運転手さん、とりあえずコザへ向かって下さい。それからのことは道々考えます」

　那覇の街を抜けて、沖縄自動車道へ。道路脇の景色に、どんどん緑が増してゆく。昨日バスで伊芸に行く際、コザも経由して行ったが、昨日とは窓の外の景色が随分と違う。

「ところで、いい酒は見つかったのか？」

　ぼんやりと窓の外を眺めているところにそう質問をされ、返答に困った。いい酒は沢山見つかったけれども、見つかり過ぎてしまったような気もするし、上原さんのお祖父さまにぴったりくる酒がどれなのかは、まだわからない。

「いい酒はいくらでもありましたが、一体どれが正解なのか……」

「迷っているのか？」

「迷っていると言える段階にも、まだ達していないというか」

「どんな酒を探しているんだ？　この間教えた酒ではダメだったのか？　おれもあの後飲んでみたんだが、うまかったぞ」

「ダメというか、昔を懐かしむ酒としては、うま過ぎるんじゃないかって。あれは、昔お祖父さまが沖縄で飲んだ泡盛より、絶対にうまいはずなんです」

「たしかに、そうかもしれんな。うま過ぎるからダメだなんて、まったく酒というのは難しいもんだ」

そう言うと杉本さんは、腕を組んで目をつむった。

なにか考えているのかな、そう思ってしばらく次の言葉を待ったが、そのうちにいびきが聞こえ始めた。なんだ、寝てるのかよ。しかし、無理もない。昨日は深夜まで店に立ち、今朝早い飛行機に乗って沖縄まで飛んできたのだ。睡眠は不足しているだろうし、疲れてもいるのだろう。

コザに到着するまで、杉本さんは眠り続けた。運転手さんに「もうすぐコザですけど、どうしましょう?」と訊かれて、慌てて揺り起した。

「もうコザに着くようなんですけど、どうします?　コザではどこに行くつもりなんですか?」

「もう着くのか。早いな。別にどこに行くとは決めてないよ。ただ、コザに寄りたいな、と思っただけだ。じゃあ、運転手さん、一番街の辺りでおれたちを降ろして、どこか近くの駐車場に車入れて待ってて下さい。ちょっとブラっとしてきますから。ああ、駐車場で降ろしてくれてもいいですよ。このまま乗り逃げされちゃうんじゃないか、なんて心配でしょうから、夕方までの料金、先に払っておきます。いくらですか?」

「そちらの方から、先にいただいています」

「ああ、そうですか。じゃあ、いいね」

先に払っておいてよかった。この人は面倒見がよすぎるから、いつも私に財布を出させようとしない。もう長い付き合いだ。タクシー代を払おうとすることは、予想出来ていた。それではいくらなんでも、申し訳なさすぎる。私が、私のお客さんのために、趣味と実益を兼ねて沖縄にやってきて、杉本さんはそれに付き合ってくれているだけなのだから。もちろん、こちらから頼んだわけではないけれど。

一回りしてきたら連絡しますから、と運転手さんの携帯電話の番号を教えてもらい、コザミュージックタウンの前で降ろしてもらった。杉本さんはどこに向かうとも言わず、信号が青になると横断歩道を渡り、商店街の中へと進んでゆく。私も黙って、後をついて行く。

「ちょっと、ここを見て行こうや」

杉本さんが立ち止ったのは、「沖縄市音楽資料館　おんがく村」と看板のかかった施設の前。今は資料館になっているようだが、元々は何かの商店だったのだろうか。入口の造りも、フロアの広さも、商店街の中の一店舗、といった感じだ。音楽に関する書籍や、レコード、ＣＤなどが並んでいる。書籍はどれも閲覧が可能で、レコードやＣＤも係の人に言えば、聴かせてもらえるようだ。

「おお、懐かしいな。おまえ、『紫』って知ってるか?」

「むらさき? チェーンの居酒屋ですか?」

「村さ来、じゃねえよ。『紫』ってバンドだよ。まったく、おまえは酒のことしか考えてないな」

「それは、杉本さんも一緒でしょう」

「いや、おれは今、音楽の話をしているじゃないか。ハードロックだよ。おまえはロックっていうと、グラスに氷を入れることしか考えないだろう。まったく、無粋なやつだな。音楽のことも少しは知っていなきゃ、いつまでたってもいいバーマンにはなれっこないぞ。そういうのを、酒バカっていうんだよ。酒の文化は、音楽や美術、文学なんかともかかわりがあるんだ。酒のことばかり考えていちゃ、いつまでたっても酒のことはわからない。たとえば、ゴッホが好きだった酒はなんだ? 知ってるか?」

「アブサン」

「ほう、知ってるじゃねえか。じゃあ、ドストエフスキーは?」

「すみません、わかりません」

「自家製のヴォートカを、朝夕に少しずつ飲んでいたと言われているな。どうだ、勉強になったか?」

「はい。ありがとうございます」

やたらと知識をひけらかすのは、バーマンとしてあるまじき行為。お客さんに話す時は、適切な状況やタイミングを慎重に計り、嫌味にならないように、さらりと披露するようにしなければ、とこの人から習ったし、修業時代には、実際にそうしている様子を見て勉強したものだ。だが、この人も本当は、酒の知識をひけらかしたくて仕方がないのだ。という言い方は失礼か。酒にまつわるエピソードを話すのが、この人は好きなのだ。お客さんの前では自制しなくてはならないが、私の前では自由に、どんどん話してもらいたい。少々口が悪いところはあるけれども、こうやって私は、この人から酒を学んできたのだから。

「すみません、これ掛けてもらえますか？」

杉本さんが一枚のＣＤを係の方に手渡すと、すぐにスピーディな、ギターのリフが鳴り始めた。テクニックはかなり高いレベルにある。いや、それより、このフレーズだ。胸の奥底をぐっとさらわれるよう。ザクザクと、ゴリゴリと、心臓を突いてくる。

「かっこいいですね。これが『紫』ですか？」

「そうだ。かっこいいだろう。オキナワンロックを聴くのは初めてか？」

「オキナワンロックと言われるものがあるのは知っていましたけど、音を聴いたのは初めてかもしれません」

「おまえぐらいの歳だと、そうかもな。いいか、これがオキナワンロックだ。覚えておけ」

コザは、音楽の街だと言われている。東京の人間から見れば、沖縄全体が音楽の島であるように感じるけれど、なかでもコザは特に盛んというか、独自の音楽文化を持っていると聞く。商店街の真ん中に、コザを中心とした独自の音楽文化にいつでも触れられる施設があることを考えても、いかに盛んであるかは想像に難くない。

コザは、嘉手納(かでな)基地のゲート前にある街だ。そのため、アメリカ風の文化の影響を特に強く受けていると考えられる。また、海外から入ってきたものを自然と取り込んで、独自に進化させてゆく柔軟性は、沖縄の文化の真骨頂とも言える部分である。オキナワンロックもそうやって生まれ、育ったのだろうか。もしそうであれば、音楽の進化の仕方としては、正統的であると言える。ルーツを同じくする音楽が、演奏される地域によって独自の色合いを持つ例は、民謡ばかりではなく、ジャズ、ブルース、ロックなどにおいても、数多く見られる。

「このアルバムは、いつ頃出たものですか？」

「これはＣＤだから、再発売されたものだろうけども、最初にＬＰが出たのはたしか、七〇年代の半ばだったかな」

この音楽をリアルタイムで体験していた世代は、どんな酒を飲んでいたのだろう。

「御酒」に出会って以来、頭に詰め込んできた知識をさらってみる。たしか沖縄県酒造協同組合が設立されたのが一九七六年だから、その頃ということになるか。

一昨日ビーチで出会った男性は、ウイスキーやビールを好んでいるようであった。杉本さんよりいくらか年下であると仮定すると、七〇年代半ば頃は、二十歳前後であったはずだ。するとあのくらいの年齢の方が、オキナワンロックに熱狂していた世代なのかもしれない。それにあくまでもイメージの問題ではあるが、こういったハードロックには泡盛より、ウイスキーやビールの方が似合うような気がする。もし、オキナワンロックが演奏されているライブハウスで、泡盛が若者に飲まれていたとしたら、とてもかっこいい文化であると思うのだけれど、どうなのだろう。

「その時代、やっぱり沖縄の若者は、ウイスキーやビールを飲んでいたんでしょうか？」

「どうだろう。沖縄のことはわからんが、一九七一年にウイスキーの輸入が自由化されて、東京でも徐々に舶来のウイスキーが幅を利かせてきたのがその頃だ。舶来ものは特級だったから、値段も高くてよ。それを飲むのがステータスというか、かっこいいことだったんだ。今思えばおれがこの道に入ったのも、舶来もののウイスキーへの憧れがあったからだろうな」

「じゃあ、それまでは皆、どんな酒を飲んでいたんですか？」

「ビール、日本酒、焼酎が多かったな。ウイスキーなら、トリス、レッドなんかの国産ものが主流だった」

「この間教えてもらった、『御酒』に使われている、戦前の黒麹菌を採取して保存していた坂口謹一郎という先生が、『君知るや名酒泡盛』という論文を雑誌に発表したのが一九七〇年だったと思うんですが、その頃泡盛はどうでした？」

「今ほど多くはなかったけれども、東京にもあるにはあったな。ただ、知る人ぞ知る、という感じだったと思うぞ。その先生だって、君知るや、と書いているんだろう？　皆が知っている酒なら、そんな風に書かないよ。まあ、おれは昔からウイスキー党だったから、余計にそう感じていたのかもしれんが」

復帰前の沖縄の酒税は内地と比べて低く、また内地から輸入される日本酒やビールには、高い物品税が課せられていた。外国産の酒におされ、苦境に立たされていた泡盛を守るための措置であったようだが、復帰後も、沖縄復帰特別措置によって、酒税や材料米に関する負担の軽減は継続された。この事実を見ると、泡盛は内地の酒や外国産の酒に比べ、安く手に入ったはずである。もちろん、ウイスキーやビールを好む若者は多かったのだろうが、中には泡盛を常飲する若者だっていたのではないだろうか。今も昔も、バンドマンというのは貧しいものだ。貧しさから安価な泡盛を飲んでいるうちに、そのうまさに気がつき、すっかり虜（とりこ）になった、というバンドマンがいたとしたって、なんら不思議はない。なぜなら泡盛は、身体に馴染めば馴染むほど、うまい酒だからだ。

ここには、私の願望が含まれている。その土地で生まれた酒を飲み、身体の奥底にその土地の息吹を蓄え、音楽によって爆発させる。独自の酒から独自の音楽が生まれる、なんて素晴らしいことだろう。

「音楽には、アイデンティティが大きく影響すると思うんですよ。沖縄の音楽ならたとえロックであっても、泡盛と共にあってほしい、なんていう考えは変でしょうか？」

「おまえは浅いな。いいか、たとえ日本人がアメリカの酒を飲みながら、アメリカの音楽をやっていたとしても、それがその人なんだよ。それに、アメリカ文化の影響を大きく受けているのも、沖縄の特徴じゃないか。ランチョンミートなんて昔は、東京では見かけなかった。あれは元々アメリカのものなんだろうけど、今の日本では、沖縄のものみたいなイメージだろう。あれをポークと呼ぶのもそうだ。全部現代の沖縄の文化なんだよ」

「でも、伝統的な沖縄文化とはちがいますよね」

「泡盛だって元々は、海外から伝わった酒に独自の工夫が加えられた、新しい酒だったんだぞ。ビールやウイスキーだって、いずれそうなるかもしれん。現にオリオンビールなんて、沖縄を代表するビールもあるしな。だからもし、沖縄のロックミュージシャンが泡盛をまったく飲んでいなかったとしたって、何も問題はないだろう。オリオンビールみたいなものじゃないか」

オリオンビールか。なるほど。どうして私はもっと広い視野でものを見られないのだろう。伝統というワードを、固定的なイメージで考えてしまっている。ほんの数分前に、海外から入ってきたものを自然と取り込んで、独自に進化させてゆく柔軟性は、沖縄の文化の真骨頂とも言える部分である、なんてことを考えていたくせに、私は何もわかっていなかったのだな。頭で考えたり、口で言うのは簡単だが、しっかりと理解し、頭に定着させるのは難しい。

「沖縄の文化や伝統に、よそから来た者が身勝手な期待をしてはいけませんね」

「そうだ、沖縄はな、泡盛という非常に優れた独自の酒を生みだし、育んできた土地だぞ。一つの酒文化が確立されるには、その周辺にも洗練された文化が存在したり、新たに生まれたりするものなんだ。それをたった一人のちっぽけな人間が、それも自分ではなんにも出来ないようなやつが、頭でっかちに偉そうなことを言うもんじゃねえよ」

「そうですよね。傲慢でした」

このやり取りで、杉本さんは一気に不機嫌になってしまった。こういう傲慢さを極端に嫌う人なのだ。付き合いも長くなったし、バーマンとしての私のこともいくらか認めてくれているようだが、今でもおっかない師匠であることに変わりはない。

何曲か聴くと杉本さんは、係の方に「ありがとう」と言って、外に出て行った。私も慌てて後を追う。

「もう、いいんですか？」

「ああ、喉が渇いた。そこらの喫茶店にでも入ろうや」

そこらの喫茶店と言ったくせに、杉本さんはどこかを目指しているかのように、迷いのない様子で歩いて行く。それも、かなりの早足だ。気に入った店でもあるのだろうか。そのまま、結構な距離を歩いた。アーケードはすでに途切れている。「どこまで行くんですか？」という質問は無意味である。「そこらだよ、そこら」と返ってくるに決まっているからだ。

「あれ？」

と言って杉本さんは、シャッターの閉まった店の前で立ち止まった。看板も外されており、明らかに空き店舗である様子。ここに、昔馴染みの店でもあったのだろうか。

「今はもう、やっていないみたいですね。途中にカフェがありましたから、そこに寄りましょうか」

「いや、いい。運転手さんに電話をして、迎えに来てもらってくれ」

「喉が渇いているんじゃないんですか？」

「喉が渇いているなら、そこの自動販売機でお茶でも買えばいいだろう。いいから電話しろ」

「はい」

一体どうしたというのだろう。機嫌がまた一段と悪くなったように見える。

迎えに来てもらったタクシーに乗り込むと、杉本さんは、「金武に行って下さい」と運転手さんに告げた。私にはなんの相談もなしに、である。二人で旅をしているのだから、なにか一言ぐらいあってもいいんじゃないか、と思うが、仕方がない。こういう人だから。

「金武には昨日も行ったんですよ。伊芸って所に」

杉本さんが何も言わないのなら、私から何か言ってやる。

「今から行くのはもうちょっと先だ。金武町の金武だ」

「ほう、金武町の金武ですか。埼玉県さいたま市みたいなものですかね？」

「つまらないことを言うな。それに、埼玉県さいたま市みたいなものじゃなくて、千代田区千代田みたいなものだろうが」

「ああ、そうですね。板橋区板橋とか、練馬区練馬みたいな」

「うるさい。黙ってろ」

いつもにこにこしている人が、にこにこしていない時というのは、いつもにこにこしていない人がにこにこしていない時より、気詰まりなものだ。せっかく沖縄にいるのだから、もっと陽気に行きたいところなのだが、下らないことを言ってもダメだし、この人、窓の外を眺めてばかりで、こっちを見ようともしない。この重苦しい雰囲気のまま、金武町の金武まで黙って車に乗って行くしかないのか。

金武までは沖縄自動車道を利用する。バスを利用した昨日とは、移動のスピードが違う。便利ではあるが、一般道と比べると、窓の外の景色は単調だ。便利さと快適さは、必ずしも同居しない。もっとも乗り心地は、路線バスよりタクシーのほうが何倍もいいが。

杉本さんは眠ることもなく、窓の外を見つめている。何を見つめているのだろう。切通しの壁面を覆うコンクリートか。車線にはみ出さんばかりに生い茂った、元気一杯の木や草か。その隙間に時々現れるビルか。真似して見つめてみるも、それほど面白くはない。なにか話そうにも、話しかけてはいけない雰囲気が、身体からビシビシと発せられている。

時計を見ると、間もなく十二時半。昼食はどうしようかな。

「運転手さん、金武でお昼を食べるとしたらどこがいいですかね？　どこかいい店、ありますか？」

退屈に耐えきれず、運転手さんに話しかけてみた。

「金武だと、そうですねえ、タコライスの元祖と言われている、キングタコスの本店が有名かな」

「ほう、元祖ですか。これは食べなくてはいけないな。杉本さん、昼はタコライスにしましょうよ」

「おまえ一人で食え。おれは用事があるから」

「じゃあ私も、その用事に付き合いますよ」

「いいから、おれのことは放っておけ」

心配なんかしていないけれど、杉本さん、ちょっと冷たくないですか。

金武のインターを降りると、正面に海が見えた。接続する国道を左折して、車はしばらく海沿いを走る。木々の隙間から海が見えたり、隠れたり。こういった景色は、いくら見ていても飽きない。やがて海沿いから逸(そ)れると、沿線の建物が徐々に密度を増し始めた。金武の市街地はもうすぐだろう。

左手にフェンスが見えてきた。米軍の基地だろうか。ここは金武だから、きっとキャンプ・ハンセンだな。道を挟んだ向かいには、低層の店舗らしき建物が並んでいる。運転手さんはそこでハンドルを右に切り、店舗の狭間(はざま)の道に車を入れた。

アメリカと沖縄がミックスされた街並み、とでもいおうか。アメリカっぽいといえば、アメリカっぽいし、沖縄っぽいといえば、沖縄っぽい。英語で書かれた看板もあるし、日本語で書かれた看板もある。現代の沖縄でよく見られる、コンクリート造りの低い建物が多く、そこは沖縄風なのだが、看板の文字のデザインや、建物に塗られたペンキの色使いなどからは、古き良きアメリカを思い起こさせられるような、ポップさが感じられる。

「運転手さん、あそこに駐車場がありましたよね。そこに車を入れて待っていて下さい。おい、面倒臭いから、駐車場で待ち合わせしようや。おまえがタコライスを食って戻ってくるころには、おれも戻ってくるから」

今日の杉本さん、本当に自己中心的だよな。

運転手さんに、キングタコスの場所を聞き、歩いて行く。ピンク色の建物に、緑、白、赤三色の鮮やかな看板、黄色い文字で「KING　TACOS」。すぐにわかった。

店に入ると正面にカウンターがあり、その奥のキッチンで調理をしている。カウンターで注文をし、商品を受け取って、自分で席に運ぶという、ファストフード店のスタイルであるようだ。カウンターの上方に掲げられたメニューによると、タコライスの他にも、オーソドックスなタコス、タコバーガー、ホットチキンやポテトフライなどがある。何を食べるか、それは愚問というものである。食べ慣れている地元の常連さんならいざ知らず、タコライスの元祖と言われる店に初めてやってきて、「ああ、今日は私、チキンでいいっす」というバカがいますか？　それはいるかもしれないけれど、常識人ならタコライスでしょう。

タコライスに合う飲みものと言えば、どう考えたってビールでしょう。辛そうだし、油もそこそこあるだろうし、生の野菜にも、上に乗ったチーズにも合う。ただ、ライスでしょう？　ビール、合いますか？　いいえ、心配はいりません。パエリアにだって、チャーハンにだって、ビールはちゃんと合いますよ。合わないのは、白飯ぐらいのもんです。ホント、ビールって優秀。とりあえずビール、このフレーズを最初に考えた人、天才。困った時も、困っていない時も、とりあえずビールを飲めば間違いない。

と気分が盛り上がっているのに、ドリンクメニューが見当たらない。どこだ、と目で探しまわったが、見つからないうちに、注文の順番が回ってきてしまった。

「ええっと、タコライスのチーズ野菜ってのを下さい。それから、ビールってありますか？」

「ビールは二階の自動販売機で買って下さい」

ああ、よかった。なかったら、どうしようかと思った。

商品を受け取って二階へ上がり、オリオンドラフトを買って、まずは一口。うん、うまい。沖縄で飲むオリオンドラフトは最高だ。軽やかな飲み口と、スマートな苦みが、南国のムードにうまくマッチするのだろう。今日はまだ二月で、それほど暑い日ではないが、東京に比べれば暖かい。ビールと言えば夏。まだ夏は遠いけれど、暖かい沖縄なら、オリオンドラフトはいつでもうまい。

タコライスをガツガツやって、オリオンドラフトをゴクゴク。タコライスは見た目ほどには辛くなかったが、チーズがたっぷり載っていることもあってか、味が濃く、コクという部分においては想像以上だ。沖縄には「アジクーター」という言葉がある。直訳すると「味が濃いもの」となるが、単に味が濃いというよりは、「おいしいもの」、「味わいの深いもの」というニュアンスで使われることが多いようだ。

このタコライス、アジクーターだね。

沖縄の料理は、基本的に味付けがシンプルであり、日本料理以上に素材の味を生かしたものが多いように感じる。また、タイやインドなど、気候の温暖な地域の料理には辛いものが多いイメージがあるけれど、沖縄の料理には案外と少ない。パッと思いつくのは、トウガラシを泡盛につけた調味料、「コーレーグース」だろうか。沖縄そばに少したらすと非常においしいが、それほど辛さは強くなく、泡盛の風味のほうが重要な仕事をしているように感じる。そういった食文化から考えると、「アジクーター」というのは、味付けが濃いというよりは、素材そのものの旨みが濃い、というように解釈すべきなのではないだろうか。

このタコライスからは肉の旨みが強く感じられるし、チーズが素材そのものと言えるかはわからないが、チーズの旨みや野菜のさわやかさ、ライスの控えめな甘みがそこに絡み合って、よいバランスが形成されている。沖縄の料理としては調味料などの味は濃いほうだが、いたずらに辛過ぎず、素材の味は充分に生かされている。ここにオリオンドラフトを流し込むと、絶妙な苦みがそこに加わり、より味が複雑になるのと同時に、爽快感が生まれる。

タコライス、オリオンビール、これはどちらとも、戦後に生まれたものであろう。そうか、オキナワンロックも同じだ。オキナワンロックは当時の若者にとって、最先端の音楽であったのだろう。ならば、オリオンビールを片手にタコライスを食べている姿も、よく似合っていると言える。タコライスもオリオンビールもオキナワンロックも、今や沖縄にすっかり根付いた。何十年、何百年先には、これらが新しい伝統を築き上げているのかもしれない。

再び、タコライスをガツガツ、オリオンドラフトをゴクゴク。

うん、やはりこの軽やかさがいい。ビールがビールとして、よい働きをしている。喉が渇いた状態で何かを食べても、あまりおいしく感じられないもの。さらさらと軽やかに、さわやかに喉の奥へ流れて行ってくれるからこそ、ビールはうまいのである。コクの深いもの、苦みの強いもの、アルコール度数の高いものなど、ビールにも様々な特徴を持つものがあるが、全体的に見れば、軽やかさはビールの特徴の一つだろう。ビールにはチェイサーが必要ないどころか、ウイスキーのチェイサーとして、ビールを飲む人だっている。ビールを水で割って飲む人もほとんどいない。やや乱暴なまとめ方になってしまうかもしれないが、ビールらしいビール、ビールの良さをもっともよく感じられるビールとは、軽やかでさわやかな味わいを持つものなのかもしれない。こういった視点で考えると、オリオンドラフトは非常に優れたビールであると言える。

泡盛の場合はどうなのだろう。泡盛らしい泡盛とは。泡盛らしい風味が強いもの、それもたしかに泡盛らしさの一つかもしれない。だが、飲まれ方や好まれ方を考えた場合はどうだろうか。もっとも多く流通している泡盛とはどんな酒か。なぜ泡盛は、水で割られることが多いのだろうか。泡盛の水割りは、どうしてうまいのか。

泡盛の中でも、特にうまいとされている、上等とされている古酒は、新酒に比べて口当たりがよい、というのが一般的な認識だ。決して軽いわけではないのだが、やわらかい。うまいとされている泡盛、上等とされている泡盛が、口当たりがよく、やわらかい泡盛ならば、それこそが泡盛らしい泡盛であると言えないか。個人の嗜好の問題ではなく、うまさの目安として、もしくは泡盛の魅力を誰にでもわかりやすく伝えるという意味で。十人に古酒と新酒を飲ませ、どちらがうまかったか、というアンケートを取ったとしたら、どちらに多く票が入るだろう。私はおそらく、古酒だと思う。だが、これが正解であると言いきれないのは、古酒と新酒では飲まれ方が違うからである。古酒のほとんどはたしかにうまい酒だが、水割りにして飲む場合は、古酒より適した新酒があるはずだからだ。

酒というのは、本当に難しいもの。まあ、いいや。そういうことはおいおい考えるとして、今はタコライスとオリオンドラフトを存分に楽しもう。目の前にある幸せをおろそかにしてはもったいない。

　タコライスを食べ終えて、駐車場に戻ると、杉本さんはすでに戻ってきており、車の外で煙草を吸っていた。いつものように、にこにこしている。どうやら機嫌は直ったようだ。

「なにかいいこと、あったんですか？」

「別に。ところでおまえ、今夜はどこに泊るんだ？」

「那覇のホテルですけど。四泊の予定で予約してありますから」

「でも今日は、おれと一緒に名護に泊れ。一日ぐらいホテルに帰らなくても大丈夫だろう」

「荷物は置きっぱなしですけど、予約をした時に料金はカードで支払ってありますし、まあ大丈夫でしょう。念のために、一応連絡は入れておきます。でも、なんで勝手に決めるんですか」

「仕方ないだろう。連絡したら、泊りに来いってうるさいんだよ。連れがいるって言ったんだが、じゃあそいつも連れて来いってさ。なにせシージャだからな、逆らえないだろう。沖縄じゃ、シージャの言うことは絶対だ」

「シージャというのは、先輩と言う意味でしたっけ？」

「そうだ。おまえにとっては、おれもシージャだろ。だから黙ってついてこい」

「そりゃ、付き合いますけど、強引だなあ。たしかそういうの、ヤッケシージャ（厄介な先輩）っていうんですよ」

「おまえは変なことばかり知ってるな。でも、後悔はさせないよ。その先輩は泡盛に精通しているから、きっとうまいのを飲ませてくれる。それにとってもいい人なんだ。沖縄人を蒸留器にかけて、いいところだけを瓶詰めしたような」

「ほう、泡盛みたいな人なんですね」

「泡盛というか、花酒（はなざけ）だな。本当にいいところが抽出されているんだけど、ちょっと濃い」

どんな人なのだろう。だが、楽しみではある。

車に乗り込み、名護方面へ車を走らせてもらう。名護といっても広いけれど、その先輩が住んでいるのは、東江（あがりえ）というところらしい。

「途中、どこかに寄りますか？」

「名護に向かいつつ、考えよう。晩飯は用意しておくって言われたけど、別に何時に来いって言われたわけじゃないしな。のんびり行こうや」

車が動き出していくらもしないうちに、杉本さんが「あ、運転手さん、ちょっとUターンして」と声を挙げた。車を戻してまで杉本さんが寄ろうとしたのは、「田芋まんじゅう」、「田芋パイ」といった幟（のぼり）が立っているお店。なるほど、手土産か。なにせ、これから向かうのはシージャのお宅だからな。失礼があってはいけない。

「へえ、田芋を使ったお菓子か」

「ああ、金武は田芋の産地だからな。さっと買ってくるからよ、ちょっと待ってろ」

杉本さんは本当にさっと店に入って行き、さっと出てきた。

「早かったですね。何を買ったんですか？」

「田芋まんじゅうだ。まんじゅうの皮の中に、田芋の田楽が入っているらしいぞ」

「へえ、田芋の田楽ですか。珍しいですね」

「うまそうだろう？　でもこれは手土産だからな。おまえに食わすわけにはいかない」

杉本さんは私のことを、そんなに食い意地の張った人間であると思っていたのだろうか。まったく、心外である。

車をまたUターンさせてもらって、国道を名護方面へ。市街地を抜けると、窓の外の景色が段々とのどかになってくる。街路樹として植えられているのは、シュロの木だろうか。内地でも海水浴場や海辺の観光スポットの周りに植えられているのを時々見かけるけれど、こんなに風景にうまく溶け込んでいるところは、あまりない。どこが違うのだろう。周りに生えている草の色じゃないだろうか。特に冬場、内地の雑草は茶色く枯れてしまう。するとシュロの木も、元気がないように見えてしまう。

「シュロの木は、沖縄に似合いますね」

「シュロ？　あれはソテツだぞ」

「ソテツ？　シュロとはどこが違うんですか？」

「手を広げたみたいな形に葉っぱが広がっているのがシュロで、元の方から全体的にトゲトゲしているのがソテツだ」

「よくご存じですね」

「常識だろ。これぐらいのこと知らないと、どこかでいつか恥をかくぞ」

「今までそんな経験ないな。それを知らなくて、恥をかくのはどんな時でしょうか？」

「だから、こうやって沖縄に来た時とか、いつかハワイにでも行った時とか。ほら、今だって恥をかいている最中だろうが。気がつかないかね。鈍いねえ。教養がないって、恐ろしいことだねえ」

シュロとソテツの違いを知らなかったぐらいで、そんなに言わなくてもいいだろう。しかし、こういった冗談を言う時の杉本さんは、きまって上機嫌なのである。上機嫌であるのなら、別にいいか。私もこんな冗談には慣れているし、ちょっとだけ、勉強になったし。

「杉本さんの教養の深さには、まったく恐れ入りますよ。じゃあ、もう一つ質問していいですか？　田芋ってやっぱり、田んぼでできるから、田芋っていうんですか」

「里でできるのが里芋で、山でできるのが山芋だ」

ああ、愚問だったか。

「そういえば杉本さん、お昼食べてないですよね？　お腹空かないですか？」

「空いたなあ。どこかで食っていくか。といっても、おまえはもう食べたんだったな。いくらおれがシージャだからって、そこまで付き合わすわけにはいかないな。そうだ、道の駅に寄ろう。道の駅なら食べるところもあるし、おれが食べている間、おまえはお土産でも見ていればいい。運転手さん、許田通りますよね？　許田の道の駅に寄って下さい」

「高速に乗りますか？　乗ってもすぐ次だし、乗っても乗らなくても、着く時間はあまり変わらないと思いますけど」

「あ、じゃあ、乗らなくていいです」

杉本さんより先に、私が答えた。

緑の中を貫くように走っていると、やがて小さな町が現れ、すぐにまた、緑の中へ。そのうちに次の小さな町が現れ、すぐにまた、緑の中へ。その緑を抜けると、海が見えた。

その先で車は左に折れ、坂を上って山の中へ。沖縄本島は、北へ行くほど自然が多く残っている。この辺りはもう、やんばるの尻尾、ぐらいにはなるのだろうか。それにしても、この木や草の密集度。森というより、ジャングルというイメージ。

沖縄よいとこ　一度はおいで
サー　ユイユイ
春夏秋冬　みどりの島よ
マタハーリヌ　チンダラカヌシャマヨ

安里屋ユンタの一節、あれ、嘘じゃないな。沖縄には、いつでも緑があふれている。

山道を抜けたら、またすぐに海が見えてきた。沖縄本島を縦断するように走ると、結構広いな、と感じるけれども、横断するような形にすると、あっという間に反対側の海辺に着く。これなら、朝東側の海岸で日の出を見て、夕方西側の海岸で日の入りを見る、ということをしても、それほど大変ではなさそうだ。なんなら、毎日だってできるかもしれない。そんなことを毎日する人はあまりいないだろうけれど、もし沖縄に住むことがあったならば、やってみたいことではある。

島の暮らしというのは、一体どんなものなのだろう。日本列島というぐらいだから、日本の国土全体が島であるとも言えるのだけれど、そうではなくて、もっと小さな島での暮らし。ここ、沖縄本島よりも、もっと小さな島。小さいけれど、そこである程度の生活がまかなえるような。

酒を飲んでいる時、その時テーブルの上にある酒とつまみだけで、一生満ち足りた時間を過ごせるのではないか、という感覚を抱くことがある。テーブルの上に形成された、小さな宇宙を感じる瞬間、と言うと大げさか。それはきっと、一時的な気分に過ぎないのだろうけれど、そう思わせてくれるような酒とつまみ、もしくはその組み合わせに出会えることがある。小さな島での生活は、それに似ているのではないか、と想像するのだ。実際には進学や就職、そうでなくとも病院通いなどで、島を出なければならないことがあるだろう。だが、小さな宇宙を感じる時の満足感や安心感を、ふと覚えることもあるのではないだろうか。

「よし、おれはステーキを食ってくる。おまえはゆっくり、お土産でも見ておけ」

許田の道の駅に着くと杉本さんはそう言って、フードコートの中にあるステーキコーナーへ真っすぐ歩いて行った。ステーキもうまそうだけれども、お腹は一杯だ。フードコートには他にも、沖縄そばのコーナーや、タコス、タコライスのコーナーがあって、なかなか充実している。

フードコートの他にも、天ぷらを売る店や、焼きたてのパンを売る店、ジェラートを売る店、お土産ものや特産物などを売るコーナーなどある。海と山に挟まれているせいか、道路に沿うように細長く広がっていて、端から端まで歩くと、商店街を歩いているようような気分になれる。ここも一つの、小さな宇宙かもしれない。沖縄の食文化や雰囲気が、ギュッと凝縮されている。ここで一週間暮らせ、と言われても、きっと私は平気だ。一生と言われたらどうだろう。やはりウイスキーが恋しくなりそうだ。

ぶらぶらとあちこち眺めながら歩いているうちに、パーラーの前で足が止まった。うまそう。ステーキはとてもお腹に入らないけれど、これぐらいなら入るかな。

「ポーク玉子のおにぎりを一つ下さい」

沖縄独特の、「パーラー」というスタイルの店舗。おにぎりや弁当など、軽食を主に販売する小規模な店で、沖縄のあちこちでみかける。パーラーというと内地の人間は、喫茶店かパチンコ店を思い浮かべるけれど、沖縄ではこの形態の店を思い浮かべる人のほうが多いのではないだろうか。百円そば、といって、紙コップのような小さな容器に入った沖縄そばを売っている店や、サーターアンダギーやかき氷など、デザートやおやつ系のメニューが充実している店もある。テイクアウトが主体なのだろうけれど、店の前に並べられた椅子とテーブルで、食事ができるようになっているところも多い。

昼にタコライスを食べたキングタコス本店も、きっと昔はパーラーのような店だったのではないだろうか。タコスやタコライスを売っているパーラーは多いし、カウンターで注文をして商品を受け取り、持ち帰るか、めいめい好きな席に座って食事をするという、ファストフード店のようなスタイルも、パーラーとよく似ている。

ここのパーラーの前には、椅子やテーブルが並べられていないので、ペットボトルのさんぴん茶を買い、屋上の休憩スペースへ移動した。

正面には海が見える。嫌というほどに青い。沖縄に来て四日目。海がきれいであることにも慣れてきたというか、うわあ、きれいな海だな、と驚くというよりは、ああ、今日も海がきれいだね、といったように、海を見ると気持ちが落ち着くようになってきた。もしかしたら私の身体にも、沖縄の海が馴染んできたのかもしれない。一口目より二口目、二口目より三口目がうまい泡盛のように、今日の海も美しく見える。

ポーク玉子のおにぎり。ポーク玉子は、沖縄の食堂などでもよく見かけるメニューだ。現代の沖縄を代表する大衆食と言ってもいい。ランチョンミートを適度な厚さにスライスして焼き、その横に沖縄式の、巻かない玉子焼きを添える。盛りつけられた状態では、ランチョンミートと玉子焼きは交わっていない。ランチョンミートに玉子焼きを載せるのか、玉子焼きにランチョンミートを載せるのか、または別々に食べるのかはきっと、その人次第なのだろうが、私としては玉子焼きを少し箸でちぎってランチョンミートの上に載せ、ちょっとケチャップをつけて、さらにそれをまたご飯に載せて食べるのがいいと思っている。

シンプルな料理ではあるけれども、この組み合わせは本当に素晴らしい。ランチョンミートの脂と塩気、玉子の甘み、それらをマイルドに感じさせ、さらにほのかな酸味までをも加味する、ケチャップの働き。猛烈にご飯が欲しくなる。

で巻いてある。したがって、かじりつくだけでこのハーモニーが存分に味わえる。ラップに包まれた中に、調和のとれた小さな世界が構築されている、というのは言い過ぎだろうか。だが、カクテルの趣、と言ったら、わりと近いかもしれない。

高級食材を使っているわけでもなければ、恩着せがましく客に説明するほどの、複雑な手間もかかっていないけれど、さりげなくうまいポーク玉子のおにぎり。きっと気取らず、気張らず、さりげなく作られているのだろう。

バーには気取ってやってくるお客さんもいるけれど、それを受け止めるバーマンが気取っていてはいけない。これは杉本さんから受け継いだことである。気取ったバーマンは、気取らないお客さんの楽しみを奪うだけでなく、気取ってやってくるお客さんの楽しみまで奪ってしまう。気取らないお客さんにはうまく溶け込み、気取ったお客さんには、気取って張り合うのではなく、思う存分気取らせてあげられるよう、さりげなくサポートをする。間違っても、「変な気取り方をしやがって、このイモが」なんてことを考えてはいけない。

そんなことを当たり前のように出来るのが、うまいバーマンなのである。だから私は思うのだ。ポーク玉子のおにぎりのような、さりげなくうまいバーマンでありたいと。気取らず、偉ぶらず、親しみやすくありながら、味わい深い人間でありたいと。

なぜ私は今、こんなところで、こんなことを考えているのだろうか。ポーク玉子のおにぎりはうまい。さんぴん茶もうまい。海は青い。空も青い。雲は白い。

沖縄の風を存分に感じながら、のんびりおにぎりを食べて下に降りると、杉本さんはお土産売り場でうろうろしていた。

「もう、済んだんですか。相変わらず早いですね」

「おう、とっくの昔だよ」

この人は本当に食べるのが早い。アツアツのステーキだってあっという間だ。もっとも、ステーキというのは案外と冷めやすい食べ物だし、ソースにちょんとつけても、いくらか冷める。早食いには向いているかもしれない。

「何か探しているんですか？」

「ちょっとな。おお、あった、これだ」

袋に貼られたラベルには、コック帽を被った豚が描かれている。その下にはカタカナで「アンダカシー」とある。

「なんです？　それ」

「これはな、ラードを取る時に最後に残る脂のかすを、お菓子にしたものなんだ。アンダは脂、カシーはかすって意味らしい。カシーと菓子がかかっているみたいで面白いだろう。前にお客さんから沖縄土産でもらってよ。そのお客さんが、ここで買ったたって言ってたの思い出してな。これがまた、ビールによく合うんだ」

「ほう、豚の脂身のかすってことですよね。たしかにビールに合うだろうな。口の中に脂をためておいて、一気にビールで洗い流すという、一見無意味な繰り返しであるようで、至高の幸せを感じられる作業が、効率よく進められる……」

「それだよ。おれも初めて食べた時に思ったんだ。こんなに効率のいい方法があったとはね、ってな」

「ちょっと、多めに買いましょうか」

「そうだな。どこでも売っているわけじゃないようだしな」

せっかくだからと、泡盛を売っているコーナーも覗いてみた。どうやらここは、沖縄本島北部で造られた酒を主に取り扱っているようだ。今日は元々、本部町の山川酒造を見学するつもりだった。たまたま忙しい日に当たってしまったらしく、見学の予約は取れなかったが、山川酒造の酒は飲んでみたい。一本ぐらい買っていこうか。

山川酒造の、代表的な銘柄なのだろうか、「珊瑚礁」という酒が置いてあったが、不思議なことに「さんご礁」という酒もあった。間違いなくどちらも、製造元は山川酒造である。なぜわざわざ、漢字とひらがなで分けるのだろう。

「この、『珊瑚礁』と『さんご礁』、何が違うんですかね」

「なんだろうな。度数はどちらも三十度か。瓶の感じや置いてある数を見ると、漢字の

『珊瑚礁』のほうが、ベーシックな酒なんだろうけどね」

「そうですよね。使われている酵母が違うわけでもなさそうですし、なんなんでしょうね」

「ああ、そうか。わかったぞ。ほら、ここ。ひらがなのほうには、蒸留した年が書いてある。漢字のほうには何も書いていない。つまり、ビンテージを表示してあるか、ないかだ」

おお、鋭い。さすが杉本さんだ。

「じゃあ、ビンテージの入っているほうを買いましょう。二人で旅行した記念に」

「おお、それもいいな。でもこれ、二年前のだ。今年のじゃねえぞ」

「ああ、そうですね。まあ、いいじゃないですか。今年買えるビンテージなんですから。来年は多分、この次の年のやつが売られるんでしょうし」

「それもそうだな。じゃあ、いいか。すぐに飲んじゃうかもしれないしな」

「さんご礁」も買ったし、そろそろ車に戻ろうかとも思ったが、のんびり行こうや、と杉本さんも言っていた。この道の駅には、冷えたオリオンビールも売っている。さっき買ったアンダカシーをちょっと試してみたいものだ。そういえば、杉本さん、沖縄に上陸してからまだ一滴も酒を飲んでいないんじゃないか？　すみませんでしたね、気がつきませんで。

「さっき屋上で休憩したんですけど、景色最高でしたよ。そこでオリオンビールを買って、屋上でアンダカシーを試しません？　椅子もテーブルもあるし、空いているんですよ」

「おまえがそんな名案を思いつくだなんて、珍しいな。五年に一度ぐらいだろう。オリンピックより珍しい。せっかくだから、おまえの案を採用しよう。なにせ、珍しいことだからな」

珍しい、珍しいって、うるさいな。私だってたまには、いいアイデアを出しますよ。そんなに頻繁にではないけれども、五年に一度、なんてこともない。一年に一度ぐらいじゃないですか？

オリオンビールを買って屋上に上がり、プルタブを起こした。缶ビールを開ける時の、「プシュ」という音。こんなにいい音は、他にはない。電車のドアが開く時の、「プシュー」という音も好きだが、あれは少し間延びしているというか、テールが長過ぎる。缶ビールのキレのある「プシュ」にはとてもかなわない。

「景色、最高でしょう？」

「ああ、いいな。ビールってのは、お天道様（てんとさま）の下で飲むのが一番うまい。しかも、こんなにいい景色、最高のビアガーデンだ。ビアガーデンていうのはいいもんだけど、こんなに景色のいいところなんてないもんな。ビアガーデン、沖縄の景色、お天道様の下、この三つが揃うだなんて、今日はツイてるよ」

ビアガーデン、私も好きだ。もっともここはビアガーデンなどではなく、道の駅の屋上。私たちが勝手にビアガーデンのように使っているだけだ。公共の場所である。大人しく、マナー良く、飲まなくてはなるまい。飲み過ぎにも注意だ。ビールは飲んでも、酔ってはいけない。

「アンダカシー、開けてみましょうね」

「当然だ。早くしろ」

「はい」

カリカリとした歯ごたえ。スナック菓子のよう。とありふれた表現をしてしまいそうになるが、この感じって他にあるだろうか。カリカリとしてはいるのだが、全体がそうではない。豚の脂かす、多くのスナック菓子のように、全体が同じ堅さであるわけではない。小さなかけらの一部分に、サクッとした食感を得られる部分があったり、カリカリというにはちょっと柔らかい、といった部分があったりと、なかなかに複雑なのである。脂の感じ方もそう。また、その割合も、すべてのかけらごとに異なるのだ。

これにビールを流し込むと、また格別。ビールと揚げものの相性については語るまでもないが、これは豚の脂かすをお菓子にしたものなので、揚げものの「揚げ」の部分だけを純粋に抽出したようなものであるとも言える。揚げものとビールの相性をよくしているのは、この「揚げ」部分であることは間違いない。でなければ、「アジフライとビールは相性がよい」とは言わずに、皆「アジとビールは相性がよい」と言うはずだからである。しかもこの「揚げ」は、サラダ油などの植物油の「揚げ」ではなく、豚の脂。やきとんとビールの相性のよさを思い浮かべて欲しい。または、トンカツとビールの相性のよさを思い浮かべて欲しい。

完全無欠ではないか。

カリカリ、ビール、カリカリ、ビール、カリカリ、ビール。永遠に続けていられそうだ。

「二月でよかったよ。ビールは夏がうまいものだけれども、夏の沖縄じゃ、とてもこんな真っ昼間に、お天道様に当たっちゃいられないからな」

「焦げちゃいますよね」

「そうだ、焦げちゃうよ。せいぜい、ビーチパラソルかテントの下だな。それはそれでいいものだけど、この感じは冬じゃなきゃ味わえないよ」

冬には冬なりの、ビールのうまさがあることは知っている。炬燵(こたつ)に足を突っ込んで、鍋を突(つつ)きながらやる、ビール。空気が乾燥している上に、さらに暖房の効き過ぎでカラカラになった室内で、火照った身体とイガイガする喉に潤いを与える時に飲む、ビール。ビアガーデンは夏しかやっていないが、ビアホールは年中営業している。ビールの冷やし方や注ぎ方、つまみの調理については、ビアガーデンより、ビアホールのほうが丁寧であることが多い。ビールやつまみの質を保つ、ということになると、温度管理や設備の面で、どうしても屋外より室内のほうが有利であるからだ。屋内であれば、夏も冬も関係ない。

そう考えてはみるものの、太陽の下で飲むビールが格別にうまいことに変わりはない。お天道様は偉大だ。世を照らし、作物を育て、洗濯ものを乾かし、人々の気持ちや生活を明るくし、ビールまでをもうまくする。日頃はお天道様とも縁の薄い、夜行性人間とも言えそうなこの私にすらも、今、このようにして、素晴らしい恩恵を与えてくれている。

ありがとうございます。ビールがこんなにうまいのは、お天道様のおかげです。

いつまでもこうしていたいが、今夜は杉本さんの先輩のお宅に、お邪魔することになっている。タクシーは午後の六時まで借りてあるけれども、那覇まで帰ることを考えたら、早めに解放してあげたいところだ。

「これを飲んだら、行きましょうか。タクシーは六時まで借りてありますけど、あまり遅くならないうちに帰してあげたいし」

「そうだな。下でもう一本買って、車の中で飲みながら行こう」

「いや、でもちょっと早いですかね。今日お伺いするお宅の先輩にも、お仕事とかの都合がおありでしょうから」

「いいんだよ。あの人に都合なんて、あってないようなもんだ。悠々自適の生活ってやつよ」

そうか、杉本さんは若く見えるけれど、そろそろ七十になるはずだ。その先輩なのだから、悠々自適な生活をしていても不思議はないか。

車に乗り込んで運転手さんにスケジュールを告げ、東江方面へ車を走らせてもらう。ここからしばらくは海沿いの道だ。手にはビールがもう一本。海を眺めながら、グビグビ。さっきの延長戦だ。

「ところで、その先輩ってどういう方なんですか?」

「ああ、若い頃働いていた店で知り合ったんだ。あの人はその頃まだ、大学生だったな」

「そんなに古い知り合いなんですね。あれ、もしかして、バーで働く前からですか?」

「そうだよ。おれがまだ、中華料理屋のコックをやっていた頃だ。あの人は苦学生だったからな、アルバイトに来ててよ。弟みたいに可愛がってくれて、給料日には飯なんか奢ってくれるんだよ。あの人は学生で、おれはまだ見習いみたいなものだったけど、一応は社会人じゃねえか。給料だっておれのほうが貰ってたから、悪いですよ、って言うんだけど、いいんだ、おれがシージャなんだから、遠慮するな、なんてな。奢ってくれるったって、大衆食堂の定食とか、ラーメンとか、立ち食いのそばとか、そんなもんなんだけど、その気持ちが嬉しくてよ。ほら、あの頃はなにかやらかしたら、ゲンコツが飛んで来るような時代だったから、下っ端は色々とつらかったんだよ。でも、あの人だけは優しくしてくれた。あの人がずっとあの店にいてくれたら、おれもバーのおやじじゃなくて、中華料理屋のおやじになっていたかもしれんなあ」

　杉本さんがバーマンになるまでには、様々な紆余曲折があったようだけれど、中華料理屋のおやじよりは、バーのおやじのほうが、この人には合っていると思う。

「その先輩は、大学を卒業して、こちらへ帰って来られたんですか？」

「そうだよ。おれは、東京で就職したらどうですか、って言ったんだが、沖縄の発展のために頑張りたいから帰るって。愛郷心の強い人だったから、そうするべきだよな、って納得はしたんだけど、寂しくてなあ」

「先輩が東京に残っていたら、バーのおやじにはなっていなかったかもしれないんでしょう？　結果としてよかったわけですよね」

「根性無しで中華料理屋を辞めちまったけど、そのおかげで、こんな歳まで酒に仕えることができているんだから、幸運だったのかもしれん。中華料理と酒、どっちが好きかと言われたら、おれの場合は酒だよな、やっぱり」

　酒に仕える、か。なんかいいな、このフレーズ。今後使わせてもらおう。なにしろ私も、酒に仕える身ですからね。

左手にずっと見えていた海が途切れ、街に入ったな、と思ったら、そこがもう東江だった。東江は名護の市街地の、もっとも南側に位置しているようだ。沿道には全国チェーンのコンビニや、カーディーラー、ガソリンスタンドなどの看板がちらほら見えるが、日本の典型的な郊外の風景、といった感じとは少々違い、街並みはどこか沖縄っぽい。ハンバーガーショップのドライブスルーは、ガソリンスタンドのように同時に何台かの車が横に並んで停められるようになっているし、テナントビルも白いコンクリート造り。こういったビルは沖縄には多いけれど、東京ではあまり見かけない。

杉本さんの指示通りに運転手さんがハンドルを切ると、車は段々と住宅街の中へ。コンクリート造りの住宅や、マンションなども見えるが、平屋に赤瓦やセメント瓦の載った、昔ながらの沖縄らしい住宅も、所々に残っている。

「いい街ですね。ちょっと歩いてみたいな」

「すまんな、もうそこなんだ。運転手さん、次の交差点を越えたところで降ろして下さい」

運転手さんに予定が変更になってしまったことを詫(わ)びて、那覇までの高速代を渡し、タクシーを見送った。その音を聞いてか、住宅の玄関から、男性が飛び出してきた。

「あい、まさしー、よく来たなあ。メンソーレ、メンソレー」

彫りの深い顔立ちに、くっきりとした濃い眉。精悍な顔立ちをしているが、眼光はやわらかく、温かい。杉本さんの右手を両手で握って、激しく上下に動かしている。熱烈歓迎、といった状態。

「兄ぃ、ご無沙汰してすみません」

なんだ？　杉本さんはこの人のことを、兄ぃって呼んでいるのか。昔の任俠映画かよ。ははは、おもしろ。

「そうだぞ、まさしー。ちょっと冷たいぞ。わざわざ金武に寄らなくても、初めからうちに来ればよかっただろうが」

「いやあ、兄ぃになるべく面倒はかけたくないな、と思って」

「おまえは、昔からそういうところがあるな。ワタシとおまえは兄弟だろうが。道子がもし、ワタシに連絡をしなかったら、知らんぱーして、東京へ帰るつもりだっただろ」

「そんなことはありませんよ。こいつがね、おれに黙って沖縄に来たもんだから、なんでおれを誘わないんだって、慌てて飛行機取って追いかけて来たんですよ。だから連絡する暇もなくて。でも、ここには来るつもりでしたよ。ただ、こいつが、予定が何もないって言うから、じゃあ、コザへでも行くかって、行ってみたら、店がやってなくて、ちょっと心配になって、道子さんのところへ様子を聞きに行ったんです」

「わかった。もういい。それもそうだ、心配になるよな。それで、この人は誰なんだ？」

杉本さん、おれのことなにも話していないのか。それにこの人も、おれのことをなにも知らずに、泊って行けと言っていたのか。

「こいつはあの、おれの、なんというか、後輩ですね」

ああ、挨拶をしないと。

「申し遅れました。私は杉本さんの弟子で、阿部と申します。私まで突然お邪魔してすみません」

「ああ、阿部君ね。宮里です、よろしく。まさしーの弟子って、バーテンの？　そうか、まさしーも、偉くなったなあ。弟子なんか持って」

「弟子なんて大層なもんじゃないですよ。昔の従業員で、今は自分で店をやっていて」

「それは、弟子をもう一人前にしたってことじゃないのか？　阿部君、どんなね？」

「一人前になれたかどうかはわかりませんけれど、私は杉本さんに仕込んでもらったと思っています。今でも色々と面倒を見てもらっていますし」

「ああ、そうね。まさしーよ、情報は正確に伝えなきゃだめだぞ。立派に弟子を育てているじゃないか。まあ、そんなことは、酒を飲みながらゆっくり話せばいいな。さあ、あがれ、あがれ、あがれ」

立派なお宅である。コンクリート造りの二階建て。駐車場は二台分。玄関もゆったりしているし、それぞれの部屋も広そうだし、延べ床面積はどれぐらいあるのだろう。こういった感じの家は、昨日も今日もよく見かけたけれど、これだけの家をもし東京で建てるとしたら、数億円はかかりそう。沖縄なら、もっと安いのかな。いや、土地は東京のほうが高いし、ここが先祖代々受け継がれてきた土地だったとしても、建築費はさほど変わらないだろう。東京よりは安く上がりそうだが、結構なお金が掛けられているはず。

座敷に通され、勧められるままに座布団に座った。杉本さんが正座をしているので、私もそれにならって正座をしている。

「兄ぃ、これつまらないものですけど」

「嘘つくな。おまえはいつもつまらないものだって言うけれども、一度もつまらないものを持ってきたことがないだろうが。おまえが持ってくるのは、いつもいいものだ」

「いや、そんな……」

「今日は何を持ってきた？　見せてみれ。おおん、金武の田芋まんじゅうか。これはつまらないものじゃないぞ」

「そりゃ、兄ぃのところに持ってくるんですから、変なものじゃダメでしょう」

「うり、やっぱりいいものだと思って買ってる。ワタシの言った通りだろ？　嘘つくな」

「じゃあ、兄ぃ、これ、いいもんですけど、って渡すんですか？」

「ワタシはそれでかまわないよ」

「じゃあ、次からはそうします」

「うん、そうしれ」

バーのカウンターに立ってすでに何十年。客あしらいも名人級、百戦錬磨の杉本さんがたじたじになっている。これは珍しいものを見た。

「ちょっと、待っててくれるかな」

そう言って宮里さんは部屋を出て行き、しばらくしてお盆の上に泡盛のボトルと水割りのセットを載せて戻ってきた。

「『くら』ですか？」

「うん、まずはこれがいいじゃないかと思ってね」

「ボトルをちょっと見せてもらえます？」

「さすが、まさしーの弟子だね。勉強熱心。えらい、えらい」

「いや、そんな」

泡盛のボトルは、長細いものが多いが、これはずんぐりしている。瓶は透明で、中に入った泡盛は、黄金色をしているが、ウイスキーよりは薄いな。三年熟成古酒か。製造元は、ヘリオス酒造ね。

「おまえは、『くら』も知らないのか。東京でもたまに見かけるだろう。かなり人気のある酒だぞ」

呆れたように杉本さんが言う。

「すみません、本当に不勉強ですね。これ、色がついているのは、樽で貯蔵しているからですか？」

「決まってるだろう。泡盛にカラメルなんか入れねえぞ」

「まあ、そう言うな。阿部君は今、勉強しているところだ。あのね、これはウイスキーみたいに、オーク樽で三年貯蔵した古酒でね。まさしーの弟子なら、きっとあんたもウイスキーが好きなんじゃないか、と思って、まずは最初にこれを飲んでもらおうと思ったわけさ」

なんて親切で、やさしい心遣いだろう。沖縄人を蒸留器にかけて、いいところだけを瓶詰めしたような人だと、杉本さんはこの人を評していたが、まったく同感だ。

「ありがとうございます。では、早速いただきます」

「好きなんだねえ。どんどんやってよ。水割りでいいかい？」

「はい」

この人が、「水割りでいいかい？」と言うのなら、水割りでいいのだ、おそらく。

「まさしーもか？」

「はい」

宮里さんの手元を注視する。家庭用冷蔵庫に装備されている製氷機で作られたらしい、四角い氷をアイストングでグラスに入れ、「くら」を注いで、そこに水。割合は「くら」六、水四ぐらいか。水割りとしては濃い、というより、ハーフロックより濃いな。ステアの仕方はかなりダイナミック。かちゃかちゃと音が出るほど勢いよく、マドラーを回している。水割りやロックを作る時、バーマンならこんな風にはしない。かき混ぜるという意識ではなく、注意深く酒に氷をくぐらせるイメージで素早く酒を冷やす、これが基本中の基本だ。あまり豪快にかき混ぜると、氷がグラスの壁にぶつかって溶け、酒が水っぽくなってしまうからだが、酒と水の割合が六・四ならば、いい具合に氷が溶けて、ちょうどハーフロックの状態になったりして。濃い目に作って、氷を溶かして薄める。もしかしたらこれは、合理的なやり方かもしれない。

バーマンのセオリーというのは、様々な酒を比較的良い状態でお客さんに飲んでもらうための、基準のようなものである。たとえばウイスキーの水割りならば、ウイスキー一に対し水が二、もしくはウイスキー三に対し、水が七というぐらいの割合で作るのが一般的だ。だから氷をなるべく溶かさないようにして、その比率を壊さないよう努める。酒と水の割合を指定された場合でも同じだ。しかし、自宅で自分が、毎日のように飲む酒を作るのならば、自分なりにいつもの作り方をすれば、いつも同じ味になるはずなのである。もちろん、気温の問題はあるかもしれないが、長時間グラスの中に酒を残しておくのでもなければ、ステアの仕方による違いのほうが大きいはずだ。

一見乱暴であるような印象を受ける酒の作り方だけれど、これはもしかしたら、酒と人との親密さによるものなのかもしれない。人対人に当てはめるならば、親しい友人に対してぞんざいな口を利くようなもの。初めて飲む酒をこんな風に作るのは失礼にあたるかもしれないが、付き合いの深い酒が相手であれば、多少ぞんざいであっても、友情が壊れることはきっとない。

「どうぞ」

差し出されたグラスを受け取り、「くら」の水割りを一口。うん、ちょうどいい。割合的には濃く作ってあるが、元々がやわらかい酒なのだろう、もっと薄めに作ってあったら、物足らないと感じるかもしれない。宮里さんはこの酒のことをよくご存じなのだ。

「うまいですね。香りもよく立っている」

「そうかね、わかるかね。さすがだね。まさしーはどうだ?」

「うまいですよ」

「それだけか。弟子のほうが、立派なことを言っているな」

「そんな。そいつだって、うまい、香りがいい、って言っているだけじゃないですか」

「そうかもしれないけど、阿部君のほうが、心がこもっているだろう」

「気のせいですよ。おれのほうが後から答えたから、二番煎じみたいになっちゃっただけです」

宮里さんと杉本さんの関係もまた、親密である。

「なんにもつまみがなくて悪いね。もう少ししたら、清子がなんか買ってきてくれるはずだから」

清子さんというのは、奥さまだろうか。わざわざ私たちのために、夕飯の買い物に行ってくれているのかな。奥さまにも、なにかお土産を買ってくるべきだった。

「ああ、そうだ、さっき許田の道の駅でこれ買ったんだった。兄ぃ、きっとこれ好きでしょ？」

「アンダカシーか。うん、これがあればしばらく大丈夫だな。でかしたぞ」

杉本さんが、アンダカシーの袋を開けて、テーブルの中央に置く。宮里さんと杉本さんが口に運ぶのを待って、私も一つつまんだ。「くら」の水割りをまたごくり。今回沖縄に来てから、何度同じことを感じたかはわからないが、豚の脂に泡盛はよく合う。

水割りも悪くはないが、この「くら」は、ソーダで割ってもうまいかもしれない。ただうまいだけではなく、スマートというのか、都会的というのか、極めて洗練されたイメージの、洒落た味になるような気がする。甘みはあまり強くなく、香りも樽貯蔵の恩恵だろうか、麹の香りに、ほんのりとオーク香が混じっているように感じられる。この複雑な香りには甘さが含まれているのだが、これがまた素晴らしい。やわらかでありながらよく膨らみ、泡盛らしさも感じられる上に、すっきりとしている。このバランスの取れた香りを、ソーダの泡で積極的に立ててやることで、この酒の魅力がよりわかりやすく、飲み手に伝わるのではないだろうか。食前酒にしてもいいだろうし、ビールやスパークリングワインを食中酒にするような場面において、それらの代わりに飲んでみるのも、面白そうだ。

「もう飲んじゃったの？　おいしかった？」

「とっても。香りが本当に素晴らしいです。味もすっきりしているし、何杯でも行ける感じですね。飽きがこない」

「そう、香りが気に入ったの。だったら今度は、お湯割りなんかどうかな？　冬だし、香りもよく立つしね」

そうなのだ、沖縄は今、冬なのだ。暖かいからあまり実感は湧かないけれども、冬ならお湯割りもいい。湯気に交じって、香りも広がる。

「ご面倒でなければ、お湯割り、いただきたいですね」

「おい、初めて来た家なんだし、少しは遠慮したらどうだ。あんまり意地汚いのはみっともないぞ」

「まさしー、おまえは何を言っているか。酒飲みが酒飲みの家にきて、酒の遠慮をするほうがおかしいだろう。いいんだ、いいんだ、いちゃりばちょーでーよ。ちょっと待ってて。今ポットを持ってこようね」

　宮里さんはポットと一緒に、青い琉球ガラスの耐熱グラスも持ってきてくれた。寒色である青いグラスで、温かいお湯割りを飲む。一瞬ミスマッチであるかのように感じたが、そうではなかった。グラスのきれいな青色は、沖縄のきれいな海や空を連想させてくれる。沖縄には、青が似合うのだ。そこから湯気と共に立ち上がって来る、泡盛の香り。それも繊細で複雑な、「くら」の香り。すっきりした味わいにも、清潔さを感じる。それから、もう一つ付け加えておくならば、沖縄は温暖だ。青いグラスに温かい酒、まさに沖縄のイメージそのものではないか。

　水割りに比べてお湯割りは香りが強く出るし、泡盛らしい風味も強くなっているように感じる。それを丸く包み込むような、酒の温度。

　いい。これ、とってもいい。

「宮里さんは、これを毎日飲まれているんですか？」

「毎日ではないよ。色々な酒を飲んでるからね。沖縄には今、四十七だったかな、沢山の蔵元があって、それぞれ色んな銘柄を出していたり、同じ銘柄でも貯蔵年数が違ったり、度数が違ったりで、沢山種類があるでしょ。せっかく色々あるのに、毎日同じ酒ばかり飲んでるのは、もったいないような気がしてさ。でも、『くら』は、わりとよく飲むほうかもしれないな。味も気に入ってるし、地元名護の酒だしね」

「ヘリオス酒造というのは、名護にあるんですか？」

「そうだよ。許田のインターの近くさ」

さっき通ってきたな。どうせこっちに来るのなら、ヘリオス酒造に電話をして、見学が可能かどうか聞いてみればよかった。タクシーも帰してしまったし、今さらこんなことを言っても遅いけれども。

「実は今日、許田の道の駅で、これを買ったんですよ」

荷物の中からボトルを取り出し、机の上に置いた。

「『さんご礁』か。本部の酒だね。これもおいしいよ。味がしっかりしてて、水割りにしても崩れない、強い芯を持った酒だな。どうしてこれを買ったの？　道の駅には他にも色々売ってたでしょ。阿部君みたいな人は、どうやって酒を選ぶのか、興味があるな」

「いや、そんな大層な理由はないんですけど、昨日崎山酒造廠に行きまして、そこで黒糖酵母で仕込まれた泡盛を初めて飲んだんです。『赤の松藤』と、『和尊』っていうのですけど」

「『和尊』か。黒糖酵母で仕込んだ酒を作っている、四つの蔵元の酒を合わせたやつだね」

「それで今日、本当はその一つである山川酒造に見学に行こうと思って電話をしたんですけど、あいにくお忙しいらしくて。じゃあせめて、山川酒造の酒を買おうと」

「そうか。黒糖酵母に興味を持ったんだね。じゃあちょっと珍しい酒、飲んでみるかい？」

「珍しい酒ですか。私は珍しい酒に目がなくて。ぜひ、飲んでみたいです」

「お湯割りの支度をしてもらっただけでなく、珍しい酒までご馳走になろうってのか。図々しいのも、いい加減にしろよ。この人はおれのシージャだぞ。シージャには兄って意味もある。この人がおれの兄貴なら、おまえにとっても兄貴、いや、それ以上の存在だろう。なにせ、おれはおまえのシージャだからな。つまりこの人は、おまえにとって、シージャのシージャだ」

杉本さんに言われるまでもなく、ちょっと図々し過ぎるかな、とは思っている。だが、飲みたい。図々しいと呆れられても。たとえ無礼者であったとしても。

「またまさしーは、変なことを言って。シージャというのは、威張っているだけじゃ駄目だ。ちゃーんとウットゥに優しくして、面倒見てあげないとな。阿部君、いいから、いいから、今飲ませてあげようね」

そう言うと宮里さんは、温かい微笑みを携えて部屋を出て行った。

「すみませんでした。ちょっと図々しかったかもしれませんが、珍しい酒と聞くとどうしても」

「いいんだ、あの人だって実は喜んでいる。人に親切にするのが生きがいみたいな人なんだ。存分に甘えて差し上げろ」

「なるほど。だから杉本さんはあえて悪役になるというのか、ああやって宮里さんを立てたわけですね」

「そんなことまでは考えていなかったが、ああいう風にしてあげるのが、あの人には一番いいんだ。おかげでこのおれも、珍しい酒にありつけそうだしな」

誰にでも同じように接する、人によって態度を変えない、というのは、いいことであるように言われることがあるけれども、それはあくまでも不特定多数の相手をする時に言えること。つまり、他人に対してすること。相手の個性をまったく考慮に入れない、よそいきの対人法でしかない。

「ちょうどよかったよ。いい季節に来たね」

戻ってきた宮里さんが見せてくれたのは、ラベルに桜がデザインされた、なんとも可愛らしいボトル。ひらがなで「さくらいちばん」とある。キャップもピンク色で、春っぽいイメージだ。

「『さくらいちばん』ですか。そうか、沖縄は今、桜の季節なんですね」

「そうだよ。これも山川酒造の酒でね。さっき黒糖酵母に興味を持ったと言っていたけれども、これは八重岳の桜の花から分離した酵母で仕込まれているの。花から酵母を分離するやり方は、黒糖酵母と同じで、東農大の先生が考えたらしいんだけど、その技術を八重岳の桜に応用したんだな」

なんと風流な酒だろう。桜は、日本を代表する花だ。たしか、日本酒にも桜の酵母で仕込まれたものがあると聞いたことがある。いつか飲んでみたいと思ってはいたけれど、まだ飲んだことはない。今からご馳走になれば、これが初めてということになる。沖縄の桜はおそらく、日本で最も早咲き。初めて飲む桜酵母の酒としては、これ以上に相応しいものはない。

「そんな貴重な酒を、飲ませていただけるんですか？」

「当たり前でしょ。水割りでいいの？　これはロックでもおいしいよ。おすすめだな」

「では、ロックで」

水割りからお湯割り、お湯割りからオン・ザ・ロック。なんだか温度的にはめちゃめちゃな飲み方をしているような気がするけれど、泡盛においては、宮里さんに従え。本日得た教訓だ。

「おれにも一杯もらえますか」

「おう、飲め。まさしーもロックでいいか？」

「はい。ロックで」

注いでもらった「さくらいちばん」を、まずは鼻先へ。豊かでありながら、かろやか。今のところはっきりと言語化、体系化をするまで突き詰められてはいないが、香りには冷たさに似合う香りと、温かさに似合う香りがあると、私は感じている。これは本当に個人的な感覚に過ぎないのかもしれないし、もしかしたらはっきりとした法則があるのかもしれない。私の感覚では「さくらいちばん」の香りは、冷たさに似合うと思う。酒の温度を上げて積極的に香りを立ててやるよりは、温度を下げて香りを抑え気味にし、探るようにするよりはさりげなく、繊細な香りをほんのりと感じながら飲むような、さらりとした楽しみ方が似合うように思うのだ。

宮里さん、オン・ザ・ロック、正解であると存じます。

口に含んでみると、さらに香りが豊かに。酒としての口当たりはやわらかく、それがより香りを豊かに感じさせてくれるようだ。口の中で酒が温まり、グラスの中に入っていた時よりよく香りが広がっているのかもしれない。度数は低めかな。ただ、さわやかさ、かろやかさの奥には、しっかりと甘みがある。

「もしかしてこれ、古酒ですか？」

「うん、五年ものだね」

「度数は？」

「二十五度だよ」

昨日飲んだ「瑞穂二十五度」といい、先ほど飲んだ「くら」といい、古酒の度数を抑えて、軽やかに飲ませるこのウェーブ、ちょっとわかったような気がする。上質な古酒をさらりと飲ませるこの新しい波、いや、おそらく新しいのであろうこの波。私は積極的に支持したい。

「杉本さん、どう思います？」

「この酒か？　うまいな。香り、味、フィニッシュのおさまり方、どれも申し分がない。特に入口と出口がいいな。ふんわりとやってきて、きりりと消えて行く。いいバランスだ。かといって、バランスだけで飲ませる酒でもない。はっきりとした個性を感じる。いやこれも、ひっくるめればバランスと言えるか。個性をも内包したバランスの良さだ」

私もこの意見には同感である。

「これはあくまでも私見なんですが、加水に妙があるんじゃないでしょうか。昨日からこれとさっきの『くら』も含めて、二十五に調整されている古酒を三種飲んだんですが、どの酒からもバランスの良さを感じました。飲みやすいのだけれども、酒そのもののうまさも感じられる、このちょうどいいところが二十五度なんじゃないかと。もちろん、元々の酒の性格はあるかと思いますが」

「さすが阿部君、鋭いね。たしかに、ちょうどいいところかもしれないね。泡盛も色々な飲まれ方をするから、度数を抑えたほうがいい場合もあるわけさ。古酒はうまいけども、それをずっと飲み続けるのは、色々と大変だしね。たとえば、長い時間みんなで飲む場合には、こういう酒がいいわけよ。強い酒ならすぐ酔っ払っちゃうし、すっきりしていれば飽きがこないし、値段だってそんなに高くないのに、古酒のうまさも味わえるし、とっても便利な酒だわけ。飲みやすいってことも、みんなで飲む酒には大切だね。飲みやすい酒なら、苦手だと感じる人も少ないから、みんなで同じ酒を飲めるでしょ」

　宮里さんに「鋭い」と言われて、ちょっと誇らしいような気持ちになったが、ここで調子に乗ってはいけない。私はまだまだ、泡盛については勉強不足である。

　同じ釜の飯を食った仲間、という言葉があるように、同じボトルの酒を飲んだ仲間、というのか、めいめいが好きな酒を飲んでいる場合よりも、同じ酒を回し飲んだ場合のほうが、親密さがより深まるような気がする。固めの杯というわけではないが、結婚式における三三九度の杯、伝統的なお祭りにおけるお神酒（みき）の役割、そこまでかしこまったものでなくとも、大学生なんかが誰かの下宿に集まって酌み交わす、安酒。最近ではどれもあまり盛んではなくなってきているようだけれど、人と人のつながりを仲立ちする、というのは、酒の重要な役割の一つだろう。

「沖縄ではやはり、大人数で飲む機会というのが多いんでしょうね」

「そうかもしれないね。親戚づきあいもあるし、同期生とか、先輩後輩とか、模合（モアイ）とか、人との付き合いは東京と比べると、随分深いし盛んだよね」

　バーというのは、特にうちのような小さな店は、一人客からせいぜい数人程度のグループのお客さんを主に相手にする場所だ。それも賑やかに、というよりは、静かに飲まれるお客さんが多い。会話の内容も、酒との向き合い方も異なっている。飲まれる酒も多種多様で、強い酒をガンガン飲まれるお客さんもあれば、ライトなカクテルをさらりと飲まれるお客さんもある。同じ空間で飲んでいても、皆てんでバラバラ。今宮里さんが言われたような飲み方とは対照的である。そんな場所で長年働いているせいか、私もプライベートで飲む時は、一人、または少人数で飲むことが多い。個人事業主であるから、会社の付き合いで、ということもない。そんな飲み方を愛してもいるが、正直、同じ酒を皆で回し飲むというシチュエーションに憧れてもいる。あるいは、飢えている、と言えるかもしれない。

車のエンジン音がした。窓のすぐ外にある駐車場に、車を入れているのだろう。奥さまがお帰りになられたか。しばらくの後、玄関のほうから「にぃにぃ」と聞こえた。ああ、奥さまではなかったか。

「あい、清子か。入ってこい」

「ごめんね、遅くなって。ああ、まさしさん、お久しぶり。元気だった？」

元気よく現れたのは、杉本さんと同世代ぐらいであろうと思われる、美しい女性。表情も声も明るく溌剌としている。

「おかげさまで」

お、杉本さんのこの表情、なにかあるな。はにかんでいるような、気まずさを感じているような。もしかしてこの二人、昔なにかあったんじゃないのか。怪しいぞ。

「金武の道子のところまで、行ってくれたんだってねえ」

「いや、コザをぶらっとしていて、喉が渇いたから店に寄ったらしまってたから、どうしてるんだろうと思って。そうしたら、ちょうどこいつが、キングタコスに行きたいなんて言うから、金武まで行くことになって、じゃあ、道子さんに訊いてみようかなって」

いや、私はそんなこと言っていないぞ。杉本さんが金武に行くって言って、じゃあ、昼飯を食べるのにいいところありませんか、って運転手さんに質問して、キングタコス、この流れだぞ。うん、間違いない。

「心配してくれたの？」

「心配っていうか、どうしてるのかなって」

なんだ、杉本さん、格好つけてるのか。今思えばコザから金武までのあの態度、よほど心配していたように思うけどな。いつもの杉本さんじゃなかったもんな。

「そうね。でも、嬉しい。何年ぶりかね？」

「どうだろう。七、八年、いや十年になるのかな」

「もう、そんなになるかしら。懐かしいね」

おいおいおいおい、これは聞き捨てならないぞ。昔何かあったって、本当に若いころじゃなくて、たったの十年前かよ。お孫さん、生まれてただろうに。

「うん、懐かしい。全然変わっていないね」

「ううん、もう、随分おばあちゃんよ。お店閉めたのも、身体がつらくなったからだもの。まさしさんは、まだお店やってるの？」

「うん。相変わらず、チンケな店だけど」

「なんで、素敵なお店じゃないの。東京の一等地でさ」

この二人には、私と宮里さんのことが見えているだろうか。宮里さんも同じような気持ちなのか、二人に遠慮をするように小さな声で、「どうね？　おかわりは」。私も小さな声で、「すみません。いただきます」。

「東京なんて、いいところじゃないよ。名護やコザのほうがよっぽどいい」

「またあんなこといって。じゃあ東京じゃなくて、コザか名護にお店を出せばよかったのに。東京にお店を出したのは、私のいる沖縄より、東京のほうがよかったからでしょうに」

「違うよ。東京に応援してくれる人がいたからだよ。店を出すには自分のお客さんをいくらか持っていないと、うまくいかないからだって、何度も言ったじゃないか」

「そうそう。それ、何回も聞いた。でも、何回聞いても、ホントかなあ、って思うよ。あれ、ところでこの人、どなた？」

ようやく気がついてくれましたか。

「申し遅れました。私は杉本さんの弟子で、阿部といいます。今日は突然お邪魔しまして、すみません。どうぞ、よろしくお願いいたします」

「ああ、まさしさんのお弟子さんね。私はこの人の従妹で、清子といいます。まさしさんとは古い友達でね。よろしく」

古い友達だって？　本当かなあ。昔の恋人なんじゃないの？　杉本さん、素直に言わないと、奥さんに告げ口しちゃうぞ。

「なんだよその目は。なにか言いたいことがあるなら、はっきり言え」

「いや、別にないですけど」

「まあ、阿部君はなかなか鋭い人みたいだからね。まさしーも清子も、気をつけろよ。わははは」

宮里さんの口ぶりからも、私の見立てはおそらく間違っていない。

「そうそう、天ぷら買ってきたから、まずはこれ食べてて。あと、にぃにぃの好きな、アーラミーバイのお刺身も買ってきたよ。今お皿に盛りつけてきましょうね」

お綺麗だし、明るくて、気立ても良さそうだし、杉本さんが恋をしたとしても、何ら不思議はない。ただ一つ心に引っ掛かるのは、私、杉本さんの奥さんにも結構よくしてもらっているんだよな。だから義理的には、奥さん寄りの立場でものを考えるべきなんだよな。でもな、清子さんは素敵な人だし、別に現在進行形でどうということもなさそうだし、杉本さんの気持ちもわからんでもないし。う～ん。

「さあ、さあ、せっかく清子が買ってきてくれたんだから、食べよう。まさしーも、ぽやんとするな。うり、食べれ、食べれ」

白い紙の袋をびりびりと破って広げながら、宮里さんが勧めてくれた。沖縄の衣の厚い天ぷら。これはきっと、さかなだな。これはモズク、これはイカかな。

初めて沖縄にやって来た時、少し驚いたのが、天ぷら屋さんでさかなの天ぷらが、単に「さかな」という表示で売られていたことだ。多くは「ミジュン」という小魚が使われているようなのだが、まったく魚の種類が示されていないところに、面白さを感じた。まあ、魚は魚だ。食べれば大体うまい。

それにしても、アンダカシーといい、天ぷらといい、今日は油ものが多い。中年である私としてはカロリーが気になるところだが、泡盛には間違いなく合うから、まあいいか。

宮里さんが、さかなと思しき天ぷらを指でつまんで口へ運んだ。杉本さんのシージャであるのだから、七十歳は超えているはずだが、たくましい食べっぷり。宮里さんぐらいのお歳になると、「油ものはどうも」という人も多いように思うのだけれど、胃腸がきっと丈夫なのだろう。

「宮里さんは、油ものがお好きなんですね。やっぱり泡盛に合うからですか？」

「それもあるけど、ワタシぐらいの年齢だと、油はご馳走なんだよ。昔は貧しかったからね」

「なるほど。豚肉や天ぷらなんて、なかなか食べられないものだったんですか？」

「そうだね。ワタシが子どもの頃は、旧正月に豚を一頭潰して、それが家族一年分の脂だったわけさ。中身は汁にして、肉は塩漬け。面の皮から足の爪まで、全部食べて、脂身はラードにして。塩漬けにした肉は、ちょっとずつ、ちょっとずつ、大切に食べて、それでも夏ごろにはなくなっちゃってさ。あとは正月までずっとアンダーカーキーよ。身体中の脂が渇いちゃって、カラカラになっちゃうの。近所でお金を出し合って、豚を買うこともあったけど、それも貴重でね。ひたすら正月が待ち遠しかったなあ」

　今、このテーブルの上に展開されている、オイリーな世界。その時代からすれば信じられない程に豊かで、贅沢な光景なのだろう。

「兄ぃ、その気持ち、おれにもなんだかわかりますよ。おれの場合は甘さに飢えていたかなあ。姉貴が就職をして初任給をもらった時にね、好きなもの買ってあげるって言われて、おれ、羊羹が食べたいって答えたんですよ。そしたら姉貴、会社帰りに一棹(ひとさお)買ってきてくれて、それを一人で全部食べました。途中で気持ち悪くなりましたけど、残そうとか、誰かに分けてあげようとか、全然思わなかったです。今考えれば、意地汚い話ですけど」

「おまえには、そういうところがある。よくないぞ。いくら全部食べたくても、お父さんやお母さん、お姉さんにも分けてあげればよかったのに。でも、まさしー、わかるぞ。そういうもんだよな」

健康的な食生活、糖質制限、ダイエット、といった類の言葉をあちこちで目にする現在、脂質や糖質は、悪ものであるかのように扱われている。たしかに、摂り過ぎは健康によくないのだろう。だが、精神的にはどうだろうか。揚げものを腹いっぱい食べた時の満足感。甘いものをたらふく食べた時の充足感。身体の健康によくないものは、精神の健康にいい、というのは、あまりに浅はかな考えだろうか。だが私には、そう思えて仕方がないのだ。なぜなら、私が愛してやまない酒も、飲み過ぎれば健康を損なってしまうが、精神にはすこぶるいい影響を与えてくれると感じているからだ。もっとも、清く、正しく、ストイックに生きられる人たちにとっては、どれも必要のないものであるのかもしれないけれど、清く、正しく、ストイックに生きるか否かは、自分で選択してもよいことなのではないだろうか。だって我々は、大人なのだもの。私の人生は、私のものなのだもの。

「おまたせ。お刺身だよ」

丸い大きな皿に、盛りつけられた白身の刺身。清子さんはたしか、アーラミーバイと言っていたか。東京では、なかなかお目にかかることのない、珍しい魚である。

「ありがとうございます。いただきます」

白い見た目の通り、味は淡白であるが、上品な甘みのあるうまい魚だ。この味を引き立てているのが、ちょっと酸味のあるこの醤油。柑橘系だろうか。非常に心地よいさわやかさを感じる。

「このお醤油、ちょっと違いますね？」

「あれ、おいしくなかった？　ごめんね、内地の人には合わなかったかもしれないね」

申し訳なさそうに、清子さんが言う。違います。その反対です。

「いや、とてもさわやかでおいしいなと思って。なにか特別な醤油なんですか？」

「特別な醤油ではないけど、シークワーサーの果汁をちょっと入れてあるの」

「ああ、シークワーサーですか。ほほう」

四国のほうには、すだちをしぼった醤油で、刺身を食べるという文化があるが、それとよく似ている。柑橘類、それもそのまま食べるにはちょっと酸っぱ過ぎる、すだち、かぼす、ゆずといった香酸柑橘類の果汁と、白身の魚の相性のよさについては、説明するまでもないだろう。間違いのない組み合わせだが、シークワーサーを使うことで、沖縄らしさが出るところが、またいい。沖縄らしい白身魚を、沖縄らしいシークワーサー醤油で食べながら、沖縄の酒泡盛を飲むというのは、またさらにいい。

すなわち、最高！

「よかった。私今、食堂で働いているんだけど、内地からのお客さんの中には、沖縄の味が合わない人もいるみたいでね。沖縄の魚はちっとも味がしない、なんて言われちゃうこともあって」

「なんだ、その半可通は。そんなやつ、回転寿司でサーモンでも食ってりゃいいんだ。マヨネーズたっぷり載せてよ。沖縄の魚はちっとも味がしない、なんていうやつは、鯛を食っても、ふぐを食っても、そのうまさはわからないだろう。高級魚を食べている、っていう思い込みで、うまいと自己暗示をかけるだけでな。だから清子さん、そんなやつ相手にしちゃ駄目だ。悪いのは沖縄の魚じゃなくて、そいつの頭なんだから。なんなら、これは幻の高級魚です、一皿一万円、って言ってやればいいんだよ。そうすりゃきっと、妙にありがたがって、うまい、うまいって食うよ」

なんだ、この、杉本さんのエキサイト具合。昔の恋人を侮辱されたように思っているのだろうか。それはさておき、私も杉本さんの意見には同感である。

「まさしさんは、相変わらずだね。優しいけれど、口が悪い」

清子さんの意見にも、同感です。

「杉本さん、まあいいじゃないですか。そんなやつらにうまいものを食わせる必要なんてないんですよ。貴重な水産資源です。我々でおいしくいただきましょう」

もう一切れ口に放り込んで、「さくらいちばん」をちょっぴり。刺身の繊細な味には、こういったマイルド系の泡盛がぴったりくる。シークワーサーの酸味も、うまく作用しているのかもしれない。泡盛の水割りに、シークワーサーをしぼるという飲み方があることを考えても、相性の良さについては疑う余地がないはずだ。

さっきまで豚の脂かす、天ぷらを食べていたのに、お刺身の繊細な甘みや旨みを感じられるのは、どうしてだろう。私の口が沖縄の味に馴染んできた、ということだろうか。そうだとしたら、嬉しいのだが。

うまいの基準は人それぞれだが、地域ごとにある程度の傾向があるように思う。味の濃い、薄い、かつおだしか昆布だしか、醸造酒がよく飲まれているか、蒸留酒が好まれているか、などなど。だからその土地のものを味わおうとする時には、自分の味覚をその土地のオーソドックスな味覚に寄せていくのが、一番いい方法なのではないだろうか。たとえば、日本ではスコットランドほど、モルトウイスキーが飲まれていない。ロシアほど、ウォッカも飲まれていない。これは日本的な味覚と、これらのうまさがあまりマッチしていない、ということなのかもしれない。日本人にも、モルトウイスキーを好む人や、ウォッカを好む人は一定数いる。私は、そういう人々のことを、地域的な味覚の壁を飛び越えられた人々なのではないか、と考えている。また、そうすることができた人々を、幸運な人々であると捉えてもいる。もし私の口が今、沖縄の味覚に馴染んでいるのだとしたら、私は新しいうまさの基準を手に入れた、幸運な人間であるはずだ。

「いつ帰るの？」

「明日の昼ぐらいの飛行機で帰ろうと思ってる。今日は休んだけど、明日は店を開けたいからね」

杉本さん、明日は店を開けるつもりなのか。店を休んでかれこれ四日目になる私。なんだか仕事をさぼって遊んでいるようで、後ろめたいような気持ちになる。

「なんだ、まさしー、明日帰るのか。来たのは今日だろう？　たった一泊か」

「ええ。でも、店を休んでると、知らずに来てくれたお客さんが、がっかりするかもしれませんから」

あれあれ。ますます後ろめたい。

「まさしさんて、昔からそう。よっぽどバーテンダーの仕事が好きなのね」

私は四日目ですが、バーマンの仕事は好きなつもりですよ。

「人間、仕事を大切にするのはいいことだけども、おまえのそういうところが、清子に寂しい思いをさせたんだぞ」

「兄ぃ、そんな昔のこと」

「そうだよ、にぃにぃ。昔のことは昔のこと。仕事熱心なのは、まさしさんのいいところじゃないの」

「でも、清子、おまえ……」

「あれから何年経ったと思ってるの。私だってもう、おばあちゃんだよ。わがままな若い娘だった頃とは、考え方がすっかり変わってる。まさしさんの仕事に対する姿勢、立派だと思うな」

この四人の中で、事情を知らないのは私だけ。だが、質問などとてもできない雰囲気だ。知りたいけれども、知れない。黙って「さくらいちばん」を一口。華やかでありながらさわやかな、明るいイメージの酒だね。五年古酒なのに、フレッシュさもある。いいねえ。

「ありあり、阿部君のグラスが空いちゃってるね。そうだ、まさしー、そろそろあれ飲むか？」

「あれ、まだ続けているんですか？」

「当たり前だろ。死ぬまで続けるさ。ちょっとまっちょーけー」

「私が支度しようか？　にぃにぃは二人と話していればいいよ」

「いい。あれだけは、わんがする。誰にも触らせない。阿部君も、それでいいね？」

「もちろんですよ。宮里さんが勧めて下さるものに間違いはないと、もうわかりましたから」

私がそう言うと、宮里さんはにやっと笑って席を立ち、部屋を出て行った。

「なんですかね。楽しみですね」

「はは。兄ぃ秘蔵の酒よ」

「古酒ですか？」

「古酒と言えば古酒、新酒と言えば新酒。いいから、黙って待ってろ」

なんだ、その禅問答みたいなややこしい酒は。ますます期待が膨らむ。

戻ってきた宮里さんの手にはお盆が載っていて、お盆の上にはカラカラとチブグヮーが。杉本さんの目も、俄然(がぜん)輝いている。

「じゃあ、まず、阿部君に飲んでもらおうかね」

「私が最初にいただいていいんですか」

「いいよ。ワタシたちはこの味を知っているからね。初めて飲む人に最初に飲んでもらった方が面白いでしょう」

「では、誠に僭越(せんえつ)ながら」

チブグヮーを受け取って、宮里さんについでもらう。色は透明。見た目からは特に特徴は感じられない。香りはよく立っている。どんな香りか、と言われると、説明に困るが、強いて言うなら、オーソドックスな麹の香りを、やや複雑にした感じだろうか。膨らみもよく、鼻への刺激も優しい。しかしやはり、オーソドックスな泡盛の香りであると感じる。

口に含んだ印象は、派手。華やかな旨みが、次から次へと立ち上がってくる。それも一つ一つがはっきりとしているのに、どれもが過剰な自己主張をすることなく、整然としている。全体として、まとまりがあるのかないのか、その判断すら難しい。ただ、塊として捉えた時、不快な感じは少しもなく、妙な心地よさを感じる。

不思議な酒だ。

「これは、初めての味かもしれません。ざわざわしているのに、妙に心地がいい。夕暮れの雑踏を、これから始まる夜への期待を膨らませながら歩いている時の、静かな胸の高鳴り。わかりにくいかもしれませんけど、あれに似ているような気がします」

「はは、阿部君は詩人だね。それで、おいしいの？　おいしくないの？」

「おいしいです。それも抜群に。でもなんだか、キツネにつままれたようです。なぜこれがおいしいのか、どんな風においしいのか、説明をするのにちょうどいい言葉が見つかりません」

「すごいだろう？　兄ぃ秘蔵の酒は」

「はい、すごいです。これはなんて酒ですか？　教えて下さい」

私がそう問うと、宮里さんは一度にたりと笑ってから、やさしく目を細めて、説明してくれた。

「なんて酒かは、ここではあえて黙っておくよ。まあ、よく売っているやつさ。四十三度の一般酒。なんで銘柄を教えないかというとね、この酒はワタシの酒だからだよ。もし阿部君が真似をしたいなら、自分の気に入った酒を使うといい。でも、真似したつもりでも、これと同じようにはできないはず。だからワタシの酒だわけさ」

ワタシの酒ですと？　憧れるなあ。

「じゃあ、その方法を教えて下さい。私もやってみたいです」

「それはもちろん、教えてあげるけども、すぐにはできないよ。長い時間がかかる。いいね？」

「はい。もちろんです」

「それなら教えてあげよう。この酒はね、この家を新築した時に、記念に古酒を作ろうと思って、甕に仕込んだ酒が元になっているの。この家も築四十年になるから、この味ができるまでには、四十年間かかっているということになるね」

「ほう、四十年ものの古酒ですか」

「それが違うのさ。初めの五年ぐらいは大切に寝かしていたんだけれども、五年も寝かせておけば、酒も充分おいしくなるでしょ？　だから我慢できなくなって、半分ぐらい飲んじゃったわけ。でも、もったいないからと思って、そこに新酒を足して、しばらく置いておいたんだけど、またすぐに飲みたくなってしまってさ。ちょっと飲んでみたら、これがまたおいしかった。だからまた半分飲んでしまって、そこに新酒を足して、そしたらまたすぐに飲みたくなって、また半分ぐらい飲んで新酒を足して、そしたらまたすぐに飲みたくなって、これを四十年間繰り返してきたわけよ」

杉本さんが、「古酒と言えば古酒、新酒と言えば新酒」と言っていたのは、このことか。古い酒がベースとなっているが、泡盛を古酒にする際に通常行われている「仕次ぎ」という方法とは、まったく違うやり方で酒をつないでいる。だからこの酒は、「古酒」ではない。「古酒」と呼ぶには、貯蔵年数が三年未満の酒が混ざっていてはいけないからだ。もちろん、味も古酒のそれとは違う。

「前に飲ませてもらったのは何年前でしたかね？　あの時とも味が随分変わっていますね」

酒を注いでもらい、口に運んだ杉本さんが満足そうに言う。それを受けて宮里さんが、さらに形相を崩す。

「そう？　ワタシは時々飲んでるから、味の変化はあまりわからないけども、まさしーがそう言うなら、そうなんだろうな」

「ええ。この酒は飲むたびに味が変わっていますよ。酒を足すたびに古酒の割合が減るわけだから、新酒に近い味になるのかと思うんだけども、そうでもないし、かといって、古酒らしさが高まっているのかというと、そうでもない。ある程度の新酒らしさと、古酒らしさの間で揺れ動いているというのか、変化をしていると感じます」

「そうかなあ。酒を足すペースもテーゲーどころか、出鱈目だからね。それで違うのかもしれないな。酒を足すペースがバラバラなら、元の酒の状態も変わるだろうし、全体的にもそうだはず。すると同じ味には二度と出会えないのかもしれないな。一期一会か。今日の味を大切にしなくては」

そう言って宮里さんは、自分のチブグヮーに酒を注ぐと、目を閉じて、ゆっくりと口に含んだ。

「ああ、そんな話を聞いていたら、私も飲みたくなっちゃった。にぃにぃ、私にも一杯ちょうだい。今日は車だから、飲んだら代行を呼ばなきゃならないけど、せっかくまさしさんと阿部君が来てくれてるんだし、これも一期一会だから」

「そうだ、清子。代行の料金ぐらい、にぃにぃが出してやるから、飲め、飲め」

それからは清子さんも参加しての、盛大な宴となった。その後も宮里さんは色々な酒を飲ませてくれたが、なんという銘柄の酒だとか、何年ものの古酒であるかとか、そういった細かいことはあまり覚えていない。

ただただ、酒がうまかった、それだけだ。

6

　翌朝は、杉本さんの「おまえ、いい加減に起きろよ。飛行機が出ちゃうからよ」という声で目を覚ました。

「えっ、私は那覇にもう一泊しますけど？」

「おまえはな。でもおれは帰るんだ。清子さんが車で送ってくれるって言うから、おまえも一緒に乗って行け」

　いやいや、それでは私が邪魔ものになってしまうんじゃないでしょうか。

「私はバスで帰るからいいですよ。お邪魔しちゃ悪いですし」

「変なこと言うな。なにが邪魔なんだよ。余計な勘ぐりは止せ」

「余計な勘ぐりですかね？　へえ。そうですか。余計でしたかね」

「ああ、なんか腹立つな。いいから朝飯を食え。清子さんが用意してくれてるから」

　何を慌てているんだろう、この人は。あのね、そりゃ私はまだまだ未熟者ですよ。しかしね、何年接客業に携わっていると思っているんですか。なめてもらっては、困るなあ。詳しくは知りませんけど、なんとなくなら察していますから。

階段を上った記憶はないのだが、いつの間にか二階にいたようだ。昨夜はそれほどに飲んだはずなのに、頭痛や胸やけ、吐き気などは全然ない。泡盛という酒は、よほど私の身体と相性がいいようだ。

階下のダイニングキッチンに入ると、清子さんがエプロンをして、朝食の準備をしてくれていた。「おはようございます」と言って席につくと、非常にきびきびとした動きで、お茶を淹れてくれ、ご飯を盛りつけてくれた。以前はコザでお店をやられていたようだし、今は食堂で働いていると言っておられたから、こういった作業には慣れているのだろう。だが、それを差し引いても、「きっと働きものなのだろうなあ」と感じさせられるような、手際の良さである。

「さあ、どうぞ」

ああ、笑顔も素敵だ。某ファストフードチェーンのスマイルが仮に0円だとしたら、この笑顔には千円ぐらいの価値があるな。

「あの、お仕事は大丈夫なんですか？」

「大丈夫よ。今日はお休みすることにしたから」

ほう、仕事を休んでまで杉本さんをね。ほほう、ほほう。

「おい、さっさと食えよ。飛行機の時間があるんだから」

「いや、私はもうちょっと名護を見てみたいので、遠慮します」

せっかくここまで来たんだし、お二人の邪魔をするのも忍びないからな。

「ああ、そう？　じゃあ、にぃにぃに案内してもらったら？」

「いや、それは申し訳ないですよ。自分でバスに乗ったりして、なんとかします」

「でも、バスでは不便でしょう。ねえ、にぃにぃ、阿部君が名護を観光したいんだって。案内してあげたら」

清子さんが大きな声で呼ぶと、もうすっかり身なりを整えた宮里さんが、「うん、観光なら、ワタシが案内してあげるよ」とダイニングにやってきた。昨夜あれだけ飲んで騒いだはずなのに、もうこんなにパリッとされている。このメンバーの中では私が一番若いはずなのに、一番だらしがない。

「兄ぃにあんまり面倒掛けるな。いいからおまえは、おれと一緒に那覇に帰れ」

あの、それは本心でしょうか。それとも、昨夜言っていたように、人に親切にするのが生きがいみたいな宮里さんに配慮しての発言なのでしょうか。いやいや、なんかどちらも違うような気がする。だが、私が選択すべき道は、わかっています。

「すみません。ご迷惑かもしれませんが、お言葉に甘えていいですか？　沖縄には何度か来ていますけど、あまり名護辺りを観光したことがなくて。この近くですと、行ったことがあるのは、美ら海水族館ぐらいですかね」

「そうね。それはいいところに連れて行ってあげなきゃね」

「よろしくお願いします」

横目で杉本さんの表情を確認する。感情は読み取れないが、おそらく私は選択を間違えてはいない。

食べ終えると、清子さんが後片付けをしてくれようとした。私はさすがに申し訳なくなって、「私が片付けておきますから、どうぞ出掛けて下さい。飛行機の時間もありますし、慌てるといいことありませんから」と、洗いものを引き受けた。

二人を見送って、洗いものをしている私に、宮里さんが「なんだかお客さんにこんなことしてもらって、悪いね」と声を掛けてくれた。昨夜はあんなに世話になったのに、こんな風に気を遣って下さるだなんて、本当にやさしい人だ。

「いやあ、洗いものには慣れていますから」

「そうか、バーテンさんだもんね。さすがに手つきも見事なものだな。洗いものが終わったら、出掛けよう。どこか行きたいところある？」

「特にここに行きたいというのはないんですけど、おすすめの場所なんてありますか？」

「おすすめと言われても、沢山あり過ぎて困るな。阿部君は今回、どんな目的で沖縄に来たの？　やっぱり酒かな？」

「そうです。うちの常連さんのお祖父さまが、今年カジマヤーを迎えられるようで、お祝いに最高の泡盛を飲ませてあげたいと、その常連さんがおっしゃるんです。それで私を頼りにして下さったんですけど、勉強不足で、候補となる酒すら答えて差し上げられなくて……」

「それで沖縄まで、探しに来たというわけ？」

「そうなんです。でも、難しいですね。泡盛をあれこれ飲んでみたんですが、どれもうまいし、いい加減に造られている酒なんて一つもなかった。うまい酒、最高の酒というのは人それぞれだと、杉本さんにも昔から繰り返し言われているんですが、まったくその通りなんだなって。少なくとも私がこれまでに飲んだ泡盛は、どれも誰かにとって最高の酒となり得るクオリティーを持っていました」

「そういうことね。難しいけども、一生懸命探してあげるといいよ。いい酒が見つかったら、きっと喜んでくれるから」

私もそのつもりだ。難しいけれども、まだまだ頑張らなくては。

「ありがとうございます。昨夜も色々飲ませていただいて勉強になりました」

「いや、ワタシはまだ何もしていないよ。皆で酒飲んで騒いだだけだ。じゃあ今日は、そのお手伝いをさせてもらいたいな。力になれるかはわからないけれども、これでも泡盛は沢山飲んできたつもりだから」

謙遜されているけれども、宮里さんほど心強い味方は他にいない。ここに残って本当によかった。というか、正直に言えば、少しはこんな展開を期待していたのかもしれない。宮里さんからはまだまだ、学びたいことがある。

「ご迷惑でなければ、色々教えて下さい」

「迷惑だはずがないでしょうが。それで今、どこまで進んでいるの？」

「全然進んでいないですね。『御酒』という酒は、ご存じですか？」

「こっちにあるよ。飲む？」

「ああ、今は結構です。あの酒を杉本さんに提案されて、まずは飲んで、瑞泉酒造にも見学に行ったんですが、どうもうま過ぎるように思うんですよ。私がぼんやりと考えていたのは、お祖父さまがこれまでの人生を振り返ったり、思い出に浸ったりすることのできるような酒だったんです」

「たしかに『御酒』は、現代的な技術や知識、設備なんかのおかげで生まれた酒だからね。戦前の黒麴菌を使っているけれども、ある意味、最先端の酒かもしれない」

「それで昔風の酒を探そうと、三日麴を使用している酒はどうかと考えて、『松藤』に目をつけたんです。『松藤』という名も、戦前から使用されているようでしたし、原酒と銘打たれた五十度のものも売っていたので、そこに自分なりの工夫を加えて加水をしたら面白いな、なんてことも考えたんですが、黒糖酵母を使った泡盛のことも同時に知って、そちらにも興味が出て、昨夜は桜の酵母を使った泡盛まで飲ませてもらって、もう、何が何やら」

「ははは。阿部君は、よく歩んでるよ。立派、立派。じゃあ、そうだな、昔風の酒ということなら、『國華（こっか）』はもう飲んでみた？　『國華』を造っている津嘉山（つかやま）酒造所の建物は、戦前から残っているものでね。たしか昭和二年か、四年か、それぐらいに建てられたはずだよ。今は重要文化財に指定されて、補修されているけども、昔の面影は残っているし、そこで造られた酒ならば、昔風という感じがしないかな？」

　戦前から残っている建物内で造られた泡盛か。戦争で建物が焼けたりしていないのならば、残っている柱や梁、土などに、当時から世代交代をしながら脈々と生き続けている黒麹菌がいるかもしれない。すなわち「戦前からの家麹」だ。「御酒」に使われる菌のように、完全な形で保存されているわけではないが、もし生き続けているとするのならば、こちらはこちらで面白い。保存されていた菌と、変化を続けてきた菌。仮に現在は「たね」で仕込まれているとしても、「家麹」は泡盛造りに、少なからぬ影響を与えているはずだ。

「それはいいですね。ぜひ飲んでみたいな」

「そう？　でも、ごめんね。今『國華』は切らしててね。この間地元の仲間が集まった時に、全部飲んじゃったからさ。やっぱり地元の人間同士で飲む時には、地元の酒が一番いいものね」

「地元の酒、ということは、名護で造られているんですか？」

「うん。すぐ近くだよ。見に行ってみる？」

「はい。行きたいです」

洗いものを片付け、身支度を整えて、宮里さんの車に乗り込む。「すぐ近くだよ」と言っていた通り、五分ほどで着いた。住宅などが密集する、込み入った街の中。コンクリート塀の途切れたところから車で進入すると、赤瓦の大きな建物が見えた。


　昔ながらの沖縄風の住宅を、そのまま大きくしたような、立派な建屋だ。古い建物だけれど、修復されているので、壁はきれいな木の色をしている。屋根の赤瓦も、葺（ふ）き替えられているようだが、おそらく基本的な構造は当時のまま。戦前の「サカヤー」の雰囲気がリアルに感じられる。

「こんなに大きな建物が残っているのは、ちょっと珍しいよ。多分沖縄でもここが一番大きいんじゃないかな」

「そうでしょうね。こんなに大きな赤瓦の屋根、初めて見ました。見事なものだな。赤瓦って、重たいんでしょう？」

「そうだね。台風で飛ばないようにしてあるからね」

「じゃあ、きっと支えるのも大変なんでしょうね。いやあ、本当に見事だ」

「見学させてもらおうか」

「予約していないですけど、大丈夫ですか？」

「大丈夫、大丈夫。ついておいで」

宮里さんは玄関を入り、ずんずん奥まで進んで行く。言われるままについて行くと、一番奥の作業スペースで、杜氏さんが瓶を洗っていた。宮里さんが「あのね、この人、東京から泡盛の勉強に来てるんだけど、見学させてあげてくれないかな」と声をかけると、「ああ、見学ですね。どうぞ」と手を休め、自ら案内をしてくれた。

戦前からある建屋には、補修工事が施されているが、腐った部分を取り除いて木を接いだり、鉄骨で補強したりして、極力昔の柱や梁を残しているようだ。やはりここには、戦前から変化を繰り返してきた黒麴が生きているかもしれない、そんな期待が膨らんでしまう。杜氏さんの話によると、泡盛の製造に使用される機械や設備は、昭和五十年ごろからほとんど変わっておらず、現在はこの杜氏さんがたった一人で、米を蒸す過程からラベル張りまで、すべての工程を担当し、年間一万リットルほどの泡盛の生産をしているらしい。まさに手造り、昔ながらの酒造り、という感じだ。

変化を恐れない柔軟性こそが沖縄の文化の本質であると、今回の旅で私は強く感じたが、同時に沖縄というところは、伝統が強く生き続けている場所であるとも感じた。泡盛造りにおいても新しい試みが日々行われ、新しい酒がどんどん生まれているが、その一方でこの津嘉山酒造のように、昔から受け継がれた方法を大切に守っているところもあるのである。沖縄の音楽にも言えることだが、伝統的なものと現代的なものを自然に同居させることが、沖縄の人々は得意なのかもしれない。これは酒飲みにとってもありがたいことだ。豊かな選択肢は、豊かな喜びに直結する。

工場の中には、泡盛を貯蔵する甕が並んでいるのだが、「國華」の熱心なファンの方は、この甕一つ一つによって微妙に味が違うと言うらしい。宮里さんも「そうなんだよ。同じ『國華』、同じ度数でも、なんだか味が違うんだよね」とおっしゃる。その理由は杜氏さんにもはっきりとはわからないようで、「甕の縁からの染み出し方が違うのかなあ」なんて、首を傾げていた。甕はどれも相当使いこまれており、形や大きさも少しずつ違っている。私もよくわからないのだけれども、陶器の肌にも若干の違いがあるだろうし、貯蔵されてきた酒の染み込み具合や、甕の中の酒と空気との触れ方にいくらかの違いがありそうで、それらの要因が泡盛の味に影響を及ぼしているのであろうことは、充分に考えられる。

工場を見学した後は、住居部分の見学をした。この建物は、これまでに見学した蔵元とは違い、工場部分と住居部分がつながっている。住居部分は風通しの良さそうな、開放的な座敷を有する伝統的な沖縄の住宅、といった様子で、昔の沖縄の生活を想像させられる。昔はこんな風に、家族の寝起きする住宅の横で、お父さんとお母さんが泡盛の製造をする、というパターンが多かったのだろうか。家内工業的といおうか、東京で言うならば、下町の小さな町工場、もしくは、伝統工芸品などを生産する工房のようだ。泡盛造りに限らず、昔の日本の工場というのは、沖縄でも内地でも、このような形が多かったのかもしれない。

伝統的な琉球家屋、そう思って住居部分を見学していたのだが、杜氏さんの説明によると、この建物にはいわゆる「ヤマト」の様式が取り入れられているらしい。言われてみれば、座敷には書院造風というのだろうか、立派な床の間が設けられており、玄関も伝統的な日本家屋のそれによく似ている。洒落たお宅やお店などに、琉球畳という縁のない畳が使われていることがあるが、その逆、といった感じだろうか。この建物を造った当時の社長は、なかなかの洒落者であったのかもしれない。また、経済的にもかなり豊かであったと想像される。

見学の後は、お待ちかねの試飲である。いつ、どこで、なにを見ても、なにを聞いたとしても、試飲に勝るものはない。百聞は一見にしかずというが、百見は一飲にしかずだ。

「すみませんね、私だけ」

「いいよ、いいよ。『國華』はいつも飲んでいるからね。ワタシのことは気にせず、充分にいただきなさい。これも勉強だから」

宮里さんは車を運転してきているので、今は飲めない。申し訳ない気持ちもあるけれど、そうです、これも勉強ですから。

まずは「國華」三十度をいただく。

できるだけ濾過を抑えている、との説明を受けていたし、昔風の泡盛とのイメージも抱いていたが、想像していたよりは雑味が少なく、すっきりしている。昨晩色々飲んだマイルド系の酒よりは、もちろん泡盛特有の風味は強いけれど、飲みにくいということは決してなく、すっと入って行く酒、と言えるだろう。それでいて、香りも旨みもしっかりとしている。古い建物の中で、昔はきっとこうだったのだろう、と思わせられるような、手造りのイメージにぴったりくる造り方をしていることを併せて考えてみても、もしかしたらこれが泡盛の、オーソドックスなうまさ、なのかもしれない。さらに勝手な憶測を巡らせるならば、戦前の泡盛というのも、こういったうまさを持ち合わせた酒だったのかもしれない。

文化や味というものは、時代を経るにつれ洗練されてゆく、という固定観念に、私はこれまで囚われていたのだろうか。あくまでもこれは「國華」が、昔風の泡盛である、と仮定した場合だが、もしそうであれば、泡盛は昔から洗練されたうまい酒であった、ということである。琉球王朝御用達の酒、ということを考慮に入れれば、それも当然か。現代においても新しい試みが常に行われ、確実に変化はしているが、それは「洗練」のバリエーションが豊かになっている、ということなのだろう。

「うまいですね。これが泡盛のオーソドックスなうまさなんでしょうか。王道とも言えるような」

「王道となると、どうなんだろうね。首里で造られていた泡盛が、こういう味だったかはわからないから。明治から戦前までにだって、泡盛は常に変わってきたんだろうし、もしかしたらこれも昔は、新しい酒だったのかもしれない。それに首里とここでは、水もちがうでしょ。王朝の時代は、首里の近くに田んぼがあって、そこでできた米を、王府が蔵元に下賜していたから、米も違うね。原料にタイ米を使うようになったのは、沖縄に外米が沢山入って来るようになってからのはずだから、明治どころか、昭和に入ってからじゃないのかな」

「やはり、王朝時代の味が、泡盛の王道だと宮里さんはお考えですか？」

「王道といわれればそうでしょ？　王様の道なんだから、王様の飲んでいた酒がそうじゃないの？　今となってはそれがどんな味かわかる人は、いないだろうけどね」

そうだ、なになにの王道、正道、といった類の言葉をすぐに使いたくなるけれども、泡盛は元々王様が飲んでいたのだから、まごうことなき王道というのがあるわけだ。

軽率な発言だったたな。

「では、オーソドックスな味、スタンダードな味、というのはどうでしょう？」

「それも難しいね。何をもってオーソドックスとするのかが問題になるから。泡盛は色々だもの。特に今は、それぞれの蔵元が色々出しているし、その人の飲み慣れた酒が、その人のスタンダードになるんじゃないのかな？　ワタシは色々飲むけれども、地元の酒を一番よく飲むから、ヘリオス酒造とか、ここの酒がスタンダードだね。でも、昨日飲んだ『くら』と、この『國華』は全然味が違うでしょ？　さっき見せてもらったここの蒸留器は、醪を直接加熱するんじゃなくて、蒸気を醪にあてて蒸留する方式なんだけども、これはちょっと珍しいよね。ヘリオス酒造の蒸留器もまた珍しくて、銅でできているの。ウイスキーのポットスチルみたいに。貯蔵の仕方もそうだよね。ここは甕が並んでいたけれども、ヘリオスは樽。同じ名護市内にある二つの蔵元を比べても、これだけ違うわけよ。オーソドックス、スタンダードって、一体なんだろうね？」

おっしゃるとおりだ。私は結論を急ぎ過ぎていたのかもしれない。

「ますます泡盛が、わからなくなりました」

「いいんじゃないのかな、それで。ワタシだってもう半世紀以上泡盛を飲んでいるけれど、まだまだわかってなんかいないよ。でもそれは、幸せなことだよね。こんな年齢になっても、まだまだ好奇心や探究心を、持ち続けていられるんだから。蔵元も、どんどん色んな工夫をして、新しい酒を造って、われわれに飲ませてくれる。ワタシは泡盛を愛してよかったと、心から思っているよ」

試飲を終え、ボトルを何本か買いこんで、津嘉山酒造を後にした。「國華」の年間生産量は、大手の蔵元の三日分ほどしかないらしい。しかし、泡盛に関してはまだ駆け出し、素人同然の私が言うのもおこがましいけれど、広く飲まれてほしい酒でもある。理由はただ一つ、うまいから。「オーソドックス、スタンダードって、一体なんだろうね？」と宮里さんには言われてしまったが、私はこの酒を、泡盛のうまさの、一つの基準として定めたい。つまり、人から「泡盛ってどんな酒ですかね？」と問われた時、「とりあえず、こちらを飲んでみて下さい」と勧めたいのである。

初めて泡盛に触れる方が、「國華」に口をつけた時、どんな反応をするのか。どんな感想を持たれるのか。それがその方の、その時点での、泡盛との距離、ひいては、泡盛とその方が、そこからどのような関係性を築いてゆけばよいのか、ということについてのヒントになるような気がするのだ。

「名護には、二つの蔵元があって、本当に全然違う酒を造っているんですね。勉強になりました」

「名護にはもう一つ泡盛の蔵元があるよ。龍泉酒造ってところがね。それから、泡盛ではないけれども、オリオンビールの工場もある。たしか、どっちも予約して行かないといけないから、今日は見学できないかもしれないけど」

「へえ、オリオンビールって名護で造っているんですか。オリオンビールは昨日飲みましたけど、龍泉酒造の酒はまだ飲んでいませんね。それを飲めば名護の酒を、全部飲んだことになる……」
「残念。あともう一つ、パイナップルパークっていうところでね、ワインを造っている
から、それも飲まないと、全部飲んだことにはならないな。龍泉酒造の酒はうちにある
から後で飲むとして、パイナップルパークへ行ってみるかい？　ワインの試飲もある
し」
パイナップルパーク、ワイン……。
「そのワインは、パイナップルでできているんでしょうか？」
「当たり前でしょ。パイナップルパークで造っているんだから」
やはりそうか。
パイナップルのワインとは、なかなか珍しい。飲んだことがあるのは、ハワイの「マ
ウイブラン」と、スパークリングの「フラ・オ・マウイ」ぐらいか。どちらもうまい酒
だったと記憶している。「マウイブラン」は、甘口の白ワインに近い感じだったが、ブ
ドウとは違ったパイナップルのフレッシュさがあり、甘みは強いが自然。「フラ・オ・
マウイ」は、原料となるパイナップルのイメージとはやや違ったドライな味わいであり
ながら、さわやかなパイナップルの香りを感じさせてくれる、素晴らしい酒だった。
名護のパイナップルワインにも、期待が高まるというもの。
名護の市街地から、しばらく坂道を上がると、パイナップルパークが見えてきた。駐

車場からはパイナップルトレインという乗り物に乗り、パイナップル畑をぐるりと回って、入口まで移動する。パイナップルをモチーフとした、連結式の可愛らしいバスで、子どもなどは喜ぶのだろうけれど、おじさん二人で乗るには、ちょっと気が引ける。だが、これに乗らなければ、パイナップルワインには辿りつけない。入場料を支払おうと思ったのだが、宮里さんは「いいよ、いいよ」と払わせてくれない。さすがに杉本さんのシージャだ。杉本さんはきっと、宮里さんからこれを受け継いだのだろう。

五分ほどで入口に着くと、今度はゴルフ場にあるカートのような車に乗り換える。パイナップルのイメージだろうか、黄色に塗られているが、こちらはおじさん二人でも、パイナップルトレインよりは違和感が少ないだろう。ゴルフはおじさんのイメージが強い。ゴルフ場で使われているのは、白っぽいカートが多いような気がするけれど、世界中探せば、黄色に塗ってあるところだって、あるかもしれないし。

このカートは自動運転になっていて、自動放送で園内にある植物に関する説明までしてくれる。園内はさながら、亜熱帯植物園という様相。まずは「アナナス」という、パイナップル科の植物でありながら実をつけない変わった植物が植えられた道を抜け、途中でヤシ並木の中を、後半はパイナップル畑の中を進んで行くが、残念ながらここに植えられているのは、食用ではないらしい。

カートで園内を一周した後は、設置されている遊歩道を歩いて、上から植物を観察することができる。進んで行くうちに、パイナップル畑の中にも入って行ける。南国のムードがたっぷり。パイナップルワインを飲む前のシチュエーションとしては、最高だろう。ただ一つ、そこに見えるパイナップルが食用ではなく、パイナップルワインの原料には使われていないのが残念だが、それも些細な問題だ。重要なのはあくまでもイメージ、気分である。

散歩道の最後には、恐竜のロボットが展示されているコーナーがあり、なかなかリアルな動きをしていたが、私の頭の中はパイナップルワインで一杯だ。

「先を急いでいいですか？」

「もちろんだよ。阿部君の気持ちはよくわかるさ」

ろくに恐竜を見ずに先に進むと、なぜか貝が大量に展示されているコーナーがあった。きっと中には学術的にも貴重な貝や、沖縄独特の貝などが混ざっているのだろうけれど、やはり頭の中は……。

「先を急いでいいですか？」

「もちろんだよ」

続いて、ショッピングコーナーへ。パイナップルを使ったお菓子や、石鹸などの雑貨、キャラクターグッズが並べられている。パイナップルワインのコーナーは、もう少し先らしい。ところどころで「ご試食どうぞ」と声をかけてくれたが、「後でいただきますから」と、真っすぐワインのコーナーへ進んだ。

「阿部君は本当に酒が好きなんだねえ」

こんなところでも、つい意地汚さが出てしまう。宮里さんは足腰も丈夫そうだが、シージャ。ご高齢である。それなりの配慮をすべきであったのかもしれない。

「すみません。酒のこととなると、つい意地汚くなってしまって」

「いいよ、いいよ。ワタシもまさしーも同じさ。ははは」

「ご試飲、どうぞ」

待ちに待った、パイナップルワインとの対面。ワインクーラーの中で、ボトルが涼しげに汗をかいている。名護のパイナップルワインというのは、君か。いい色をしているね。とっても可愛いよ。もう、飲んじゃいたい。

「なんだか申し訳ないな。またしても私だけ」

「いちいち、気を遣ってくれなくてもいいよ。酒は毎日飲んでるからね」

私だって毎日飲んでいるけれども、やはり酒を前にすれば、いつだって飲みたくなるもの。それでもにこやかに私に「いいよ」と言ってくれる宮里さんは、かなりの人格者である。しかしだ、いくら相手が人格者であったとしても、同じ酒飲みとして、いくらかの心苦しさは拭いきれない。

なんてことを考えながらも、遠慮なくいただきます。

「これはどのワインですか？」

「ラグリマ・デル・ソルの甘口です。パイナップルだけを原料として造られているんですよ」

係の女性から試飲のカップを受け取って、一口。さすがにパイナップルの香りがストレートに伝わって来る。フルーティなどというレベルではない。トロピカル。よく冷えていることもあってか、飲み口はさわやか。甘みが強いはずなのに、酸味がうまく作用していて、しつこさはなく、味の収まり方もスピーディ。まさに、おいしいパイナップルを食べているかのようだ。アルコール度数は低めだな。ビーチの見えるレストランで、軽い食事をしながらさらりと飲んだら、ちょうどいいかもしれない。アルコール度数も低めだから、休日のブランチとか、三時のおやつとか、そんなシチュエーションにもぴったりだろう。

「さわやかで、おいしいですね。それで、そちらは？」

「こちらは、シークワーサーのワインです。さっぱりとしておいしいですよ」

やや白っぽいにごりのある酒だ。これは果肉とかたんぱく質とか、なにかそういったものによるものだろう。

口に含むと、柑橘っぽい酸味を感じた。ああ、いちいち言うまでもないことを。柑橘系の果物で造ったワインなのだから、柑橘っぽい酸味があるのは当たり前なのに。だがこれもあながち、バカな感想であるとは言えない。ブドウでできている赤ワインを飲んで、ブドウの味がするって言うか？　ベリーの香りとか、木の根の香りとか、ソムリエはそういったように説明するだろう。ブドウの甘みが強いとか、ブドウの丸みを感じるとか、シャルドネらしいとか、カベルネらしいとか言うこともあるけれども、それは特にブドウの風味を強く感じるからそう言うのである。つまり私がいちいち「柑橘系の……」と言いたくなるのは、このシークワーサーワインが、非常にストレートにシークワーサーの風味を醸し出している、ということなのではないだろうか。

「どうね？」

宮里さんの顔はどこか誇らしげ。きっと名護市民として、自慢に思っているのだろう。

「どちらもさわやかで南国らしい、うまい酒ですね。昔から名護ではパイナップルの栽培が盛んだったんですか？」

「沖縄にパイナップルが伝わったのは、一八六六年だと言われているね。初めは石垣島の川平湾（かびらわん）に、座礁したオランダ船から苗が漂着したみたい。本島はもうちょっと後で、一八八八年に小笠原諸島から伝わって、それが国頭（くにがみ）に広まったらしいよ」

「はあ、結構昔からあるんですね。シークワーサーはどうですか？」

「シークワーサーは、今は栽培されているけれども、元々自生していた植物だからね。ずっと昔からあるんじゃないのかな」

「なるほど。すると、沖縄のフルーツ、ってことですね」

「まあ、そう言ってもいいだろうね」

　パインも今や沖縄の特産品だ。ということは、パイナップルワインもシークワーサーワインも、極めて沖縄らしい酒、と言えるのではないだろうか。

「さて、どこかでお昼でも食べようか。なにか食べたいものある？」

　遅くまで寝ていたせいで、ほんのさっき朝食を食べたような気分であるが、そろそろ時間はお昼である。お腹が空いた、ということはないけれども、お腹がいっぱい、というわけでもない。さっきから私ばかりが酒をいただいて、いい思いをしている。それほどお腹は空いていなくとも、ここは宮里さんに付き合って、何かおいしいものをいただくのがスジだろう。

「そう言えば今回は沖縄に来てから、まだ沖縄そばを食べていないな」

「じゃあ、そばにしよう。おいしいお店に案内するよ」

　車に乗って元来たほうへ戻る。そのままそば屋さんに行くのかと思っていたのだが、宮里さんは、車を自宅の車庫に入れた。

「ちょっと遠いけど、歩いて行こう。ビールぐらい飲みたいしね」

「そうですよね。我慢なさるの、つらかったでしょう？」

「そうだね。阿部君は、おいしそうに飲むから、こっちまで飲みたくなってしまうさ」

徒歩で十分とかからないところに、お店はあった。ちょっと遠いと言っていたけれど、結構近い。

「なんだ、近いじゃないですか」

「いやいや、結構遠いでしょう。飲まない時は車で来るよ」

なるほど、店の横には駐車場がある。十台ほどは停められるだろうか。沖縄は車社会であると聞く。それは今回の旅でも実感した。東京で暮らしていると、車での移動は不便であると考えがちだが、十分歩くか、数分車に乗るか、どちらが楽であるかと考えれば、間違いなく後者である。ただ、酒を飲むなら不便だな。

セメント瓦葺きの平屋建て。ハイビスカスの生垣。いかにも沖縄らしい佇まい。セメント瓦が広く普及したのが戦後であることを考えると、さすがに戦前から、ということはないはずだが、建物にもなかなか年季が入っている。こういうお店、うまそうだ。

「ここは、結構長いことやられているんですかね？」

「たしか、大正時代からじゃなかったかな」

そうか。建物より、お店の方が古かったか。

中に入ると、食券の販売機があった。ソーキそば、沖縄そば、三枚肉そば、てびちそば、フーチバーそばというのもあるな。おお、ちゃんとオリオンビールもある。

「どれがおすすめですかね？」

宮里さんに質問する。迷った時は地元の人に訊いてみるのが、一番確実だ。

「どれもおいしいけど、せっかく名護に来てくれたんだから、ソーキそばを食べてもらいたいな。ソーキそばは、名護のお店が元祖だと言われているからね。まあ、ここではないんだけど」

「へえ、そうなんですね。じゃあ、せっかくだからそうしようかな」

「ソーキそばだね。いいよ、いいよ、食券は私が買うから。ビールも飲むよね」

またしても……。でも、もう、なんだか、慣れた。素直に「いただきます」しましょう。

店内は、テーブル席と小上がりの座敷で構成されている。どちらも一つ一つのテーブルが大きい。相席を前提として、こうしているのだろうか。たしかに繁盛している店ならば、このスタイルは効率がいいのかもしれない。

私にソーキそばを勧めてくれた宮里さんは、てびちそばを注文したようだ。あれ、おすすめはソーキそばなのでは？

「宮里さんは、ソーキそばではないんですね」

「うん。てびちそばが一番好きだから」

好みだけを理由として、人に押し付けるのは、おすすめなどではなく、単なるごり押しだ。宮里さんは物事を、客観視できるタイプの人なのだろう。好みとおすすめは、必ずしも一致しない。

すぐにそばが運ばれてくる。オリオンビールは瓶か。昨日は缶だったけれども、瓶のビールには、なんとも言われぬ味がある。一緒に運ばれてきたグラスは、オリオンビールのマークの入った、小ぶりなビールグラス。食堂、居酒屋、温泉旅館などでよく出てくる、もっともオーソドックスなあれだ。これにつーっと注いで、えいや、と飲む。これがたまらない。生ビールのジョッキ、炎天下での缶ビール、それらもうまいけれども、小ぶりのビールグラスにわざわざ注いで飲む楽しさよ。このようなタイプのグラスは、口に当たった時の感触もよい。するりとビールが入って行く感じがする。

「運転していただいて、ありがとうございました。さあ。どうぞ」

「いいよ、阿部君から」

「それはダメですよ。さあ、さあ」

「わるいね。ありあり、とーとーとー」

自分のグラスにも手酌で注いで、グラスを合わせて「チン」。そばのスープより先にビールを飲む。二人とも、一気に飲み干した。

「さあ、さあ」

「ありあり、とーとーとー」

二杯目はさすがに落ち着いたもの。ぐびりと一口やって、さてソーキそばだ。

そばの上には、ソーキと厚揚げ、結び昆布が載っている。スープは透明に近い白色。麺は平打ちで太い。

「ここの麺は随分平たくて、太いですね」

「名護は平打ち麺のところが多いね。その平打ち麺の元祖が、この店だと言われているんだよ」

「じゃあ、私が食べているこのソーキそばは、とても名護らしいそばということになりますね」

「ははは、そうだね。充分に、名護のそば文化を楽しんでよ」

まずはスープを一口。かつおの香りに、豚だろうか、肉っぽさのある甘み。沖縄そばのダシとしては、オーソドックスな組み合わせだろう。昆布の香りがするのは、結び昆布のおかげか、それともスープに昆布の旨みが溶け出しているからだろうか。どちらにせよ、昆布の香りは、海を連想させてくれる。これがまた、沖縄らしい感じがしてよい。スープのみを飲んだ時には、味がしっかりしているな、と感じたが、麺をすすると、今度はあっさりしているな、と感じた。スープと麺のバランスがよく考えられているのだろう。箸でソーキをつまみ、かぶりつく。非常にやわらかい。余計な脂は落ちており、味付けは薄めだが、口に入れると、肉の旨みがじんわりと染み出してくる。ここですかさずオリオンビール。はい、うまい。間違いのない組み合わせ。もしや、と思い、スープを口に含んで三秒置いて飲み込み、そこにすかさずオリオンビール。はい、こちらもうまい。このスープだけでも、しばらくビールが飲めそうだ。

そうだ、コーレーグース。瓶の中にはびっしりとトウガラシがつまっていて、いかにも辛そうだが、どんぶりに垂らして麺をすすってみると、案外そうでもない。もちろん入れ過ぎればもっと辛くなるのだろうけれど、それよりなにより、泡盛の香りがふんわりと漂ってくるのがいい。またそこでオリオンビール。泡盛とビールのちゃんぽんか？いやいや、沖縄風に言うならば、チャンプルーか。泡盛とオリオンビールをカクテルにしたらどうなるかわからないけれども、これぐらいのミックス具合、ちょうどいいな。

麺は相当食べ応えがある。平打ちと言えば名古屋のきしめんが有名だが、名護の平打ち麺もなかなかのもの。そういえば、ナゴとナゴヤは、一文字違い。これは単なる偶然か？　うん、おそらくそうだろう。関係があるはずがない。もっとも、同じ平打ち麺であっても、きしめんとは舌触りから風味まで、大きくちがう。きしめんはうどんに似ているが、こちらはあくまでも、沖縄そばの平打ち麺なのである。

「沖縄そばをいただきながらのビールも、いいものですね」

「麺はここの自家製だし、オリオンビールの工場もすぐ近く。名護のものと名護のものだから、ぴったりくるのも当たり前さ」

宮里さんが誇らしげに言う。きっと名護を心から愛しているのだろう。

「宮里さんは名護の出身なんですよね？」

「そうだよ。大学の四年間以外は、ずっと名護に住んでいるね」

「そういえば昨日からご家族にお会いしていませんが、別にお住まいなんですか？」

「妻は三年前に亡くなったし、長男は大阪、次男は那覇、娘は東京の人と結婚した。今は一人暮らしさ」

悪いことを訊いてしまったか。

「すみません。失礼な質問をしてしまいました」

「別にどうってことないよ。妻を亡くした時は寂しいと思ったけど、親戚も友達も、沢山いるからね。今はもう寂しくない。ずっと故郷に住んでいると、こんないいこともあるんだよ。もう名護からは離れられないし、離れたいと思うこともない。ワタシは幸せな人間だよ」

故郷か。もう、随分帰っていない。

私は田舎が嫌で、高校を出ると同時に東京に出てきた。いわば、故郷を捨てた人間だ。東京の生活には、何の不自由も感じないし、私の店を気に入って通ってくれる常連さんもいる。杉本さんのように、面倒を見てくれる人もいる。杉本さんの他にも、恩人と言えるような人々が、沢山いる。故郷で過ごした時間より、東京での生活のほうがすっかり長くなった今の私にとっては、故郷にいる時より、東京にいる時のほうが気楽で、安心できるような気がする。

もしかしたら私は、故郷を失ってしまったのかもしれない。

「大学を出た後、東京に残ろうとは少しも思わなかったんですか？」

「思わなかったな。ワタシは沖縄を発展させるために、東京へ勉強をしに行ったんだからね」

「東京は宮里さんにとって、どんな街でした？」

「東京にはなんでもあって、便利だし、いいところだと思ったよ。でもね、沖縄の空、海、それから沖縄の親、兄弟、親戚、友達、これだけはないんだよ。今も昔も沖縄を離れていく人たちはいる。都会に憧れて、出て行く若者もいるはず。でもワタシたちの若い頃は、沖縄に残りたくても残れなくて、出て行く人も多かったんだ。だからワタシは、頑張ろうと思ったのさ。沖縄が発展すれば、故郷に残りたい人が、残れるようになるだろうと思ってね」

沖縄の人々は、郷土愛が強いと言われているけれども、宮里さんは沖縄の人々の中でも、特に郷土愛が強い人なのだろうか。それとも、宮里さんみたいな人が普通なのだろうか。

「杉本さんには、東京で就職をしたらどうですか、って言われたんでしょ？」

ついでに、と言ってはなんだが、杉本さんの若い頃の話も聞いてみたい。純粋に興味がある。そもそも、長い付き合いになるのに、沖縄に宮里さんや清子さんみたいな知り合いがいることを知らなかったばかりか、二人で泡盛を飲んだことすらなかった。

「ああ、そんなこと言ってたな。ワタシが帰ると、寂しいからって」

「アルバイト先で知り合ったんですよね？」

「そうだよ。中華料理屋さんでね。ワタシがアルバイトをしているところに、あれがコックとして入ってきたの。最初は生意気なやつだなあ、と思っていたけど、先輩によくいじめられていたから、可哀想だなあと思って食事を奢ってやったのが、たしか最初だはずよ」

　やはり杉本さんは、生意気な若者だったのだな。リアルに想像でき過ぎて、怖いぐらいだ。

「宮里さんが東京に残ってくれていたら、バーのおやじじゃなくて、中華料理屋のおやじになっていたかもしれないって、言っていましたよ。今でも相当恩義に感じているんじゃないですかね」

「まさしーのやつ、そんなこと言ってたの？　でも、気が合ったのは間違いないな。まだあの頃は復帰前で、沖縄のことも今ほど知られていなかったから、大学でも変なことを言われることが多くて、なかなか友達もできなくてさ。特にワタシは郷土愛が強いほうだったから、なにくそ、みたいな気持ちもあって、なかなか人に心を開けなかった。

今思えば、寂しい思いをしていた者同士だったから、余計に仲良くなったのかもしれないな。だからワタシにとってもまさしーは、大切な友人だったわけさ」

杉本さんが少し、羨ましくなった。宮里さんのような友人に、私は恵まれていない。だが、杉本さんのような師匠をもてたことは、幸運であったと確信できる。

「清子さんも若い頃は、東京にいらしたんですか？」

「いいや、清子はずっと沖縄だよ」

「杉本さんと清子さんは、東京で知り合ったわけじゃないんですね」

「うん。あの二人が知り合ったのは沖縄だね。まさしーがこっちに遊びに来た時に仲良くなったのさ。沖縄の女性は、情熱的だからね。ははは」

もうちょっと突っ込んじゃダメかな。いいだろう。話しちゃまずいことは、宮里さんも話さないだろうし。

「二人はやはり、恋仲にあったんでしょうか」

「絶対にまさしーには、ワタシがしゃべったって言わないでよ」

「わかっています」

「じゃあ、言うけどね、お察しの通り。まさしーも、清子と結婚して、沖縄に店を出そうと考えていたみたいで、清子ともそんな話をしていたらしいんだけど、結局東京に店を出すことになって。清子は沖縄を捨てられなかったし、まさしーもきっと、東京を捨てられなかったんだね」

たしか奥さんとは、自分の店を持ってから知り合ったと聞いたことがある。うん、被っていない。杉本さん、セーフ。

「昔は杉本さんも、沖縄にはよく来られていたんですか？」

「あれは酒のことになると熱心だからね。沖縄に来てはワタシとよく飲み歩いたよ。清子がコザに住んでいたから、コザにもよく行ったね。でも、今回もそうだったけど、まさしーはいつも店の定休日に朝の飛行機で来て、次の日の開店時間に間に合うように帰ってしまうのさ。清子が何を言っても、いや、店があるから、の一点張りでね。ワタシも清子が可哀想になって、色々言ったんだけども、一人前になるまでは、って。自分の店を持った時に、東京へおいで、と清子を誘ったみたいなんだけども、清子は清子で、コザに店を持っていたし、約束が違う、なんて怒ってさ。それからは、何年かに一度って感じだね」

杉本さんが度々私に向かって、「酒バカ」という言葉を投げつけるのは、こういった苦い経験があるからだろうか。ただ一つ言わせてもらうなら、私は若き日の杉本さんほど、「酒バカ」ではない。これは果たして、よいことだろうか。バーマンとして。もしくは、一人の人間として。

そばを食べ終え、宮里さんのお宅へ戻ると、清子さんがもう帰って来ていた。

「あり、清子、もう帰ってたのか。早かったな」

「うん。まさしさんが名護のバスターミナルまででいいっていうから。空港まで送るよ、って言ったんだけど、あの人、頑固でしょ。それで、バスが来るまで一緒に待って、さよなら。もしかして、お昼、食べてきちゃった？」

「そばを食べてきたよ。なにか買ってきてくれたのか？」

「せっかく阿部君が来てくれているから、お昼はアグーのしゃぶしゃぶにしようと思って、豚肉をね」

アグー、すなわち沖縄産の黒豚。そのしゃぶしゃぶ……。

「あの、私、まだまだ食べられますけど」

お二人から、どっと笑いが起こった。

「ああ、よかった。阿部君はまだ若いからねえ。にぃにぃはどんなね？」

「ワタシも大丈夫だよ。泡盛があれば、いくらでも食べられるさ。阿部君は今日那覇に帰るんだよね？　じゃあ、夕方までなら飲めるかな？」

「はい。最終のバスまでお付き合いします」

すでにしゃぶしゃぶの準備はほとんど整っていたようで、すぐに座敷での酒盛りが始まった。宮里さんは「まずは名護の酒を制覇しないとね」と、龍泉酒造の「シークワーサーのお酒」を、オン・ザ・ロックというよりはジュースを飲むように、タンブラーグラスに氷をぎっしり入れ、そこに七分ほど注いで出してくれた。

「専門家の目から見て、どうかな？　食前酒に適しているかな？」

「専門家なんていわれると恐縮してしまいますけど、さわやかな酸味に食欲をかきたてられますし、アルコール度数も高くなく、スイスイ飲めるので、食前酒にはぴったりじゃないでしょうか。個人的には、お刺身にもいいんじゃないかと思います。昨日いただいた、シークワーサーの果汁を垂らした醬油、とてもおいしかったですし、そもそも白身の魚と柑橘系の果物は相性がいいように思います。あとは、唐揚げとか、レモンを絞ってかけるような食べ物とも相性がいいでしょうね。すなわち、食中酒としても、かなり幅広い可能性があるのではないかと。揚げものだと、エビフライや白身魚のフライなど、タルタルソースでいただくものなんかも、良さそうです」

「阿部君は、すらすらとわかりやすく説明してくれるな。すごい、すごい」

「そうだよねえ。さすがまさしさんのお弟子さんだね」

宮里さんも清子さんも、私を買いかぶり過ぎですよ。

「いや、私はただの酒バカでして、杉本さんにもよく怒られています。一人で飲む時はついカラ酒をしてしまいますし、料理についても、あまり詳しくはないんですよ。この酒にはこんなつまみがいいかな、なんてことを考えるのは好きですし、仕事としては一生懸命にやっていますけど」

「酒バカって、まさしさんもそうだよねえ?」

「そうだ。あれもかなりの酒バカだ。やっぱり弟子なんだな。よく似ている」

光栄です、と言いたいところだが、私より杉本さんのほうが随分マシだ。あの人は、酒の周辺のことまで、よく勉強している。ああ、そうか、総合的に見れば、「酒バカ」としては、あの人のほうが上か。私は「酒しか知らないバカ」でしかない。

「さあ、食べて。今帰仁(なきじん)のアグーだよ」

清子さんに勧められ、箸を取る。薄く切られた豚肉をお湯にさっとくぐらせ、シークワーサーポン酢でいただく。さわやかな酸味の残る口の中に、これまたさわやかなシークワーサーリキュールを流し込んだ。これはいくらでも食べられる。腹は徐々に満ちているはずなのに、それを追い越すように、どんどん食欲が増進される感じだ。やばいぞ、これは。確実に太るぞ。腹が出るぞ。でも、やめられない。

「さあ、阿部君、次は何を飲もうかね」

空いたグラスを見て、すかさず宮里さんが。いいのかな、こんなに優しくしてもらって。

「お任せします」

「そう。じゃあ。ちょっと待って」

次に宮里さんが出してくれたのは、今帰仁酒造の「美しき古里　淡麗」。水割りでいただく。淡麗と銘打たれた酒を、さらに水で伸ばしてあるのに、黒麹の香りがしっかりと立ち上がって来る。甘みも上品でありながらはっきりとしており、フィニッシュは短め。全体的にはすっきりとしているが、豚肉の甘みとシークワーサーの酸味が、この酒をよく引き立ててくれているようで、物足りなさは少しも感じない。いい組み合わせだ。

「淡麗と銘打った酒をしばしば目にするんですが、不思議ですね。同じ蔵元が、同じ設備、同じ材料、そしておそらく同じ水で造っているのに、受ける印象がまったく違う。まさひろ酒造で飲ませていただいた『蔵出しまさひろ』もそうでした。濃醇と淡麗があって、どちらもうまいんですけど、味わいはまったく違っていた。これはやっぱり、麹の違いなんでしょうか。それとも酵母かな」

「味を決める要素は色々あるけど、この『美しき古里　淡麗』はね、減圧蒸留といって、蒸留する時に内部の気圧を下げて、低い温度で蒸留するわけさ。そうするとすっきりと飲みやすい酒になるみたいだね。名前に『淡麗』ってついている泡盛は、大体減圧蒸留だな」

「そうか、気圧を下げて、沸点を下げるのか。そうすることによって、抽出される様々な成分がある程度抑えられて、透き通った味になるんですね」

「そういうことだろうね。ただ泡盛は、味の複雑さもまたおいしさだから、今帰仁酒造も『淡麗』は減圧蒸留だけど、他のは常圧蒸留だよ」

「たしかに味の複雑さは、泡盛の魅力の一つですよね。でも、これもうまい」

「そうだね。だから泡盛は、毎日飲んでも、どれだけ飲んでも、飽きないはずよ。さあ、もっと飲んで、もっと食べて」

「もちろんですとも」

夢中で食べ、夢中で飲んだ。もうお腹は一杯だ。もう食べられない。

ああ、幸せ。

腹は一杯でも、酒は飲めるもの。酒があれば、つまみも進むもの。お腹はすぐに一杯になったはずなのに、バスの時間まで、三人でしたたか飲み、食べ続けた。清子さんに、若い頃の杉本さんの話を聞かせてもらいたかったが、なぜだか勇気がでなかった。興味はあるけれど、昔のことだ。今のお二人の関係も悪くはなさそうだし、聞いたからといって、別になにかが変わるわけでもない。

お二人は歩いて、私をバス停まで送ってくれた。もうすっかり日は落ちて、辺りは暗くなっている。乗り込んだバスの、窓越しに見たお二人の姿が、妙に神々しかった。街灯の光を浴びて、やわらかに微笑み、静かに、小さく、手を振ってくれている。私も静かに、小さく、手を振り返した。バスが動き出し、お二人の姿がどんどん小さくなっていく。昨日初めて会ったばかりなのに、この寂しさは何なのだろう。「また来てね」と宮里さんは言ってくれた。「楽しかったね」と清子さんは言ってくれた。私、本当にまた来ますよ。図々しく。ご迷惑も考えずに。

今日もうまい酒を飲んだ。本当に、本当に、うまい酒を飲んだ。もう随分長くなった、私の酒飲みとしての人生においても、もっともうまい酒が飲めた二日間であったと思えるくらいに。

美しき古里、か。ここが私の故郷だったら、いいのにな。

7

最終日は朝から、那覇市内の酒屋さんを巡って、気になった酒を片っ端から購入し、ダンボールに詰めて、宅配便で東京へ送る、という作業を繰り返した。四泊五日では、圧倒的に時間が足りない。それでも一つでも多くの泡盛を知ろうと思うならば、買って飲むしかない。

夕方の飛行機で東京に戻ると、あまりの寒さにうんざりした。四季があるのが日本のいいところでもあるのだが、ビルの谷間を吹き抜けてゆく風は、あまりにも冷たい。せめて雪でも降ってくれたら雪見酒を楽しめるのに、なんてことも考えたが、実際に降ったら鉄道のダイヤは乱れるし、車はスリップ、街は大混乱だ。風情のかけらもない。だがここが、私にとっての「普段の街」なのだ。沖縄とはまったく趣の違う街並みと雑踏を眺めながら、やっぱりうちが一番いいね、といった感覚が湧きあがって来る。私はこの街の生活に慣れている。

コートの襟を立てて、早足で歩き去る人。眉間にしわを寄せ、冷たい北風に向かって行く人。冷え切った指先に吹きかけられる、白い吐息。地下鉄に潜って行く人の、洒落たマフラーの巻き方。ズボンのポケットに突っこまれた手。それらを眺めながら、背中を丸めて歩く私。

　私を安心させてくれる、普段の生活だ。

　自宅に戻ると、すぐに鞄を開け、持ち帰って来た分の泡盛をテーブルに並べてみた。封の開いた「御酒」と「和尊」、それに「瑞泉Ｋｉｎｇ」、「蔵出しまさひろ　濃醇」、「さんご礁」。あとはすべて宅配便である。

　私が利用した航空会社の規定では、アルコール類の飛行機への持ち込みは、二四％を超え、七〇％以下のものは、一人五リットルまで、となっていた。持ってきたのはすべて四合瓶だから、規定量にはまだ余裕があったが、割れてしまうリスクなどを考えると、宅配便のほうが安心である。送った分は、すべて明後日の午後に届く予定だ。

　四泊五日の日程では、とてもではないが、泡盛をわかることなどできない。ほんのさわりをかじっただけ、というところだろう。ただ、ろくに予定も立てず、思いついたように行ったわりには、沢山の酒に出会えたとも言える。

　東京に戻って感じた、「普段の街」という感覚。どう考えたって、東京より沖縄のほうがいいところなのに、「やっぱりうちが一番いいね」と言いたくなる不思議。これは私が東京での生活に慣れているからだろうが、もしかしたら私より長く東京に暮らしている上原さんのお祖父さまも同じなのかもしれない。ただ、一つ違うのは、私の故郷が沖縄ではない、というところだ。今回の旅で、沖縄のことがより好きになったけれど、沖縄出身者ほどの愛着を、私は持てているだろうか。さらに言うならば私は、田舎が嫌で東京に出てきた、いわば故郷を捨てた人間。当然、愛郷心は薄い。難しいのはここなのだ。

故郷を想う心は、酒の味にどんな影響を与えるのか。

難問だが、今日はとりあえず「御酒」をいただこう。何はともあれこれは、上原さんのお祖父さまだけではなく、初めて泡盛に触れる方から、泡盛に通じたベテランまで、すべての人々に飲んでいただきたい酒だ。この酒にまつわるエピソードの壮大さもさることながら、酒としての完成度が非常に高いことがその理由である。現代を代表する泡盛の一つである、と言ってもいい。この酒について語ろうとする時、私はたった一つの欠点も、思い浮かべることができないのだ。私はこの酒に、すっかり惚れてしまったのかもしれない。

自分の好みをごり押しすることは、バーマンとしてあまり好ましくない態度だろう。しかし、「御酒」については、完全な下戸の方以外には、ごり押ししてもいいのではないか、と思っている。そうするだけのうまさ、間口の広さ、奥行きの深さが、この酒にはある。

今後この酒を店で出すとしたら、やはりお客さんには最高の状態で飲んでいただきたい。そうなると重要なのは、これに合わせるつまみである。

泡盛に合うのは沖縄の料理、まったくその通りではあるのだが、ここは東京だ。そして私の店は小さなバーであり、沖縄料理店ではない。したがって、ソーキだのラフティだのといった本格的な沖縄料理をお出しするのは不可能であると同時に、相応しくはないだろう。調理設備の問題もあるが、洋酒を主に扱う店で、泡盛や沖縄の料理が注文される頻度を想像すると、調理の手間と、売れ残りによるロスのリスク、この二つの問題が大きい。ソーキやラフティはビールやハイボールにもよく合うはずだし、洋酒のつまみとしての可能性の広さを感じているが、今の段階でそれを試すのは、なかなか勇気がいることでもある。酒というのは、雰囲気やイメージで飲む部分が大きいからだ。同じ肉類をつまみにバーで洋酒を飲むとしても、ミートローフやローストビーフのほうが、しっくりくるというお客さんのほうが多いだろう。

これを逆から考えれば、東京の、洋酒を主に扱うバーで泡盛を飲むのならば、それに相応しい飲み方を提案すべきなのである。沖縄の料理で泡盛を飲むのならば、沖縄で飲んだほうが絶対にうまいはずだ。東京で飲むにしても、インテリアから料理まで、沖縄風に統一された店へ行くのが、ベストだろう。

雰囲気やイメージ、調理の技術なども含めて、私の店は泡盛を飲んでいただくのに、あまり適していない。だからこそ、考えなくてはならないのだ。私の店、「Cheek to Cheek」に相応しい、泡盛の飲み方を。これはそのまま、泡盛の新しい可能性を探る試み、となるのかもしれない。

駅前のスーパーは……、うん、まだ営業しているな。

スーパーの売り場を物色し、まず気になったのがクリームチーズ。舌触りが、泡盛のつまみとしては定番中の定番である、豆腐餻のそれによく似ていると思ったからだ。それに那覇のバーでも、アボカドとクリームチーズのサラダを食べたが、なかなかいいと感じた。ここに何か工夫を加えれば、きっとなんとかなる。

クリームチーズをベースとして考える場合、最初に思いつくのが、アンチョビを合わせる方法である。練ってやわらかくしたクリームチーズに、アンチョビの身をほぐして混ぜ合わせるのだ。これをクラッカーなり、野菜スティックなりに塗って、泡盛と一緒に食べる。塩気も加えられるし、魚の香りもする。アンチョビの強い個性も、泡盛と相性がいいだろう。

もう一つ試してみようと思ったのは、フルーツである。「御酒」を初めて飲んだ時、香りや繊細な甘みが、洋梨に似ていると感じた。だから洋梨を選べば間違いはないはずなのだが、今は二月。残念ながらシーズンは終わってしまっていて、売り場に洋梨の姿はない。今の時期だとおいしいのは、ハウス栽培のイチゴか。あとは、ニュージーランド産のキウイ、フィリピン産のバナナ。これは年中手に入りそうだ。アメリカ産のオレンジもそう。ああ、それから、温州（うんしゅう）ミカン。時期としてはやや遅いけれど、まだ売り場にはある。柑橘系と泡盛の相性を考えると、これもいいかもしれない。おお、キンカンだ。こっちのほうがミカンより、相性がいいかもな。レモン、ライム、これらはいつも店にある。うまい使い方が見つかれば、仕入れのリスクはほぼないと言える。

　家に戻って、まずはクリームチーズとアンチョビを混ぜ合わせ、それをクラッカーに載せてみた。これはさほど珍しいつまみではないし、手間も知れている。洋酒にも合うので、店のレギュラーなメニューとして、検討してもいいだろう。さて、泡盛にはどうか。

「御酒」をショットグラスに注いで口に含み、一口かじってみる。予想通り、クリームチーズの舌触りがいい。アンチョビの塩気も、魚の香りもぴったりだ。「御酒」のうまさも、よく引き立てられている。ただ、舌触りと泡盛の風味から、無意識のうちに豆腐餻をイメージしているのだろうか、なんだか物足らない感じがする。もっと複雑な味のハーモニーというか、奥行きが欲しいところだ。

　クリームチーズとアンチョビを混ぜ合わせたものに、レモンを絞ってみる。うん、随分風味がよくなった。ただ、もう少し何かあってもいいか。冷蔵庫の中を探索すると、チューブ入りのおろしにんにくがあった。少し絞って入れ、またかき混ぜてみる。辛みが少し加わったな。生のにんにくをおろして入れたら、もっといいだろう。そうだ、忘れていた。ブラックペッパー。いいな。味が段々とまとまって来た。

もっと考えるのならば、アンチョビをかつおの塩辛、すなわち酒盗に替えてみるのもいいかもしれない。沖縄でもかつおの塩辛は「ワタガラス」といって、酒のつまみによく食べられている。なぜ最初からここに気がつかなかったのだろう。鈍いな、まったく。そうする場合は、クリームチーズと酒盗の割合を考え直してもいいかもしれない。豆腐餻のイメージから脱却し、もっと塩辛の割合を増して、「ワタガラスのクリームチーズ和え」といった感じにするのだ。これは試してみる価値がある。ただ今日は酒盗が手元にないから、また次回、ということになるが。

次に「和尊」を飲みながら、食べてみると、こちらのほうがさらに相性がいいように感じた。クリームチーズのなめらかさが、「和尊」のソリッドな部分にうまく作用して、なんとも言えないまろやかさを生むのである。塩味が泡盛の尖った部分を丸くすることは、経験上知っているが、クリームチーズのなめらかさがこんなにうまくそれを丸め込むとは。少し考えればわかりそうなものだが、私には想像力が足らないのだな。

ただし、クリームチーズをストレートで、となると、やはり物足らない。全体として味が薄くなってしまう。チーズそのものをつまみにする場合は、もう少し個性の強いもののほうがよいだろう。これは改めて言うほどのことではなく、アルコール度数の高い酒を飲む際の、基本的なセオリーだ。アルコール分がチーズの強い個性、人によっては苦手だと感じる「クセ」を、ちょうどいい具合に和らげてくれる。酒の個性とチーズの個性、このバランスに注目し、うまく整えてやることこそが、酒とチーズを合わせる際のコツであろう。

さらに考えると、クリームチーズとアンチョビ、酒盗の割合を変えることで、酒とつまみのバランスを整えることが可能であるような気がする。割合については、まだまだ研究の余地はあるが、この組み合わせには無限の可能性があるのではないだろうか。マイルドなものから、ハードなものまで、多くの酒に合わせることができるはず。もちろんこれを何に塗るか、何に載せるか、によっても大きく変わってくる。

またこれは、ふと思いついたことに過ぎないのだが、泡盛にヤギの乳から作られる、ゴートチーズを合わせる、なんていうのはどうだろう。沖縄にはヒージャー汁という、ヤギの肉を使った郷土料理がある。地元にも苦手な方がいるというくらい、クセの強い料理であると言われているが、酒のシメとして食されることも多いと聞く。泡盛とヤギの乳から作られたチーズ、いわばヒージャーチーズである。なかなか面白そうな組み合わせじゃないだろうか。もちろん合わせる泡盛は、風味が強ければ強いほどいいだろう。

続いてイチゴを洗い、「御酒」と合わせてみる。ごくりと一口飲み込んで、口の中に余韻が残っているうちに、ガブリとかぶりついた。大粒の、甘みの強いイチゴだ。ほのかな酸味も感じられる。「御酒」をさっぱりと飲みたいのなら、断然こっちかもしれない。「フルーティ」と言われる酒であっても、原料はやはり米。甘さの質にも、強さにも、大きな違いがある上に、泡盛の味には、酸味がほぼ含まれていない。そこにやや酸味を感じられるフルーツを合わせることで、見事な調和が生まれるのだ。タイプや強さの異なる甘みが、余韻をより複雑にしてくれる。イチゴの味が口の中から消えかけたところで、もう一度「御酒」を口に入れてみた。すると、ファーストコンタクトの印象が、よりはっきりしたように感じられた。うん、これはいいぞ。「御酒」という酒はとにかく、ファーストコンタクトの印象が素晴らしいのである。当然、他の泡盛と同じように、杯を重ねるにつれうまさを増す、といった特性は持っているが、この酒については、ファーストコンタクトの印象に注目したい。素早く立ち上がる香り、やわらかい刺激、さわやかな甘みの、膨らみと丸まり。それらがゆるやかに収まり、やがて訪れる静かな余韻。そこにイチゴだ。

味覚をリセットする、という意味で、イチゴを食べる代わりに水で口を洗い、そこに「御酒」を入れてみたが、不思議なことに水で洗った場合より、イチゴを食べた場合のほうが、よりファーストコンタクトの印象を新鮮に感じられた。これは一体、どういうことなのだろう。わからなくてもいい。酒がうまくなるのならば、それでいいのである。

ただし、イチゴがベストであるか、というと、もしかしたらもっと相性のいいものがあるかもしれない、とも思う。ここも研究が必要だな。

一応と言おうか、ついでにと言おうか、「和尊」でもイチゴを試してみた。こちらも悪くはないけれど、「御酒」ほどぴったりとは来なかった。「和尊」は、ファーストコンタクトのフレッシュさを保とうとするより、ある程度おさえてやるようにしたほうが、味の分厚さがより際立つのではないだろうか。

翌日から店を開けた。いつものルーティーンをこなし、カウンターの中でお客さんを待っていると、やはりここが自分の収まる場所なのだと感じた。今日は雨が降っている。店は暇かもしれない。

夜の十時を少し超えた頃、上原さんがやってきた。

「この間お店に来たら、仕入れと研修のためにお休みをいただきます、って張り紙がしてありましたけど、どこに行っていらしたんですか？」

「すみません、せっかく来ていただいたのに休んでおりまして。実は沖縄に行って、泡盛を沢山飲んできたんです」

「もしかして、僕の祖父のために？」

「もちろんそれもありますが、私自身も一人のバーマンとして、また、酒飲みとして、泡盛に興味を持ったんですよ。いい機会を下さって、ありがとうございました」

「ありがとうなんて言われると、困惑しちゃうなあ。あの後、無理な相談をしてしまったんじゃないかと、後悔していたんです。それで、最高の泡盛は見つかりましたか?」

「それが、最高の泡盛が見つかり過ぎて、困っているんですよ。すべてを飲めたわけではないんですが、飲む酒すべてがうまくて」

「ははは。マスターは本当に酒がお好きなんですね」

そう言うと上原さんは愉快そうに、グラスの酒を飲み干した。

「お代わりは、ザ・グレンリベットでよろしいですか?」

「いやあ、僕も泡盛が飲みたくなっちゃったなあ。なにかいいの、仕入れて来られたんでしょう?」

「宅配便で色々送ったんですが、まだ届いていなくて、鞄に入れて持ち帰って来た分が何本かあるだけですけど、よろしければご馳走しましょうか。店のボトルではないので、お代は結構ですから」

「いいんですか? なんだか申し訳ないな」

「もうすでに大分飲んでしまったボトルもありますし、まあ、お味見と勉強ということで。それに私の目を泡盛に向けさせて下さったのは、上原さんですから、そのお礼に、いや、お礼にもなりませんか。とにかく、どうぞ。上原さんにぜひ、飲んでいただきたい酒があるんです」

ショットグラスに「御酒」を注いでお出しする。グラスを鼻に寄せた上原さんが、胸の奥まで香りを吸って、ゆっくりと吐き出した。グラスが口元へ。いよいよ上原さんと「御酒」の、ファーストコンタクトだ。

「うまいですね。泡盛って、こんなに繊細な酒だったのか」

「お口に合いましたか。それはそれは」

カクテルグラスに、カットしたイチゴ、キウイフルーツ、オレンジを盛りつけ、ピックを添えてお出しする。ごく小さな、フルーツの盛り合わせ。簡単なものではあるけれど、うちでは意外と人気のあるメニューだ。やや飲み過ぎた際に、酔いざましとして召し上がる方や、スピリッツをストレートで飲む際に、チェイサー代わりにされる方が多い。

「へえ、フレッシュなフルーツを泡盛のつまみに。あまりそういうイメージがないですけど、こんな飲み方があるんですね」

「フレッシュなフルーツというと、カクテルのイメージが強いでしょうけど、実はスピリッツ系の酒にもよく合うんですよ。特に相性がいいのはラムでしょうか。たまに、ビールに合わせられる方もいらっしゃいますね。泡盛ではどうでしょう、あまり一般的ではないのかもしれませんが、この酒にはぴったりくると思います。ぜひ、お試し下さい」

ショットグラスを口元に運び、手首を返してくぃっとやると、上原さんはオレンジをチョイスして、口に入れた。

「うん、おいしい。酸味がさわやかでいいですね」

「日本酒には酢の物が合いますでしょ？　ですから理屈の上でも、泡盛にすっぱいものが合うのは当然なんですよ。同じお米を原料とする酒ですし、どちらの味にも、酸味が含まれていませんので、それを足してやることで、味わいがより複雑になる、というわけです。ただし、ファーストコンタクトがソリッドなタイプですと、フルーツのやさしい酸味や甘みでは、太刀打ちできないかもしれませんね。やわらかな口当たりと、繊細な甘みを持つこの酒だからこそ、ぴったりくるのだと思います。沖縄では水割りにシークワーサーの果汁を足して飲んだりしますので、果汁を絞って入れたり、カクテルに仕立てたりすれば、ソリッドなタイプのものにも、きっと合うんでしょうけど」

満足そうに頷いて、上原さんはまた「御酒」を口に含んだ。キウイを口にして、「これもいいな」、イチゴを口にして、また飲んでは、「うん、酒の味がフレッシュになりますね」。私はこんな時間が一番好きだ。うまそうに、楽しそうに飲むお客さんを見ている、こんな時間が。

「これなら、きっと祖父も喜びますよ。そうだ、来週の土曜に、祖父ちゃんを連れて来よう。マスター、二名で予約を入れておいて下さい。大丈夫ですよね？」

「予約は大丈夫ですが、たしかカジマヤーのお祝いは、旧暦の九月だとおっしゃっていませんでしたか？」

「そうですよ。でも、早く飲ませてあげたいんです。この間祖父にマスターのことを話したら、すごく嬉しそうにしていたので」

　ご期待に添えるかどうかはわかりませんが、と伝えたつもりだが、やはり期待をされていたのか。しかしそれは、上原さんが私を信頼してくれているという証でもある。あの時はがっかりさせてしまったが、今度こそは期待に応えて差し上げたい。

「わかりました。では来週の土曜、予約を入れておきましょう」

「よろしくお願いします」

「ただ、まだ完全ではありません。先ほども申し上げたように、すべてを飲めたわけではありませんし、最高の泡盛が沢山見つかり過ぎたので、どれをお祖父さまにお出しすればよいのか、決めかねているんです。やはり酒というのは嗜好の問題が大きいですし、私や上原さんにとって最高である酒が、お祖父さまの最高の酒になるとは限りません。よろしければ、お祖父さまのことについて少々聞かせていただけませんでしょうか。酒を選ぶための、参考にしたいんです」

「僕はこれで充分ですけど、マスターはもっと深いところまで考えているんですね。わかりました。なんでも質問して下さい」

聞きたいことは沢山ある。まずはメモの用意だ。

「それではまず、お祖父さまは現在、どんなお酒を、どれぐらいの量飲まれていますか？」

「昔は相当強かったようですけど、もう高齢なので、今は晩酌に、ウイスキーの水割りを一杯ですね。缶ビールを一本、という日もあります」

「泡盛は飲まれないんですか？」

「飲んでいるところは見たことがありません。今では外に飲みに行くこともないし、もう随分長いこと飲んでいないんじゃないでしょうか。わが家は祖父も、父も、私も、皆ウイスキー党なんです」

「お祖父さまが東京に来られたのは、戦後ですか？」

「そうです。最初は川崎にいて、それから自分で商売を始めて、東京に」

「ご出身は本島ですか？」

「本部半島の、今帰仁村ですね。それにしても、こんな細かいことまで。マスターの執念、といっては失礼か、情熱が伝わって来るようです」

「いえいえ、執念でしょう。私は自他共に認める、酒バカですから。それでは……」

それからもしばらく質問を続けた。酒を楽しみにいらっしゃった上原さんには、いささかご迷惑だったかもしれないけれど、これもお祖父さまにうまい酒を飲んでいただくため。

ご勘弁願いたい。

8

午前二時ごろに店を閉め、店の厨房でつまみを拵え、カウンターで飲む、これを連日、夜明けまで繰り返した。まだまだ泡盛文化のほんのさわりを知ったに過ぎない私にとって、これもまたいい経験であった。

沖縄から宅配便で送ったのは四合瓶と三合瓶で、数は合わせて五十本ほど。一度も飲んだことのない酒から順に飲んでゆき、系統別といおうか、似た方向性の酒ごとに分類し、すでに飲んだことのあるものと合わせて、似たもの同士で比較する、という方法で試飲を繰り返した。気がつくと、毎日ベロベロ。自宅に戻って眠り、起きたら営業で使う分と、試飲で使う分の食材を合わせて購入し、店へと向かう。それからは、開店前のルーティーン、営業、終了後はまた試飲。

広くて深い泡盛文化。手元にあるのは、わずか五十アイテム。それでも、現時点でやれることはすべてやったつもりだ。そうは思っても、予約の時間が近づくにつれ、緊張が高まってくる。「いえ、まだまだですので」とお断りすればよかったのだろうか。「カジマヤーのお祝いをする日までには、間に合わせますから」と時間をいただけばよかったのだろうか。いや、違うのだ。すでに私は上原さんとお祖父さまに、うまい泡盛を飲んでいただきたいという思いを、抑えられないでいる。そうなのだ。これは私自身の欲望なのだ。ただ、唯一の救いは、広い泡盛文化のほんの一片を垣間見(かいまみ)ただけなのに、そこにも様々な個性を持つ酒が入り混じっており、豊かで、深みのある世界が形成されていたことだ。すべてを知ることはできなくとも、やり方次第で上原さんとお祖父さまに、うまい酒を飲んだ、という満足感を提供することはできるはず。

　予約の時間を少しだけ過ぎたころ、ドアが開いた。

「いらっしゃいませ。お待ちしておりました。さあ、どうぞ」

　仕事帰りに寄って下さる上原さんは、いつもスーツ姿。今日はセーターにやわらかいジャケットを羽織っていらっしゃるせいか、表情もいくらかやわらかく見える。左手に杖(つえ)を持ち、右手を引かれて入って来られたお祖父さまも、なかなかに素敵なジャケットを着ている。このファッションセンスは、上原家に代々受け継がれてきたものなのだろうか。素敵なお祖父さまと、素敵なお孫さんだ。

「初めまして。『Cheek to Cheek』のマスターこと、阿部でございます。今日はようこそお出かけ下さいました」

「孫からお噂は聞いていますよ。今日はよろしくお願いしますね」

気品を感じるほどに美しく、柔和な笑顔。お祖父さまが本物の紳士であられることが、一瞬にしてわかった。気取るのは容易いが、美しく微笑むのは難しいことである。

「今日はお任せということで、いいんですよね？」

「はい。お任せ下さい。私なりに研究を重ねてきましたので」

一杯目は、かねてから決めていた通り、瑞泉酒造の「御酒」。ショットグラスに三分の一ほど「御酒」を注ぎ、常温のナチュラルウォーターを同量加えて、お二人の前にそっと差し出す。

「いい香りだ。もしかしてこの間の？」

「ええ。まずは先日お試しいただいた、瑞泉酒造の『御酒』を、小さなトワイスアップでどうぞ。こちらは、昭和十年ごろに沖縄で採取された黒麹菌を使って造られた、珍しいお酒です。古い菌を使っているんですが、現代の技術によって、非常においしく出来上がっておりまして。お祖父さま、立派になられた古いご友人のお姿を、どうぞお楽しみ下さい」

一度小さく頷くと、お祖父さまは大きく香りを吸って、「懐かしいなあ」と目をつむった。

「あ、この間よりおいしいですね。トワイスアップ、正解ですよ」

お祖父さまより先に口をつけられた上原さんが、満足そうに言う。どうやら、気に入っていただけたようだ。

「ありがとうございます。トワイスアップはウイスキーのテイスティングにも使われているように、お酒の味がよく引き出される方法です。特に『御酒』は、口当たりがやわらかいので、通常の水割りよりも濃くしたほうがよろしいかと思いまして。また、常温を保つことで、香りが立ちやすくなりますしね」

　通常はテイスティング用のグラスで楽しむことの多いトワイスアップ（常温の水と酒を一対一で合わせたもの）を、ショットグラスでお出ししたのは、お祖父さまの酒量が現在、ウイスキーの水割り一杯程だと伺ったからである。シングルサイズのショットグラスの容量が、四五CC。トワイスアップに使用されることの多い、モルトウイスキー用のテイスティンググラスの容量が一五〇CCから二〇〇CCであることを考えると、三杯から四杯飲んでいただける計算だ。

「祖父ちゃん、どう？」

「今の泡盛は、ハイカラだな。沖縄も随分発展しているんだね」

　お祖父さまは舐めるようにして、少量口に含んでは頷き、口に含んでは頷き、ゆっくりとしたペースで「御酒」を楽しまれている。私もどれぐらいの歳まで生きられるかはわからないが、将来どう酒と付き合うか、ということについて、時々考えることがある。この飲み方、参考になるかもしれない。酒をゆったりと楽しめるようになれば、きっと酒との付き合いも、長く続けられるだろう。

予め用意しておいたつまみをお出しする。イチゴをジャムになる少し手前、粒の形がやや残る程度まで砂糖で煮て、レモン汁を加え、クリームチーズと混ぜ合わせたものだ。これをクラッカーなどにつけてもおいしいはずだが、お祖父さまはあまり堅いものは食べられないと伺っている。そこで今日は、耳を取り、四つにカットした食パンに塗ってお出しすることにした。トーストはしておらず、使用しているのは、トーストをせずに食べたほうがおいしいと評判の、とある有名店の食パンだ。サンドウイッチにちょうどいいぐらい、スライスされた状態で販売されているものなら、十枚切り程度の厚さにしてある。皿の上には食パンと共に、薄くスライスしたフレッシュなイチゴ、キウイ、リンゴを飾りつけ、お好みに応じてイチゴ入りのクリームチーズを塗ったパンに載せるなり、そのまま食べるなりしていただけるように、ピックを添えてある。どのように食べていただいても、「御酒」との相性は悪くないはずだ。

「うん、どれもいいですけど、僕はリンゴを載せたのが好きですね。しゃきっとした歯触りもいいですし、一番すっきりしていて。祖父ちゃんはどう？」

「なにも載せないのが一番いいかな。食べやすいしね」

咀嚼（そしゃく）のしやすさは、各々が感じるおいしさに直接的に影響を及ぼすはずだ。堅いものは食べられないと聞いていたが、それがどの程度なのかがはっきりとわからなかったために、完熟のキウイ、イチゴ、リンゴと、堅さの異なるフルーツを三種用意したけれど、お祖父さまには食パンにクリームチーズを塗っただけの状態のものがちょうどよかったのだろう。しかし、フルーツを添えたことは無駄ではなかった。見た目も華やかになるし、上原さんにも気に入ってもらえたのだから。

お祖父さまはゆっくりとではあるが確実なペースで、「御酒」を飲み進めていく。上原さんのグラスは、すでに空いている。そろそろ次の一杯をご用意しようか。

冷凍庫から、予め立方体にカットしておいた氷を取り出して、アイスピックで丸く削る。通常は開店前に削って用意しておくのだが、今日はショーの要素も兼ねて、お二人の目の前で。私の場合二つ削るのに三分ほどかかる。特別に早いということもないが、修業時代にも杉本さんから、「氷を削るのだけはうまいな」とよく褒められた。だから出来上がりには少々自信がある。お祖父さまも私が氷を削る様子を、興味深そうに見つめてくれている。

出来上がった氷は、オールドファッショングラスへ。二杯目はオン・ザ・ロックで飲んでいただく。もちろん、チェイサーを添えて。

「お次はこちらをどうぞ」

「ほんのりと琥珀色をしていますね。ウイスキーですか？　それにしてはちょっと薄いか」

「こちらも、れっきとした泡盛ですよ。今帰仁酒造の『千年の響(ひびき) 四十三度』です。泡盛は甕で貯蔵されることが多いですが、こちらは色を見てもわかるように、樽で貯蔵されたものなんですよ。お祖父さまが今帰仁村のご出身であり、ウイスキーがお好きであると伺っていたので、こちらをチョイスさせていただきました」

「そうでしたか。ありがとうございます。祖父ちゃん、嬉しいね」

「ああ、ありがとう。これは、おいしいだろう。見ただけでわかるよ」

ウイスキーが好きな人にとって、琥珀色というのはやはり特別なのである。なんて偉そうなことを言っているが、これは宮里さんのやさしい心遣いによって気づかされたことだ。ウイスキーに比べると、樽貯蔵であっても泡盛の色は薄い。これは酒税法の中に、泡盛の場合は着色度を0・08以下にしなくてはならないという規則があるからだ。そのため、樽で貯蔵したものに無色透明な泡盛をブレンドしたり、貯蔵の途中でステンレスタンクに移したり、といった工夫が行われている。また、色だけではなく、ほんのりとオークの香りがするところも、ウイスキー好きにはたまらないところだ。

「う〜ん、オーク香の奥から、麹の香りがほんのりと立ち上がってきます。いいバランスだ。ほう、味の変化が速いですね。最初は鋭いけれど、すぐに甘みが立ち上がって来る。それに、鋭さはあるけれど嫌味や飲みにくさはなくて、むしろマイルドに感じるな。甘さも決して強くはないのに、しっかりと感じられる。これはうまい酒だ。ねえ、祖父ちゃん、祖父ちゃんの故郷の酒は、すごいね」

「うん。わたしの故郷は、とってもいいところなんだよ」

「ちょっと失礼します」

厨房に引っ込んで、鍋を火にかけ、用意していたつまみを温める。小皿に盛りつけて、クレソンを添えて、お二人の前へ戻った。

「牛こま肉の泡盛煮です。どうぞお試し下さい」

泡盛と肉の相性の良さについては語るまでもない。それも沖縄料理が一番であるように思う。だから最初は、レギュラーメニューとしては難しいとしても、特別メニューとして、ソーキ、テビチ、ラフティなどを作ろうか、とも思ったのだが、うまく煮られる自信がないし、そもそもお二人は、食事をすませてから来店されるとのことだったので、あまりヘビーなつまみは相応しくない。そこで、牛肉の赤ワイン煮をヒントに、牛肉のこま切れを泡盛で煮てみようと考えたのだ。牛肉のこま切れならば、肉の形状も薄く細かいので、お腹の具合と相談しながら、少しずつつまむにも都合がよいし、骨付き肉やブロック肉に比べて調理時間が短くて済むのも、一人で店を切り盛りしている身としては大きな利点だ。お祖父さまの故郷、今帰仁産のアグー豚でなく牛肉を選んだのは、豚と牛では脂身の質が違っているからだ。牛独特の臭みや脂身のコクが、「千年の響」の持つ、やわらかなオーク香にうまく作用するように思えたのである。ただし、もっと甘みや麹の香りがガツンとくるタイプの泡盛に合わせるのならば、豚肉のほうがいいかもしれない。

「うん、泡盛で煮ているからか、馴染みがいいですね」

「ありがとうございます。ワイン煮を作るような手順で、ワインの代わりに泡盛を入れてあるんですが、はちみつや砂糖で甘みをつけるところを、黒糖にしてあるんですよ。ちなみに黒糖は、今帰仁産のものを使っております」

今帰仁産の黒糖は、インターネットの通販で取り寄せたのだが、なんと注文をした翌日に届いた。恐ろしいほどに、便利な時代である。黒糖というと、ブロック状のものをイメージしがちだが、料理に使うならば粉末状になっているもののほうが溶けやすく、使い勝手が良い。

「へえ、そんな細かいところまで配慮していただいて。さすがマスターだな。参りました」

参りました、なんて言われると、困惑してしまう。那覇のバーで食べた枝豆。一見普通の枝豆だが、沖縄産の塩を使うという、細やかな配慮。あれを真似しただけだ。いわば二番煎じ。もしくは、パクリ。

肉と泡盛を合わせる、もしくは脂と泡盛を合わせる場合、もっともぴったりくるのは水割りであると、色々飲むうちに感じた。だからこの「千年の響」も、水割りでお出ししてみようと思ったのだが、ファーストコンタクトの鮮やかさとやさしさ、味の変化の速さ、繊細な甘みの、絶妙な立ち上がり方などから、どうしてもオン・ザ・ロックで飲んでいただきたくなったのである。ちなみに、肉を煮る時に使ったのは、同じ今帰仁酒造の「美しき古里　淡麗三十度」。これが正解であるとは断言できないが、きっと同じ蔵元の酒であれば馴染みがいいだろう、と考えたのである。

さて、そろそろお祖父さまのグラスが空く。最後の一杯を準備しようか。

壺屋で買った、カラカラとチブグヮー。最後はこれで飲んでいただこう。

「そろそろ、極めつけの酒をお出しいたしましょうか」

「えっ、まだこの先があるんですか？」

「もちろんですとも。山川酒造『長寿伝説　ゴールド』でございます。どうぞ、お試し下さい」

私の手で、二つのチブグヮーに注いで差し上げる。甘いような、苦いような、豊かで、やさしい香りが、ぷうんと立ち上ってくる。上原さんの目が、トロン。お祖父さまの目も、トロン。私の目も、おそらくトロン。

「この香り、どこかで嗅いだ事があるな。なんだろう？　祖父ちゃん、わからない？」

「わからないな。でも、わたしも知っているような気がする」

冷蔵庫から生チョコレートを取り出して、お二人の前に差し出す。上原さんが鼻を寄せて、その香りを嗅ぐ。

「わかったよ、祖父ちゃん、これ、チョコレートだ。ねえ、マスター、似ていません?」

「蔵元の商品説明にも、カカオ豆のような香り、と書かれています。さすが上原さん、鋭いですね」

「なるほど、それでつまみもチョコレートなんですね」

チブグヮーの酒を舐めた上原さんが、生チョコレートを一粒口へ入れる。「うん、うまい」。それを見てお祖父さまも、酒を舐め、チョコレートを口へ。「うん、うん」。

どうやら私は、無事務めを果たすことができたようだ。

「このお酒の蔵元である山川酒造は、終戦の翌年に、古酒の復活を目指して創業されたそうです。今でもその理念は変わらず、二〇一七年には『かねやま一九六七』という五十年ものの古酒を、限定で五十本だけ発売したそうです。今お飲みいただいています『長寿伝説 ゴールド』は、五十年ものではありませんが、伝統的な仕次ぎの方法で十年以上熟成させた酒に、二十年以上の酒が入った、いわば正統派とも言える古酒。創業当時からの山川酒造の夢が、見事に結実した証ともいえる逸品でしょう」

那覇の酒屋さんでこのボトルをみつけた時、ラベルの文字にピンと来た。カジマヤーを迎えようとする年齢でありながら、まだ酒を楽しめるほどの健康を保たれているお祖父さま。これぞまさに、「長寿伝説」ではないか、と。宅配便が届いた日に早速味見をしたところ、まったく申し分のない酒であった。豊かで、華やかな芳香、まろやかで芳醇な味わい、飲む前からうまく、飲んだ後までうまい。ありきたりな表現だが、これ以上の言葉を探すのは難しい。要するに、私が持っていたうまい泡盛のイメージを、すべての部分において、軽々と超越してくるような酒なのである。ただしこれは数量限定の品なので、いかにものがあふれた東京であっても、入手するのは難しいかもしれない。私が買った那覇の酒屋さんにも、これ一本しか残っていなかった。

「これが、正統派の古酒なんですね。舌触りは、なめらか、なんてものじゃない。うまい言い方が見つからないんですが、口の中が磨かれて、ぴかぴかになったような。いや、それだけじゃなく、舌の表面や唇をコーティングされたみたいです。飲んだ後もしばらく、うまさがそこに残っている、というのか、うまさのバリアで守られているよう、というのか。香りもそうです。なかなか途切れない。僕自身が、泡盛の中を漂っているようですよ。もう、ここを離れたくない、ずっとここにいたい、そんな気持ちになりますね」

「ははは。おまえもやっぱり、祖父ちゃんの孫なんだな」

「そうだよ。僕は間違いなく、祖父ちゃんの孫だよ」

申し上げるのも差し出がましいから黙っておくが、この生チョコレートは自家製。温めた生クリームに、砕いたビターチョコレートを入れて溶かし、そこに「長寿伝説　ゴールド」を少々加えてある。元々香りが長く続くタイプの酒ではあるのだが、もしかしたらこの生チョコレートが、そう感じる助けになっているかもしれない。

毎日水割りを一杯、という方が心地よく酔うことのできる酒量の限界は、その一・五倍から、せいぜい二倍というところではないだろうか。家で飲む時よりも外で飲む時のほうが、つい沢山飲んでしまいがちだけれど、それぐらいにとどめておくほうが、健康的にもいいはずだ。さすがにお祖父さまは、これだけうまい酒を目の前にしても、ご自分のペースを守っていらっしゃる。上原さんはどんどん飲んでいるけれども、まだお若いし、お酒にも強い方だ。これぐらいのペースがちょうどいいのだろう。各々が、各々のペースで、酒を楽しんでいる。

幸せそうだ。第一、酒がとてもうまそうだ。


店を閉めた後、杉本さんに電話をしてみた。

「まだ店にいらっしゃいますか？」

「さっきまでお客さんがいたからな。今片付けて帰ろうと思っていたところだ」

「今からそっちに行ってもいいですか？」

「お、とうとう小遣いをくれる気になったか」

「いえ、小遣いではないですけど、うまい泡盛をお持ちしようと思って」

「おお、おまえ、人間的に随分成長したな。いい心がけだ。すぐに来い」

タクシーを拾って、杉本さんの店へ。この時間なら、十分ほどで着く。杉本さんの店に行くのは、どれぐらいぶりだろう。一年か、いや、そんなにはならないか。でも、久しぶりであることは間違いない。たった十分で来られるのに。自分が修業をした、思い出の店なのに。師匠だって、まだまだ現役でいるのに。たまには仕事ぶりを見て、勉強をすべきなのに。

ただ、二人はほとんど同じ時間に、同じ仕事をしている。バーマンは、いくらお客さんが少ない日であっても、営業時間中はカウンターの中にいなくてはならない。忙しい曜日もほぼ同じなら、忙しい時間帯もほぼ同じ。定休日もそう。だからこの店に飲みに来たくとも、なかなか来られない、という事情もある。今日のように、店が終わってからお邪魔しようにも、きっと疲れているだろうな、とつい遠慮してしまう。その上私は恩知らず。いつも自分のことで手一杯で、師匠に対する気遣いもろくにできない、未熟者だ。でも、今日はどうしても、杉本さんと泡盛を飲みたい気分なのだ。無礼でも。図々しくとも。

店に入ると杉本さんは、カウンターの中にある、グラスを洗う流しの蛇口を磨いていた。この人は、こういうところまでしっかり磨かないと、気が済まない人なのだ。そんなところ、お客さんにはあまり見えないだろうと思うが、杉本さんの影響か、飲食店に入った時などに注意して見ていると、案外と蛇口が曇っている店が多い。気がつかなければなんてことはないのだが、気にしてしまうとたしかに、気持ちのいいものではない。

「今日も、歯ブラシと歯磨き粉で磨いているんですか？」

「そうだ、これが一番綺麗になるからな。すぐに終わるから、そこに座って待っていろ」

　カウンターの奥の棚に並ぶ酒は、うちの店とよく似ているが、この店のほうがちょっとだけ多い。店の面積も、ちょっとだけ広い。バーマンの腕も、ちょっとだけいい。つまりすべてにおいてこの店は、うちの店よりちょっとだけいい。

「いい店ですね」

「何を言ってるんだ。いい店だなんて、改めて言うまでもないだろう。いい店に決まっている」

「いや、つくづくいい店だなあ、と思って」

「おまえもようやく世辞を覚えたか。でも、お客さんには媚びるなよ。媚びるんじゃなくて、目の前の酒とお客さんに、熱中するんだ」

「それが、バーマンの誇り、なんですよね？　もう何百回聞いたかな」

「うるさいよ。何百回言ってもわかっていないようだから、親切に言ってやっているんだぞ」

「すみませんね。物覚えが悪くて」

蛇口を磨き終えると、杉本さんは水割りのセットを用意して、私の隣に座った。水割りで、とも言っていないのに、勝手に水割りの用意をするとは。まあ、そのつもりではあったけど。

「どんな酒を持ってきたんだ？」

「『琉球美人　三十五度』です。いやあ、沖縄での一夜が思い出されますね。楽しい酒でした。宮里さんは素晴らしい人だったし、清子さんはやさしくて、美人だったし。まさに琉球美人、って感じで」

「おい、何が言いたいんだ？」

「いいえ、別に。ちなみにこれは、ヘリオス酒造の酒ですからね。つまり、名護市生まれの琉球美人ですよ」

「おまえ、兄ぃになんか聞いたな？」

「なんにも」

宮里さんからは、「ワタシがしゃべったって言わないでね」と言われている。私は宮里さんを尊敬している。約束を破ることなんてできない。

「まあいい。とにかく飲むか」

「そうですよ。何も考えずに、うまい酒を飲めばいいんです。私たちはただの、酒飲みなんですから」

「そうだな。店が終われば、おれたちはただの酒飲みだ」

こんな風に二人で飲む時は、いつも私が水割りを作る。水割りには酒を扱う技術の基本が詰まっている。酒と水のバランスのとり方、氷の扱い方、ステアの技術。一連のスマートな所作もそうだ。満足に水割りを作れない者に、うまいカクテルは作れない。

「うん、うまい。でも、兄ぃの水割りには敵わないな。この間はおまえというお客さんがいたからか、やってくれなかったけど、あの人は酔っ払ってくると、水割りをマドラーじゃなく、指でかき回して作るんだ。ががががって、氷を入れて、じゃじゃじゃじゃって酒と水を入れて、指でくるくるってな。それがなぜか、うまいんだよ」

小手先の技術では、どうしても追い越せないものがある。身体に沁み込んだものの迫力、と言おうか。大地から力強く芽生え、風や太陽によって育まれてきたものの強さ、と言おうか。歴史を背負ったものの奥深さ、と言おうか。修業や鍛練は、それを圧縮し、効率的に模倣したものに過ぎない。だが、それを続けていくことで、限りなく本物に近づけるかもしれない。またそこから、自分の道を見出すことができるかもしれない。

「どうですか、『琉球美人』は」

「これもいい酒だな。香りもよく立つし、三十五度あるとは思えない程にすっと入っていくが、しっかりとした存在感がある。しなやかでありながら、力強い」

「琉球美人、お好きですか？」

「うん、好きだな」

「やっぱりな」

「だからおまえは、何を言いたいんだ？」

「別に。そうだ、これも飲んでみませんか？」

バッグからボトルを取り出して、カウンターの上に置いた。「赤の松藤」である。

「ほう、黒糖酵母で造られた泡盛か。おまえが沖縄で言っていたやつだな」

「そうです。ところで、この『松藤』という名前の由来、知っています？　崎山酒造廠二代目の崎山起松氏と、その妻藤子氏の名前から一字ずつ取って付けられたんですよ」

「そうか。夫婦円満の酒、というわけだな」

「ええ。ですから、これは私からのメッセージとして、ぜひお飲み下さい。奥さまにも随分お世話になっていますからね。でも、この間は清子さんにも親切にしてもらったしな。まあ、つらいところですわ」

「くそう、やっぱり兄ぃ、なにか言ったな」

「そんなの、言われなくとも、見ていりゃわかりますよ」

「余計な勘ぐりは止せよ。昔の話だからな。それから、カミさんには黙っておけ。誤解を生むといけないから」

「わかっていますって。そうそう、これ作って来たんですよ。きっと泡盛に合うんじゃないかと思って。酒盗のクリームチーズ和えです」

密閉容器のふたを取って差し出すと、杉本さんは匂いを嗅いで、「うん、これはいいかもしれんな」と唸(うな)るようにつぶやいた。

クリームチーズのなめらかな舌触りと、酒盗の塩気、魚の風味。水割りにもいいけれど、これはカラカラとチブグヮーで、古酒をちびちびやるにもいいかもしれない。いくらでも飲めそうだ。

「琉球美人」を飲み終えたら、「赤の松藤」を、「赤の松藤」を飲み終えたら、「琉球美人」を、といった具合に、交互に飲み進める。どちらもうまい。泡盛っていい。酒っていい。

ああ今日も、うまい酒を飲んでいる。

解　説

太田和彦

東京でバーをやっている主人公は、客から、沖縄出身の祖父が、沖縄の風習の九七歳の祝い「カジマヤー」を迎えるので最高の泡盛を用意してほしいと言われ、四泊五日で沖縄に行き、多くの蔵を巡って勉強する。そして持ってきた品で迎える。

小説体になっているが、登場する蔵や銘柄はすべて実在のもので、その取材を主人公に語らせたルポルタージュだ。読み終えると泡盛を飲みたくなる。

＊

私も泡盛は大好きだ。はるかなる昔、沖縄に初めて行ったとき飲んだそれは、他の酒とはまるでちがった。大地に根ざした深い旨味（うまみ）、野性味を秘めた温かみのある包容力、じんわり効いてくる酔い心地、円熟した酒としての底力に魅了された。酔い心地は、哀愁をたたえる三線（さんしん）の音色にのって踊るカチャーシに導き、それはまさしく、他人を迎え入れて難しいことは言わない「テーゲー精神」、つまりは沖縄の風土と人々そのものであった。風土とこれほど結びついている酒はないと思った。

たびたび通ううちに、気に入りの店もできた。

敗戦後のアメリカ軍占領が続いた後、本土復帰の年昭和四七年に創業した、那覇国際通り端の居酒屋「うりずん」は、昔のままの木造二階家で何十年ものの泡盛古酒（クース―）の甕をいくつも守る。沖縄では子供が生まれると新酒を甕に保存し、結婚のときにそれを開ける。また甕で古酒にするが、味見するとうまくてつい飲んでしまい、そのぶん新酒を注ぎ足す「完成なき古酒」で、それぞれの家に自慢があることなどをここで教わった。ずいぶん前、東京の新丸ビルに支店ができたときは初日に駆けつけ、沖縄の友人たちに会えたのもうれしかった。もちろんその夜は三線が響き、カチャーシが踊られた。

那覇・竜宮通り社交街で最も古い「小桜」は全国の泡盛ファンの集う店。気取りのない店内を埋め尽くす客のポラロイド写真と、最高の「豆腐餻」が名物。ここで、泡盛古酒に生まれる香りは「バナナの醱酵臭」と表現すると教わった。

泡盛にはもちろん沖縄料理が合う。深夜ちかくにようやく開店する那覇の「おでん東大」の沖縄おでんは昆布とテビチが主役で、昆布は一口ずつ巻いたりせず、長いまま雄大に泳ぐ。そのおいしさに無我夢中でテビチを食べ切り、その後を泡盛が「どうです、うまいでしょう」と言うように口中を満足感で満たす。ここでは東京の知り合いにずいぶん出会った。

泡盛のカクテルがうまいと聞いて訪ねたバーは、市内からはずれた民家アパートの二階で、表札があるだけの普通の玄関。泡盛とトマトジュースにコーレーグースで辛みをつけた「泡盛ブラディマリー」は、蒸留酒である泡盛の酒としての底力を感じさせた。石垣島の「森の賢者」は、本土出身の若夫婦が島で居酒屋を開こうとしたが簡単にはゆかず、夫は土木現場、妻は泡盛の蔵元「請福（せいふく）」の営業で何年も働いて資金をつくり、島の人にも信用されていった。その恩義を忘れず不動の「森の賢者オリジナル泡盛」は請福。それを使った様々な薬用酒も力を入れ、氷と混ぜるマドラーは備長炭の小枝を使う。

宮古島「ぽうちゃたつや」の主人は、東京でながく日本料理を学んだが、それによりかえって沖縄料理の深さを知り、地元の人に「煮るだけさあ」と言われた「クブシミ（甲イカ）煮」の完成に二年をついやした。神奈川出身でこの島に惚（ほ）れて来た美人奥様の泡盛は、身も心も癒しに導く。

＊

酒は種類により酔い心地がちがう。

ビールはアルコール度五度と薄いので、大ジョッキでゴクゴクと飲めて、スカッと痛快愉快な気分をつくり、話題もスポーツなど健康的。不動の肴（さかな）は鶏唐揚げと餃子。男も女も、ビールで気取っても始まらない賑（にぎ）やか酒で、大勢で飲むのにぴったりだ。飲みすぎると寝てしまう。

ウイスキーはこの逆。四〇～四五度と、アルコール度の高いのをちびちびやり、飲むと理屈っぽくなるのが特徴で、何か議論をしたくなる。ために作家のインタビューや、対談を盛り上げるにはウイスキーがいい。男と男にウイスキーは似合うが、男と女では話が難しくならないように気をつけないといけない。女同士でウイスキーを傾けていたら近寄らないほうが安全だ。肴はいらない。あっても豆くらい。銘柄や年代物などのうんちくが多いのも理屈で飲むゆえか。飲みすぎると頭が痛くなる。

ワインは、一三～一四度くらいでさらりと飲め、ビールの笑いや、ウイスキーの議論ではなく、女性を口説きたくなる囁（ささや）き酒だ。したがって男同士でワインを飲んでいるのはどこかヘンな気がする。麦、米などの穀類ではなく、果物のぶどうから作るワインは酒としては頼りなく、やはり食事の合間をつなぐ脇役の印象だ。しかし世にワインこそ至高の酒とする人は多く、私はワインの良さを知らないのだろう。

日本酒は一五度ほど。飲むとおいしいものを食べたくなる。美食が合う酒なのは、日本人の主食たる米でできているためで、和食以外もどんな料理でも引き受ける。また、酒を美味くするのが役目の「珍味」というジャンルがあるのも日本酒の特徴で、他の酒にはこういう専門的脇役はない。ちなみに〈うに・からすみ・このわた〉を三大珍味と言う。飲んでゆくと、「オレもお前も、同じ人間じゃないか」と気分は情に傾き、腹を割った気持ちにさせる。男と女が気持ちを裸にして本音で飲むには最適だ。

蒸留酒の焼酎は三五度くらいで、理屈も人情も卒業した「達観の酒」。もう何も考えていない無の境地になれる。肴も凝ったものよりは、沢庵（たくあん）の尻尾とか煮干しとか、つまらないものが合う。人生経験を経て、食欲も、女性を口説く覇気もなくなってきた中高年から焼酎派が増えてゆくのも、むべなるか。しみじみとお湯割り焼酎を飲んでいる人に話しかけてはいけない。

では泡盛はどうか。

泡盛を味わっていると、人の温かさに思いが至り、相手を肯定する気分になってくる。その気分は言葉ではなく、カチャーシ、皆で立ち上がった踊りになって現れる。踊る人同士に言葉はいらない。世界に、飲むと悠然と立って踊りたくなる酒はあるだろうか。言葉は所詮、理屈。そうではなく、身振り、踊りで幸福感を表す解放感はすばらしい。家でひとり、泡盛を味わっていてもそういう心になれる。

＊

久米島（くめじま）、波照間島（はてるま）、沖永良部島（おきのえらぶ）……。沖縄はどこの島に行っても、しっかりとその島だけの泡盛があり、皆個性的なのは、海を隔てた島同士の往来が難しかったためだろう。必ず来る台風は島を孤立させ、自分たちを自分で守る独立心となる。

また辺境の地ゆえに来島者をうれしく迎える気持ちがある。離島のみならず本島でも、日本政府がこれだけ沖縄を捨て石に、ないがしろにしているにもかかわらず、訪ねた我々を温かく迎えてくれる。そしてそれは歌を、踊りを生む。

私は日本中の居酒屋を巡って土地と酒の関係を見てきたが、沖縄の泡盛ほど、風土人情と密接につながり、「命の水」として日常的に在る酒はなかった。まさに坂口謹一郎博士の言葉「君知るや名酒泡盛」の通りだった。

泡盛が好きな人はいい人だ。泡盛好き同士は気心がわかり、嫌な奴はいない。泡盛好きは相手の良いところを見つけようとしてくれる。自分もそうなる。泡盛好きの女性は男をおっとりと温かく包んでくれ、口説こうという下心よりも人間として好きになる。

主人公が用意してきた泡盛を飲んだ九七歳の老人もやはりこの心境になっただろう。自分の故郷に思いを馳せ、それまでの人生を肯定したことだろう。

（おおた・かずひこ　デザイナー、作家）

本書は、集英社文庫のために書き下ろされた作品です。

本文デザイン／小川恵子（瀬戸内デザイン）
イラスト／進藤恵子

響野夏菜　ザ・藤川家族カンパニー　あなたのご遺言、代行いたします
響野夏菜　ザ・藤川家族カンパニー2　ブラック婆さんの涙
響野夏菜　ザ・藤川家族カンパニー3　漂流のうた
響野夏菜　ザ・藤川家族カンパニーFinal　嵐、のち虹
姫野カオルコ　みんな、どうして結婚してゆくのだろう
姫野カオルコ　ひと呼んでミツコ
姫野カオルコ　サイケ
姫野カオルコ　すべての女は痩せすぎである
姫野カオルコ　よるねこ
姫野カオルコ　ブスのくせに！　最終決定版
姫野カオルコ　結婚は人生の墓場か？
平岩弓枝　釣女　花房一平捕物夜話
平岩弓枝　女櫛　花房一平捕物夜話
平岩弓枝　女のそろばん
平岩弓枝　女と味噌汁
平松恵美子　ひまわりと子犬の7日間

平松洋子　野蛮な読書
平山夢明　他人事（ひとごと）
平山夢明　暗くて静かでロックな娘（チャンネー）
広小路尚祈　今日もうまい酒を飲んだ　～とあるバーマンの泡盛修業～
ひろさちや　現代版　福の神入門
ひろさちや　ひろさちやの　ゆうゆう人生論
広瀬和生　この落語家を聴け！
広瀬隆　東京に原発を！
広瀬隆　赤い楯　全四巻
広瀬隆　恐怖の放射性廃棄物　プルトニウム時代の終り
広瀬正　マイナス・ゼロ
広瀬正　ツィス
広瀬正　エロス
広瀬正　鏡の国のアリス
広瀬正　T型フォード殺人事件
広瀬正　タイムマシンのつくり方

広谷鏡子　シャッター通りに陽が昇る
広中平祐　生きること学ぶこと
アーサー・ビナード　出世ミミズ
アーサー・ビナード　空からきた魚
マーク・ピーターセン　日本人の英語はなぜ間違うのか？
深川峻太郎　キャプテン翼勝利学
深田祐介　翼の時代　フカダ青年の戦後と恋
深谷敏雄　日本国最後の帰還兵　深谷義治とその家族
深町秋生　バッドカンパニー
深町秋生　オーバーキル　バッドカンパニーII
福田和代　怪物
福田和代　緑衣のメトセラ
福田隆浩　熱風
福本清三・小田豊二　どこかで誰かが見ていてくれる　日本一の斬られ役　福本清三
藤島大　北風　小説　早稲田大学ラグビー部
藤田宜永　はなかげ

集英社文庫　目録（日本文学）

集英社文庫　目録（日本文学）

堀江貴文　徹底抗戦
堀江敏幸　なずな
本上まなみ　めがね日和
本多孝好　MOMENT
本多孝好　正義のミカタ I'm a loser
本多孝好　WILL
本多孝好　MEMORY
本多孝好　ストレイヤーズ・クロニクル ACT-1
本多孝好　ストレイヤーズ・クロニクル ACT-2
本多孝好　ストレイヤーズ・クロニクル ACT-3
本多孝好　Good old boys
誉田哲也　あなたが愛した記憶
本多有香　犬と、走る
本間洋平　家族ゲーム
前川奈緒　深谷かほる・原作　ハガネの女
槇村さとる　イマジン・ノート

槇村さとる　キム・ミョンガン　あなた、今、幸せ？
槇村さとる　ふたり歩きの設計図
万城目学　ザ・万遊記
万城目学　偉大なる、しゅららぼん
益田ミリ　言えないコトバ
益田ミリ　夜空の下で
益田ミリ　泣き虫チエ子さん 愛情編
益田ミリ　泣き虫チエ子さん 旅情編
枡野浩一　ショートソング
枡野浩一　石川くん
枡野浩一　淋しいのはお前だけじゃな
枡野浩一　僕は運動おんち
又吉直樹　堀本裕樹　芸人と俳人
町山智浩　アメリカは今日もステロイドを打つ USAスポーツ狂騒曲
町山智浩　トラウマ映画館
町山智浩　トラウマ恋愛映画入門

町山智浩　最も危険なアメリカ映画
松井今朝子　非道、行ずべからず
松井今朝子　家、家にあらず
松井今朝子　道絶えずば、また
松井今朝子　壺中の回廊
松井今朝子　師父の遺言
松浦弥太郎　本業失格
松浦弥太郎　くちぶえサンドイッチ 松浦弥太郎随筆集
松浦弥太郎　最低で最高の本屋
松浦弥太郎　場所はいつも旅先だった
松浦弥太郎　いつもの毎日。衣食住と仕事
松浦弥太郎　日々の100
松浦弥太郎　松浦弥太郎の新しいお金術
松浦弥太郎　続・日々の100
松浦弥太郎　おいしいおにぎりが作れるならば。「暮しの手帖」での日々を綴ったエッセイ集
松岡修造　テニスの王子様勝利学

集英社文庫　目録（日本文学）

フレディ松川　老後の大盲点
フレディ松川　ここまでわかった ボケる人ボケない人
フレディ松川　好きなものを食べて長生きできる 長寿の新栄養学
フレディ松川　60歳でボケる人 80歳でボケない人
フレディ松川　はっきり見えたボケの入口 ボケの出口
フレディ松川　わが子の才能を伸ばす親 つぶす親
フレディ松川　不安を晴らす3つの処方箋 認知症外来の午後
松樹剛史　ジョッキー
松樹剛史　スポーツドクター
松樹剛史　GO-ONE
松樹剛史　エアエイジ
松澤くれは　りさ子のガチ恋♡俳優沼
松澤くれは　鷗外パイセン非リア文豪記
松永多佳倫　沖縄を変えた男 栽弘義――高校野球に捧げた生涯
松永多佳倫　偏差値70からの甲子園 僕たちは野球も学業も頂点を目指す
松永天馬　少女か小説か

松本侑子　花の寝床
モンゴメリ 松本侑子・訳　赤毛のアン
モンゴメリ 松本侑子・訳　アンの青春
モンゴメリ 松本侑子・訳　アンの愛情
丸谷才一　星のあひびき
丸谷才一　別れの挨拶
麻耶雄嵩　メルカトルと美袋（みなぎ）のための殺人
麻耶雄嵩　貴族探偵
麻耶雄嵩　あいにくの雨で
麻耶雄嵩　貴族探偵対女探偵
眉村卓　僕と妻の1778話
まんしゅうきつこ　まんしゅう家の憂鬱
三浦綾子　裁きの家
三浦綾子　残像
三浦綾子　石の森
三浦綾子　ちいろば先生物語(上)(下)

三浦綾子　明日のあなたへ 愛するとは許すこと
みうらじゅん　とんまつりJAPAN 日本全国とんまな祭りガイド
みうらじゅん 宮藤官九郎　どうして人はキスをしたくなるんだろう?
三浦しをん　光
三浦英之　五色の虹 満州建国大学卒業生たちの戦後
三浦英之　南三陸日記
三浦英之　水が消えた大河で ルポJR東日本・信濃川不正取水事件
三木卓　柴笛と地図
三崎亜記　となり町戦争
三崎亜記　バスジャック
三崎亜記　失われた町
三崎亜記　鼓笛隊の襲来
三崎亜記　廃墟建築士
三崎亜記　逆回りのお散歩
三崎亜記　手のひらの幻獣
水上勉　故郷

集英社文庫　目録（日本文学）

水上勉　働くことと生きること
水谷竹秀　日本を捨てた男たち フィリピンに生きる「困窮邦人」
水谷竹秀　だから、居場所が欲しかった。 バンコク、コールセンターで働く日本人
水野宗徳　さよなら、アルマ 戦場に送られた犬の物語
未須本有生　ファースト・エンジン
水森サトリ　でかい月だな
三田誠広　いちご同盟
三田誠広　春のソナタ
三田誠広　永遠の放課後
道尾秀介　光媒の花
道尾秀介　鏡の花
三津田信三　怪談のテープ起こし
美奈川護　ギンカムロ
美奈川護　弾丸スタントヒーローズ
美奈川護　はしたかの鈴 法師陰陽師異聞
湊かなえ　白ゆき姫殺人事件
湊かなえ　ユートピア
宮尾登美子　影絵
宮尾登美子　朱夏(上)(下)
宮尾登美子　天涯の花
宮尾登美子　岩伍覚え書
宮木あや子　雨の塔
宮木あや子　太陽の庭
宮城公博　外道クライマー
宮城谷昌光　青雲はるかに(上)(下)
宮子あずさ　看護婦だからできること
宮子あずさ　看護婦だからできることII
宮子あずさ　老親(ろうしん)の看(み)かた、私の老い方
宮子あずさ　ナースな言葉 こっそり教える看護の極意
宮子あずさ　ナース主義！
宮子あずさ　卵の腕まくり 看護婦だからできることIII
宮沢賢治　銀河鉄道の夜
宮沢賢治　注文の多い料理店
宮下奈都　太陽のパスタ、豆のスープ
宮下奈都　窓の向こうのガーシュウィン
宮田珠己　ジェットコースターにもほどがある
宮田珠己　だいたい四国八十八ヶ所
宮部みゆき　地下街の雨
宮部みゆき　R.P.G.
宮部みゆき　ここはボツコニアン 1
宮部みゆき　ここはボツコニアン 2 魔王がいた街
宮部みゆき　ここはボツコニアン 3 二軍三国志
宮部みゆき　ここはボツコニアン 4 ほらホラHorrorの村
宮部みゆき　ここはボツコニアン 5 FINAL ためらいの迷宮
宮本輝　焚火の終わり(上)(下)
宮本輝　海岸列車(上)(下)
宮本輝　水のかたち(上)(下)
宮本輝　いのちの姿 完全版

集英社文庫

今日(きょう)もうまい酒(さけ)を飲(の)んだ ～とあるバーマンの泡盛修業(あわもりしゅぎょう)～

2020年1月25日　第1刷　　定価はカバーに表示してあります。

著　者　広小路尚祈(ひろこうじなおき)

発行者　徳永　真

発行所　株式会社　集英社

東京都千代田区一ツ橋2-5-10　〒101-8050

電話　【編集部】03-3230-6095

【読者係】03-3230-6080

【販売部】03-3230-6393（書店専用）

印　刷　中央精版印刷株式会社　株式会社美松堂

製　本　中央精版印刷株式会社

フォーマットデザイン　アリヤマデザインストア　　マークデザイン　居山浩二

ISBN978-4-08-744073-7 C0193